HEYNE
BÜCHER

BLACK RAIN

Ein Roman von Mike Cogan
nach dem Drehbuch von Craig Bolotin
und Warren Lewis

Deutsche Erstausgabe

WILHELM HEYNE VERLAG
MÜNCHEN

HEYNE ALLGEMEINE REIHE
Nr. 01/7831

Titel der amerikanischen Originalausgabe
BLACK RAIN
Übersetzt von Peter Pfaffinger

Namen, Charaktere, Orte und Ereignisse sind frei erfunden.
Etwaige Ähnlichkeiten mit lebenden
oder verstorbenen Personen sind rein zufällig.

2. Auflage

This edition published by arrangement with the original
publisher, Pocket Books, New York.

Printed in Germany 1990
Umschlagfoto: UIP Filmverleih, Frankfurt/Main
Innenfotos: UIP Filmverleih, Frankfurt/Main
Umschlaggestaltung: Atelier Ingrid Schütz, München
Gesamtherstellung: Presse-Druck Augsburg

ISBN 3-453-03974-2

1

Nach Coney Island ist Brighton Beach die zweite Stelle, an der Brooklyn plötzlich ungeschützt dem Meer gegenüberliegt. Die Boulevards enden einfach vor Holzstegen. Parallel zum Ufer windet sich eine lange Prachtstraße. Dort, um die Stützpfeiler der über ihm verlaufenden Eisenbahnschienen, spielt der Verkehr regelmäßig Autoskooter. Zu seinen Füßen brechen zwischen fast hundert Jahre alten Holzhäuschen die Wellen gegen den breiten Sandstrand. Geschäfte und Restaurants, Blini-Bäckereien und Moskauer Nachtclubs säumen diese Straße – hier nämlich befindet sich das Viertel der russischen Emigranten. An Sonntagen freilich, vor allem im Winter, bleiben die Geschäfte geschlossen, und der Verkehr kommt fast vollständig zur Ruhe.

An den Sonntagen außerhalb der Hauptsaison versammeln sich gewöhnlich an einer der Schnittstellen zwischen Straßen und Stegen die Motorradfreaks. Das Knattern und Aufheulen ihrer Motoren wetteifert mit dem Kreischen der Züge über ihnen und dem rhythmischen Stampfen der Brandung.

Auf wackligen Beinen hält sich auf einer kleinen Rampe zwischen dem Gehsteig und dem Holzsteg ein verlotterter Imbißstand, der nicht modisch genug ist, um als Treff in Frage zu kommen. Es ist kaum mehr als ein Schuppen. Im eisigen Winterwind, der vom Meer über den Strand weht, sieht es aus, als schwanke er hin und her. Sommer wie Winter, Jahr für Jahr, bereitet der Eigentümer puertoricanische Fleischpasteten, koschere Hot dogs und erbärmlichen, aber brühheißen Kaffee.

Nick Conklin, ein kräftig gebauter, rauher Kerl, der eigentlich zu alt für die Motorradszene war, legte seinen Helm auf den Verkaufstisch und begrüßte den Inhaber mit einem Nicken, woraufhin dieser ihm eine Tasse dampfenden Kaffee reichte. Nick zog die Handschuhe aus und stopfte sie in die Taschen seiner Lederjacke. Dann wärmte er sich die Hände am Styropor.

Während er seinen Kaffee schlürfte, schaute er den anderen an der Kreuzung zu. Dreißig oder mehr Motorradfahrer waren gekommen – alle Arten waren vertreten, von Herumtreibern und Asozialen bis hin zu feinen Touristen, deren Maschinen mit Satteltaschen und Ehefrauen beladen waren. Mehrere Abfallkörbe waren in Brand gesteckt worden, und die Motorradfahrer versammelten sich um sie herum, wärmten sich und tischten einander allen möglichen Blödsinn auf. Die Motorradfreaks schienen jeweils in einer Art natürlichem Ausleseverfahren zusammenzufinden. Nicks Aufmerksamkeit richtete sich auf einen Neuankömmling, einen jungen Burschen mit Pferdeschwanz und eisenbeschlagener Ledermontur, der mit einer fabrikneuen japanischen Edelmaschine herumprotzte.

»Gib mir mal eine von den Fleischpasteten.« Die Stimme kam aus der Richtung seines Ellbogens. Nick drehte sich lächelnd um. »Hi, Frankie.«

»Tag, Nick«, sagte der Mann, ein kleiner Gauner mit schlaffen Lidern, dessen Haut die Farbe und Konsistenz von Mayonnaise hatte. Auch er sah dem Neuen zu.

»Was meinst du?« fragte Nick. Frankie zuckte nur die Schulter und nahm den *Pastito* vom Pappteller. Er ließ seine Augen keine Sekunde von der Szene.

»Wie weit willst du gehen?« fragte Nick.

Frankie biß in die Fleischpastete. Der rote Saft spritzte auf sein Kinn und rann durch die Bartstoppeln. »Eigentlich keine Grenzen«, erwiderte er kauend. Der Wind zerzauste sein spärliches Haar.

Nicks Augen verengten sich. Er war ein gutaussehender Mann Anfang vierzig. Sein Haar war sandblond bis braun und stand an den Schultern auf. Das hatte nicht so sehr mit Modebewußtsein zu tun, Nick ging nur ungern zum Friseur. Er trug seinen Sonntagsstaat, Jeans, Stiefel, einen Pullover aus Armeebeständen und eine Lederjacke. Er blinzelte zu dem Neuankömmling hinüber, der auf seinem polierten neuen Sitz herumhüpfte und den Motor aufheulen ließ, als könne er es einfach nicht erwarten. »Wieso? Hast du ihn schon fahren gesehen?«

»Nicht nötig«, meinte Frankie. »Er ist ein junger Spund, und außer Luft ist nichts unter seinem Helm.«

Nick grinste. »Sagen wir, hundert«, erklärte er.

Frankie setzte sein Essen ab, grub mit der Hand in der Jackentasche und förderte einen verschmierten Hundertdollarschein, einen Bleistiftstummel und ein Notizbuch voller Eselsohren zutage. Er reichte Nick den Schein und machte einen Eintrag in sein Buch.

»Wenn du mich fragst, du solltest deine Sonntage mit was Besserem verbringen«, sagte er.

»Zum Beispiel?«

Frankie stopfte sich den letzten Bissen der fettigen Fleischpastete in den Mund und wischte sich am Papiertuch, in das sie eingewickelt gewesen war, die Hände ab. »Droben in der Straße führen die 'ne gute Kirche«, meinte er ernsthaft.

Lachend schüttelte Nick den Kopf. »Nicht alle, die in dieser Stadt knien, beten.« Mit einer Geste, die soviel besagte wie »danke« und »bis später«, verließ er die Bude und stieg auf seine umgebaute Harley, die er am Ende der Rampe abgestellt hatte. Er trat einmal durch, und sie fing zu summen an. Langsam und mit vielen Hallos und Wie geht's bahnte er sich den Weg durch die in Trauben herumhängenden Motorradfreaks.

Sein Ziel waren die Herumtreiber auf ihren polierten Suzukis und Hondas. Der Junge war vielleicht neunzehn. Er stand gegen seine leuchtend rote Maschine gelehnt. Langsam schob sich Nick durch die Menge näher heran. Während er sich das Motorrad ansah, saß der Junge stolz im Sattel und ließ den Motor so laut aufheulen, wie er konnte.

»Ist sie schnell?« wollte Nick wissen.

Der Junge sah Nick an, sah die Harley an und schnaubte verächtlich: »Scheiße, Mann. Die Schachtel, in der sie gekommen ist, war schneller als dein Schlitten da.« Er grinste über den eigenen Witz und blickte sich beifallheischend um; doch die meisten anderen kannten Nick zu gut, um über dessen sperriges, selbst zusammengebautes altes Gerät zu lachen.

»Um wieviel?« fragte Nick beiläufig. Die steigenden Dezibelzahlen des Motorengedröhns um sie herum zeigten an, daß sich hier Spannung aufbaute. Motorräder kurvten und kamen näher.

Der Junge sah Nick eine Minute an, dann stülpte er, ohne das Gesicht zu einem Lächeln zu verziehen, den Helm über. Er sprang auf das Gaspedal und lotste Nick durch die Menge zum Boulevard.

Da die beste Rennstrecke am Strand näher bei Coney Island lag, machte sich binnen Minuten eine Karawane Motorradfahrer in Richtung Westen auf. Frankie, der jedes Angebot, hinten aufzusitzen, abgeschlagen hatte, fuhr mit seinem zerbeulten, aber ausschließlich ihm gehörenden Taxi an der Spitze. Sie donnerten durch die Neptune Avenue. Hinter dem Aquarium zeichneten sich die verfallenen Überreste des Vergnügungsparks wie die Geister vergangener Sommer ab. Jetzt, im tiefsten Winter, war hier alles vollkommen verlassen, abgesehen von der auf Nervenkitzel brennenden Parade der Motorradfahrer.

Frankie stieg aus seinem Taxi und legte die Startlinie fest. Es hagelte verwegene Wetten. Die Motorradfahrer stellten sich an der Rennstrecke auf. Nick auf seiner Harley und der Junge auf seinem japanischen Wundergerät bezogen neben Frankie Startposition.

»Nimmst du 'ne Wette an?« fragte Nick den Jungen.

»Ich krieg deine Rente!« Er hielt sich für witzig.

»Fünfzig heißt, du erlebst das Ende der Saison nicht mehr«, erklärte ihm Nick.

»Hey, leck mi…«

Dem Jungen wurde das Wort abgeschnitten, denn Frankie hielt eine brennende Flagge über seinen Kopf. Er ließ den Arm sinken, und beide Maschinen verloren Gummi, als sie in einem Höllentempo davonbrausten.

Der Junge hatte den Mut und den Turboantrieb. Nick hatte die Erfahrung. Die Straße hatte einige von New Yorks schönsten Schlaglöchern. Aus der ersten Kurve kamen die beiden Motorräder gleichauf. In die nächste legte sich der Junge tief hinein, drückte Nick so gegen den Randstein und versuchte, ihm den Weg zu versperren. Nick gab Gas und schoß davon, ehe der Junge ihn abdrängen konnte. Von dieser Finte beeindruckt, fiel der Junge zurück, aber nur den Bruchteil einer Sekunde lang. Er gab wieder Gas.

Mit 130 Sachen jagten sie über zusammengeflickte Straßen, auf denen selbst ein normales Tempo lebensgefährlich gewesen wäre. Nick führte und drehte vor der nächsten Kurve noch einmal auf. Hinter ihm holte der Junge alles aus dem Motor heraus, bis er an Nicks Seite dahindonnerte. Vor der letzten Kurve lieferten sie sich ein Kopf-an-Kopf-Rennen.

Plötzlich sah der Junge vor sich ein tückisches Schlagloch wie den leibhaftigen Tod auftauchen. Mit einem Schlenker lehnte er sich gegen Nick, so daß der ins Trudeln geriet.

Ein Fahrer mit weniger Geschick – oder vielleicht auch weniger Glück – hätte sich gedreht und wäre gestürzt. Das war eigentlich unvermeidbar. Nick aber schaffte es, im Sattel zu bleiben, als das Motorrad schon lag, richtete es im Weiterfahren auf und raste dem Jungen mit Vollgas hinterher.

Indem er sich in einen fast unmöglichen Winkel legte, holte er den Jungen ein und drückte ihn gegen den Drahtzaun eines Spielplatzes neben der Straße. Bei dieser halsbrecherischen Geschwindigkeit mußte der Junge sich blitzschnell entscheiden: nachgeben oder draufgehen.

Auch wenn er nur Mumm, aber kein Hirn hatte, blieb ihm doch noch eine Spur des alten Selbsterhaltungstriebs. Im letztmöglichen Moment bremste er ab, und nur um Haaresbreite entfernt, zischte Nick an ihm vorbei. Nick richtete sich auf und fuhr durch eine Lücke im Zaun.

Er sah sich um. Der Junge war doch noch gestürzt. Nick wartete, während dieser seine Maschine wieder aufstellte und auf den Sitz kletterte. Er fuhr auf Nick zu.

»Mann, du bist ja ein totaler Spinner, weißt du das?« knurrte er. Er sah aus, als wollte er entweder weinen oder jemanden umbringen.

»Gib mir nur das Geld, Kumpel«, entgegnete Nick freundlich.

2

Das Eßlokal El Greco war so groß wie eine Flugzeughalle. Als Nick eintrat, brachte er ein bißchen von der kalten Luft mit. Jetzt, um drei Uhr nachmittags, saß nur ein vereinzelter Gast am Tresen, eine sagenhaft aussehende Rothaarige, die an einem Long Drink nippte. Nick ließ sich zwei, drei Hocker weiter nieder.

»Hi, Dewey«, begrüßte er den Barkeeper. »Wie geht's so? Mann, ist das kalt.« Er wandte sich der Rothaarigen zu und versuchte es mit einem »Hi.«

»Hi«, erwiderte sie einigermaßen freundlich.

»Riecht gut hier«, sagte Nick zu Dewey. »Haste 'nen Kaffee?«

Dewey schenkte welchen aus einer riesigen Kaffeemaschine ein und stellte ihn vor Nick. Die Tasse war weiß und dick, und der Kaffee schmeckte echt. »Danke, Kumpel«, sagte Nick. Aus der Innentasche seiner Jacke zog er ein schmales Fläschchen und goß sich einen Schuß in den Kaffee. Dann drehte er sich zur Rothaarigen und bot es ihr an. Sie schüttelte den Kopf: nein danke.

»Wetten, daß ich dir sagen kann, was für ein Parfum du heute genommen hast«, sprach er sie an.

»Ach wirklich? Glaubst du?« Sie ließ es sich einen Moment durch den Kopf gehen. »Und welches Parfum habe ich dann heute?«

Nick atmete tief ein. Eine Minute lang tat er so, als analysiere er die Luft, dann verkündete er: »Riecht nach Kummer.«

»Du hast recht«, meinte sie. »Genau das habe ich heute.«

»Und ich wette ... Nö, lieber nicht. Ist ja auch egal.«

»Was?«

»Nein, ich kann's nicht sagen.«

»Doch, du kannst schon.«

»Tjaa«, sagte er gedehnt, während er sich auf dem Hocker vollständig zu ihr drehte und ihr fest in die Augen sah. Sie hatte einen vollen, sinnlichen Mund, und ihre roten Haare waren echt. Sein Typ. »Wetten, daß ich errate, was für Unterwäsche du heute anhast.«

»Wirklich? Das wäre ziemlich gut.«

Nick nahm einen Schluck von seinem starken Kaffee und wartete. Sie dachte nicht zu lange darüber nach. »Okay. Was für Unterwäsche habe ich heute an?«

»Ich verstehe dich nicht«, sagte Nick.

»Ich sagte: *Was für Unterwäsche habe ich heute an?*«

Nick grinste. »Keine«, erklärte er.

Sie lachte. »Stimmt genau.«

Mitten im Lachen fiel sie plötzlich in sich zusammen, und Nick stand auf, legte die Arme tröstend um sie. Sie erwiderte die Umarmung. Er küßte sie fest, und sie küßte ihn ebenfalls.

»Nicky, das tut gut«, rief sie, als sie wieder nach Luft schnappten.

»Super«, pflichtete er bei. »Dewey, sie ist super.«

»Das sagst du mir ja immer«, bestätigte der Barkeeper.

»Hunger?« fragte Nick.

Sie schüttelte den Kopf. Nick legte etwas Geld auf den

Tresen und schnappte sich ihren Mantel von einem Kleiderhaken hinter ihnen. »Komm schon«, rief er ungeduldig. »Verschwinden wir hier.«

Connie öffnete die Tasche unter dem Sitz, nahm den zweiten Sturzhelm heraus, schnallte ihn unter dem Kinn fest und setzte sich hinter ihn. Es waren nur wenige Blocks. Seine Wohnung lag im East Village, sie arbeitete im West Village, und das El Greco lag irgendwo dazwischen. Nach ein paar Minuten hielten sie vor seinem Haus an und stiegen in sein Kellerapartment hinunter, das der Witzbold von Hausbesitzer eine Mansardenwohnung nannte.

Sie steuerten direkt auf das Bett zu. Es war zerwühlt und womöglich seit Wochen nicht mehr neu bezogen worden. Aber irgendwie sah es einladend aus. Sie fielen auf das Bett und ließen sich von seiner Wärme umhüllen. Es stimmte. Sie hatte nichts drunter an.

Als der Nachmittag in eine Frühwinternacht überging, wurde es im Zimmer dunkel. Schließlich sah Connie auf die Uhr und stöhnte. Sie setzte sich auf und griff nach ihrem Rock. Er war auf den Boden auf die Schmutzwäsche von der letzten Woche gefallen. Während sie auf der Bettkante saß und sich anzog, schaute ihr Nick unter seiner Bettdecke liegend träge zu.

»Du bist schön«, sagte er.

»Danke.«

»Ganz schön sensationell.«

Sie lächelte nicht. Etwas lastete auf ihrem Herzen. Er wartete darauf, daß sie es ihm sagte, was es auch sein mochte. »Gehst du heute zum Rennen?« fragte sie.

»Yeah.«

Er wartete. Sie zog sich ihre Bluse an, knöpfte sie zu, griff nach dem Pullover und zog ihn über den Kopf. Sie sah ihn an. Er sagte kein Wort.

»Zwei Männer sind heute ins Krankenhaus gekommen und haben nach dir gefragt«, erklärte sie schließlich.

»Cops?« fragte Nick hastig.

Connie sah unglücklich aus. Sie griff in ihre Handtasche und tastete nach einer Haarbürste. »Es stand nicht in Leuchtfarben auf ihrer Stirn, aber die Sorte kenne ich«, meinte sie.

Nick war nachdenklich. Eigentlich fassungslos.

Wütend drückte Connie die Bürste durch ihr Haar. Nick sagte nichts. Schließlich brach sie das Schweigen. »Und? Worüber sollen wir denn reden? Parfums?« Sie warf die Bürste in die Handtasche zurück und stand auf. Mit den Füßen stocherte sie im Haufen von Schmutzwäsche und Zeitungen herum, bis sie ihre Schuhe fand und hineinschlüpfte.

»Connie...« Aber ihm fiel nichts weiter ein. Sie wand sich in den Mantel. »Es wird zu kalt, Nick«, sagte sie. »Selbst für mich. Ich glaube nicht, daß ich so noch weitermachen will.« Sie war traurig. Er auch. Sie wartete, ob er etwas zu sagen hätte, aber es war nichts zu sagen. Also ging sie zur Tür, blieb stehen, drehte sich aber nicht um. Und da er nichts sagte, ging sie. Vielleicht war es nicht ihre Absicht, aber die Tür fiel mit einem Knall ins Schloß.

Nick lag da und starrte die Rohre und Kabel an, die in seiner Kellerwohnung als Zierde galten. Alles war grau, war vor langer Zeit so gestrichen worden und war in den Jahren durch Staub, Ruß und Schmiere noch übler geworden. Er stieg aus dem Bett und lief auf einem Umweg an der Mitte des Zimmers vorbei, wo die Teile einer anderen Harley auf einem Tuch ausgebreitet lagen, zur Küche. Unter der Zeitung vom letzten Sonntag fand er das Telefon und den Anrufbeantworter. Das kleine rote Licht leuchtete auf, und die Digitalanzeige verriet ihm: zwei Anrufe. Er drückte auf den Wiedergabeschalter.

»Nick, bist du da?... Nimm schon ab, bitte... Ich weiß, daß du da bist...«

Das war ja das Problem – sie hatte ihm nie getraut. Er war nicht dagewesen, und sie war felsenfest vom Gegenteil überzeugt. Die ganze Zeit glaubte sie, er lüge, aber es stimmte nicht, er hatte nie gelogen. Er machte den Kühlschrank auf, vorsichtig, damit die farbenprächtigen Kindergemälde, die überall auf der Tür klebten, nicht verrutschten, und nahm eine Bierdose heraus. Er riß den Verschluß ab, und im Trinken ließ er sich, immer noch mit nacktem Hintern, langsam vor der Kühlschranktür nach unten gleiten, bis er auf dem Boden saß. Ihre Stimme hatte nach wie vor soviel Macht über ihn, daß er sich derart gehenließ.

»...diesen Samstag fahre ich mit den Kindern zu meiner Mutter... Du kannst sie dann am Samstag drauf nehmen... Die Schule hat angerufen. Wir sind schon wieder eine Monatszahlung im Rückstand – jetzt sind es drei... und es ist Winter, weißt du, sie brauchen neue Mäntel und...«

Nick langte über seinen Kopf und schaltete das Gerät aus. Regungslos blieb er eine Minute lang sitzen, die Stirn gegen das starre Email gelehnt. Er griff nach oben, um eine der Fingermalereien abzulösen, behutsam, damit sie nicht kaputtging. Lächelnd schaute er sie an, dann verschwand sein Lächeln, als er sich in der Kellerwohnung umsah. Die Möbel waren planlos aus Billigmärkten und den Garagen von Freunden zusammengekauft. Außer den Malereien seiner Kinder sah alles um ihn düster und deprimierend aus.

Irgendeine Wohnung. Irgendein Leben.

Was willst du also machen? Splitternackt sitzenbleiben, dich selbst bedauern und vielleicht ein bißchen weinen? Machen wir jetzt auf Selbstmitleid, was? Scheiß darauf. Er erhob sich, befeuchtete den Rücken des Bildes, damit der Kleister aus Wasser und Mehl wieder klebte und brachte es wieder an der Kühlschranktür an. Dann hörte er sich, während er sich anzog, den Rest der Nachricht an.

Seine Exfrau hatte schließlich keine Probleme mehr, und die zweite Nachricht begann. Inspector Richard Crown erwartete ihn am Montag um Punkt neun Uhr im Bezirkspolizeipräsidium. Falls er es wünschte, konnte er seinen Rechtsanwalt mitbringen.

3

Als er in der Nähe des Präsidiums abbiegen wollte, sah Nick Charlie Vincent am Bordstein stehen und auf Grünlicht warten. Charlie steckte in einem Anzug, der in jeder Hinsicht zuviel des guten war – um die Schultern zu weit und zu eng um die Hüften. Der junge Charlie war ein Teufelskerl. Mit fliegenden Fäusten war der Enkel italienischer Einwanderer aus dem Ghetto gekommen, fest entschlossen, etwas aus sich zu machen. Nick mochte Charlie Vincent wie sonst keinen Cop.

Mit einem Schlenker brachte er die Harley zum Stehen, und Charlie sprang hinten auf. Wie die Kinder auf Karussellpferden streckte er die Füße links und rechts von Nick aus.

»Was kannst du sehen?« brüllte ihm Charlie ins Ohr, als Nick donnernd losbrauste.

Nick mußte lachen. »Einen Itaker in einem Anzug, den ich nur für viel Geld tragen würde!« schrie er nach hinten.

»So'n Polizist wahrscheinlich«, beklagte sich Charlie lauthals. Er wedelte mit den Füßen in der Luft, und Nick blickte auf blankpolierte neue Schuhe hinunter. »Bostoner!« rief Charlie. »Fünfundachtzig Eier! Mädchen stehen auf Schuhe. Da schauen sie immer als zweites hin!«

Johlend schüttelte Nick den Kopf. Seine langen Haare wehten im Wind, ein Teil davon mitten in Charlies Gesicht. »Hey, ich hab das in einer Zeitschrift gelesen!« protestierte der Polizist. Sie bogen in die Hauptverkehrsstraße ab, in der das Polizeipräsidium stand. Es war teils von gekennzeichneten Polizeiautos, teils von Zivilstreifenwagen belagert. Gerade war Schichtwechsel, und ein Schwarm Uniformen ergoß sich über die Straße.

Charlie beugte sich vor, um Nick etwas ins Ohr zu raunen. »Wenn die Dienstaufsichtsabteilung zu dir ins Büro kommt, dann ist das nicht so schlimm, wie wenn sie dich zu sich zitieren, oder?«

Nick zuckte mit den Schultern. »Ich sag's dir dann. Es

ist das erste Mal bei mir.« Auf der Auffahrt zum Präsidium drosselte er das Tempo.

»Hey, warum zeigst du's den Arschlöchern nicht einfach? Komm doch in Uniform«, schlug Charlie vor. Mit einem skeptischen Blick auf seinen Passagier schüttelte Nick den Kopf.

»Das meine ich wirklich«, setzte Charlie nach. Er war ein ernsthafter junger Bursche, Mitte zwanzig, eifrig und noch feucht hinter den Ohren. »Klar, sollen sie doch deine ganzen Abzeichen am Jackett sehen«, fuhr er fast flüsternd fort, als sie anhielten. Auf der Straße vor dem Revier wimmelte es plötzlich von Uniformen. »Herrgott, so ein Cop wie du, mit so vielen Auszeichnungen bis zum Arsch runter! Eigentlich müßten sie irgendeinen Gebäudeflügel nach dir benennen.«

Lächelnd schob Nick die Maschine in eine Parklücke.

»Hey, Vincent!«

Sie sahen auf. Ein stämmiger Cop, der gut fünfzehn Kilo zuviel mit sich herumschleppte, kam aus dem Revier und herrschte Charlie an, als ob er ihm gehöre. Vielleicht mochte er nur Charlies Begleiter nicht. »Los, hopp, hierher. Gehen wir!« bellte der Cop.

Aufreizend bedächtig ließ sich Charlie von der Harley gleiten. Im Stehen schaute er zu dem Cop hinüber, als wäge er ab, ob er Folge leisten oder ihm lieber die Nase einschlagen solle. Das aber würde er nie tun. Er hatte mit Gewalt nichts am Hut. Aufgewachsen war er – soweit ihm dazu Zeit geblieben war – in einem guten Haus in einer schlechten Umgebung, und er war ungleich zäher, als es sein jungenhaftes Äußeres erahnen ließ.

»Pack dich am Schwanz, Farentino, und zähl in alle Ewigkeit!« schrie er zurück. Das genügte. Er wandte sich wieder zu Nick. »Wir treffen uns dann zum Essen im Scalari's. Ich zahle. Wir lassen's uns heute gutgehen.«

Nick plagten andere Sachen. Er sah zum Haupteingang hoch. »Ich laß es mir durch den Kopf gehen, Meister«, sagte er.

Charlie ging langsam rückwärts, auf Farentino und zwei weitere auf ihn wartende Gorillas zu. »Tschüs, Conklin«, rief er. »Wenn du dich nicht blicken läßt, dann hast du ernsthaft Ärger. Dreizehnhundert.« Er deutete auf die oberen Stockwerke. »Laß dich nicht unterkriegen, Cowboy.«

Eine Art von Heldenverehrung – der Kollege war eben recht jung und unerprobt. Noch bewunderte er harte Kerle, und so einer war Nick Conklin durch und durch. Wie kam es dann, daß ihm beim Erklimmen der Treppe das Herz in die Hosen sank?

Nick ging in den Umkleideraum. Der war voll von Polizisten. Die einen beeilten sich, um rechtzeitig auf die Straße zu kommen, die anderen saßen erschöpft und dankbar da – wieder einmal hatten sie eine Nacht überstanden. Einige Augen wanderten zu Nick hinüber, schienen ihn aber nicht zu registrieren. Keiner sagte ein Wort zu ihm. Doch plötzlich packte ihn eine stahlharte Faust am Handgelenk, und er sah in das gerötetste, fanatischste und bedrohlichste Gesicht, das zu erblicken ihm jemals vergönnt war. Das war Dienststellenleiter Jim Oliver, heute in Zivil, in einem zerknitterten Nadelstreifenanzug, der an seinem Eindruck allerdings auch nichts verbessern konnte.

»Wenn Sie die Wahrheit sagen und nicht überschnappen, können Sie wieder gehen«, beschied er ihn. Die anderen Polizisten in der unmittelbaren Umgebung verstummten und lauschten. »Aber wenn Sie eine große Lippe riskieren, machen sie Sie fertig.«

»Ich habe nichts zu verbergen«, erklärte Nick ruhig. Mit einem Ruck befreite er sich aus der Umklammerung.

Oliver ließ sich jedoch nicht so schnell abschütteln. »Das will ich auch hoffen – schon meinetwegen. Was macht Ihr Rechtsanwalt?«

Nick zuckte die Achseln. »Ich kenne ihn nicht so gut«, gab er zu.

Verständnisvoll zog Oliver seinen weißen Schnurrbart

nach oben. »Wenn es nach denen geht, dann lernen Sie ihn gründlich kennen«, prophezeite er düster. »Wahrscheinlich werden Sie seinen Kindern das College finanzieren.«

Vielleicht war es seine Art, Mitgefühl auszudrücken, aber damit war dem Knoten in Nicks Kehle nicht beizukommen. Verdammt noch mal, bringen wir's hinter uns, dachte Nick. Er nahm seine Erkennungsmarke aus der Brieftasche und steckte sie an seinen Pullover.

»Lassen Sie sich von den Kerlen nicht ins Schwitzen bringen«, versuchte ihn der Captain aufzumuntern.

»Dazu gibt es keinerlei Anlaß«, versicherte ihm Nick laut genug, damit es auch die anderen, die noch herumsaßen, mitbekamen. Beim Verlassen des Raums fühlte er sich, als käme er aus einem Dampfkochtopf – und spaziere mitten in einen Mikrowellenherd.

Der Rechtsanwalt – Nick hatte ihn telefonisch auf die Empfehlung seines ehemaligen Schwagers hin bestellt – saß bereits mit den Ermittlungsbeamten im Konferenzzimmer, als Nick eintrat. Eindeutig wurde hier wieder das alte Spiel »guter Bulle/böser Bulle« gespielt.

Berg war die gute Nachricht. Zumindest sah er einigermaßen human aus. Er saß an dem einen Ende des mit Brandflecken übersäten Konferenztisches und durchblätterte einen Stoß Papier, der ganz nach Nicks Akte aussah. Mit seinen vielleicht noch nicht einmal vierzig Jahren war Berg der jüngere der zwei Ermittlungsbeamten. Seine Krawatte saß immer schief, und die weißen Hemdsärmel waren hochgekrempelt. Unter seiner Hornbrille hatte er ein angenehmes, sonniges Gesicht. Höflich, wenn auch nicht gerade voller Wärme, blickte er von den Akten auf, als Nick hereinkam.

Der Rechtsanwalt zog neben sich einen Stuhl für Nick hervor. Eine Minute lang kramte Nick nach dem Namen in seinem Gedächtnis, dann fiel er ihm ein: Yudell. Yudell und irgendwas – Marvin? Robert? Henry? War ja auch nicht so wichtig!

Sobald Nick Platz genommen hatte, erklärte Berg: »Sie sind... äh, das ist ja eine recht beeindruckende Dienstbeurteilung.« Das sagte er voll aufrichtig klingendem Respekt. Es sollte Nick beruhigen, vielleicht auch in falsche Sicherheit wiegen.

Ermittlungsbeamter Crown war die schlechte Nachricht. Mürrisch schweigend saß er am anderen Ende des Tisches. Sein Haar ließ er seit Ewigkeiten zu einem militärischen Bürstenschnitt stutzen; vermutlich blickte er auf Vietnam als die besten Jahre seines Lebens zurück. Die Arme über der tonnenförmigen Brust verschränkt, saß Crown da und musterte Nick, als rechne er damit, daß der ihm die Uhr entriß. Als er sprach, klang seine Stimme lahm. »Ja, ein richtiger Held.«

Betretenes Schweigen machte sich breit.

»Erzählen Sie mir von Monte Ronan«, meldete sich Crown unvermittelt. Er stützte sich weder auf Unterlagen noch – dem Augenschein nach – auf etwas so Lästiges wie einen offenen Geist.

Nick antwortete besonnen. Soweit gab es keine Überraschungen. »Er ist ein guter Mann«, sagte er. »Die Art von Polizist, die man zur Rückendeckung braucht, wenn man in der Klemme sitzt.«

Berg schien das zu verdauen, und Yudell saß still da, doch Crown schnaubte angewidert.

»Das glauben Sie?« fauchte er sarkastisch.

»Das glaube ich«, wiederholte Nick.

»Er hat Dreck am Stecken, und das wissen Sie«, knurrte Crown.

Nick spürte, wie er sich verkrampfte, und das hatte er sich wohl anmerken lassen. Der Rechtsanwalt sah ihn von der Seite her an, eher ein Wink als eine Warnung. Bleib ruhig und verspiel vor allem deine Glaubwürdigkeit nicht.

»Woher haben Sie Ihre Informationen? Von den Krankenschwestern vom Saint Vincent?« Nick machte aus der Frage fast einen Witz. Einen harmlosen, aber er half ein wenig gegen das flaue Gefühl in der Magengrube, und er fühlte sich wohler danach.

Crown beugte sich leicht nach vorne. Er setzte zum Todesstoß an. »Erzählen Sie uns mal von Patrick Dunleavy.«

Bevor Nick den Mund aufmachen konnte, sprang der Rechtsanwalt ein. »Mein Klient hat keinerlei Kenntnis über Vergehen dieses Beamten...«

»Wer, wenn nicht Ihr Klient, hätte in dieser Hinsicht Kenntnisse?« setzte Crown nach. Über den Tisch hinweg sah er zu Berg, der den Aktenberg vor sich durchzublättern begann, bis er fand, was er suchte.

»28. Juni 88. Ihre Streife verhaftete drei Verdächtige«, las er vor. »Das Bargeld wurde auf 65000 Dollar und etwas Kleingeld beziffert. Wir haben Grund zu der Annahme, daß sich in dem von Ihnen beschlagnahmten Fahrzeug 73000 Dollar befanden.« Berg sah Nick fast entschuldigend an.

»Wer sagt das?« unterbrach ihn Nick wütend.

»Wir haben unsere Quellen«, entgegnete Crown.

»Das heißt, die Aussage eines Verdächtigen wiegt schwerer als die eines Polizisten?«

»Das kommt auf den Polizisten an«, beschied ihn Crown. Der ehemalige Marinesoldat machte es sich wieder in seinem Stuhl bequem. »Ich mag keine Helden, Conklin. Die glauben nur, die Regeln gelten nicht für sie.«

»Ich bin sauber«, sagte Nick ruhig.

Der Gute, Berg, nahm den Ball auf und fing an zu dribbeln. Er las noch immer in dem dicken Stoß vor sich. »Gut, Detective«, ließ er sich vernehmen. »Sie haben... äh... zwei Kinder im Saint John's... Schulgeld, Unterhalt und Wohnung. Da haben Sie ja eine gewaltige Nuß zu knacken. Ich muß schon Ihre Sparsamkeit bewundern!«

»Die Art von Leben hat ja jeder«, sagte Nick. Sein Tonfall verriet Berg exakt, wie er mit dieser Art von Problemen dastand.

»Wir haben Mathematik gelernt, Sie Held«, rief Crown

verächtlich. »Sie stecken doch jeden Monat mit mindestens tausend Dollar in der Kreide. Sie pumpen regelmäßig beim Geldverleiher.«

Nick fing an zu schwitzen. Er erhob sich halb in seinem Stuhl. »Wenn Sie mir etwas anhängen wollen, dann bitte«, sagte er schroff. »Wenn nicht, dann gehen Sie auf einen anderen los.«

»Nick...«, fiel ihm Yudell ins Wort. Mehr ließ man ihn nicht sagen.

»Wir werden Sie unter Anklage stellen«, rief Crown hitzig. »Irgend jemand wird uns schon helfen. Keiner bietet so viele Angriffsflächen wie ein korrupter Cop.«

Nick beherrschte sich, so gut er konnte.

Berg schaltete sich ein mit seiner milden Stimme, die immer so klang, als wollte er sagen: »Ach Mensch, ich bin doch einer von euch Kumpels«. »Sie könnten mit uns reden, oder wir reden sonst mit Ihrer Frau. Wann kommen denn die Kinder heim?«

Nick sprang auf und packte Berg so fest an seinem reinen weißen Kragen, daß der Saubermann in wilde Panik geriet.

»Nick!« brüllte sein Rechtsanwalt.

»Wenn Sie meiner Familie zu nahe kommen, dann falle ich Sie an«, fauchte Nick dem jungen Schnösel ins Gesicht.

»Drohen Sie mir, Detective?« krächzte Berg.

»Nick, um Himmels willen!« schrie Yudell. Diesmal hörte ihn Nick. Einen spannungsgeladenen Augenblick lang starrte er Berg in die blauen Augen, dann öffnete er die Fäuste und ließ den Dreckskerl in seinen Stuhl zurückplumpsen.

Yudell war ganz geschäftsmäßig. »Das wär's«, rief er. »Wir sind fertig. Mein Klient wird keine weiteren Zumutungen mehr dulden!«

Berg hüstelte, mit einem Blick auf Crown schloß er Nicks Akte. Yudell packte seine Aktentasche, stand auf und wartete auf Nick. Im Nu hatten sie den Raum verlassen.

Nick steuerte auf das Scalari's zu. Jetzt hatte er einen Freund nötig, von einem Bier ganz zu schweigen. Die Musikbox spielte Frank Sinatra, und der dezente Geruch nach Pasta und hausgemachter Tomatensauce wirkte beruhigender als jede kühle Hand auf einer fiebrigen Stirn. Die Scalaris, übergewichtige Zwillinge, standen beide hinter dem Tresen. Carmine schenkte Getränke ein und Pasquale arbeitete vor der Friteuse. Charlie Vincent saß am Tresen. Er kaute gebackene Calamari und unterstrich mit einem gelben Leuchtstift wichtige Stellen in einem Vorbereitungskurs auf die Prüfung zum Sergeant.

Nick setzte sich auf den Hocker neben ihm und blickte über seine Schulter. »Bürgerliches Recht und ordentliches Verfahren? Mann, die machen es einem heutzutage ganz schön schwer, was? Lernst du für die Prüfung zum Sergeant oder zum Obersten Gerichtshof?«

Charlie merkte es sofort. Schlaffe Züge und mehr als bloß müde. Sie mußten ihn gehörig bearbeitet haben. Aber er war hier, und das war immerhin etwas.

»'n Bier?« fragte Charlie.

Nick deutete auf das aufgeschlagene Buch. »Ist das wirklich notwendig?«

Charlie nickte. »Wenn man die Goldborte haben will, muß man das Zeug wissen.«

»Früher mußte man nur den richtigen Ratgeber kennen. Einen Scotch on the Rocks, bitte, Carmine.«

Charlie klappte das Buch zu. »Du trinkst Scotch? Dann muß es ja wirklich schlimm gelaufen sein bei den Zivilbullen.«

»Na ja, einen Heimvorteil gibt es nicht, soviel kann ich dir verraten.«

»Die Heinis müssen auch ihre Arbeit tun, nehme ich an.«

Nick blickte ihn an. Er war sich nicht ganz sicher – worüber? Irgend etwas. »Es ist schon toll dort, wenn man aufsteigen will bis ins Präsidium«, sagte er,

Charlies Gesicht verriet deutlich, daß er einen solchen

Verdacht von Nick nie erwartet hätte. »O Mann«, fing er an, unterbrach sich und begann, sein Hemd aufzuknöpfen. »Entschuldige bitte«, sagte er dann. »Sprich bitte in meine linke Brustwarze. Carmine und ich, wir sind beide so verwanzt, daß die Lichter ausgehen, wenn wir zusammenstoßen.«

Lachend beschwichtigte ihn Nick. »Ich sehe jetzt überall schon Gespenster«, sagte er versöhnlich. »Irgendwie stehe ich daneben.«

»Ach, scheiß drauf«, meinte Charlie. »Ist nicht so wild.« Nick nahm einen tiefen Schluck und spürte, wie sich der Knoten in seinen Nackenmuskeln löste. Etwas entspannter sah er sich in der Bar um.

»Da drüben sitzen ja zwei von Frankie Abolafias Schlägertypen«, stellte er fest.

»Ja, ja. Der Padrone ist auch da. Ist unmittelbar vor dir reingekommen. Hält sich merkwürdige Gesellschaft.«

»Wo?« fragte Nick und drehte sich um.

»Zwei Tische weiter, in einer Linie hinter den Schlägern«, erklärte ihm Charlie, ohne den Kopf zu heben.

Nick sah sich beiläufig im Zimmer um und verschluckte sich fast an einem Scotch. »Seltsam, finde ich. Was zum Teufel macht Wolf mit zwei Buddhaköpfen?«

»Vielleicht wollen die von der Bande jetzt plötzlich Subarus fahren«, meinte Charlie schmunzelnd.

»Na ja, viele Japaner mögen ja Pasquales Küche – schau dich nur um, die kommen ja in hellen Scharen. Warum auch nicht. Ich bin ja teilweise auch ganz wild drauf.«

»Du brauchst nicht zu zahlen«, sagte Charlie. Während er sich anschickte, das Lokal zu verlassen, warf er noch einmal einen kurzen Blick auf den Tisch der Ganoven. »Der junge Japse ist wohl der Dolmetscher«, spekulierte er. »Aber – was zum Teufel soll's? Kann uns ja egal sein.«

Die üblichen Mittagsgäste füllten jetzt die Stube. Zwei Kunden jedoch, die in diesem Augenblick durch die Tür kamen, fielen irgendwie auf. Die zwei Japaner taten so geheimnisvoll, daß sie Nicks Aufmerksamkeit auf sich zogen. Sie kamen gemeinsam herein, inspizierten kurz den Laden und traten auseinander, um einem dritten Platz zu machen. Dieser protzte mit einer massiven Sonnenbrille, die er nach dem Eintreten nachlässig auf der Nase ließ. Er war um die vierzig, hatte schwarzes Haar – Bürstenschnitt – und trug einen teuren dunklen Anzug sowie einen Kaschmirmantel, den er über die Schultern geworfen hatte. Offensichtlich der Anführer dieses unheimlichen Trios.

Bevor Nick ein Wort zu Charlie sagen konnte, hatte der erste Mann eine Uzi unter seinem Mantel hervorgezogen, stellte sich dann vor die Tür und hielt sie hoch, damit sie jeder sehen konnte. Der zweite Gorilla schlenderte in die Mitte des Restaurants, und während er seine Pistole von derselben Marke hervorholte, rief er einen einzigen Befehl auf japanisch: »*Gogona!*« Die Pistolenläufe wanderten langsam durch den Raum, rastlos und schußbereit.

»Was ist da los?« brummte einer von Abolafias Männern am Tresen. Er war halb aufgesprungen und zitterte vor Anspannung. Eine der automatischen Waffen richtete sich sofort auf ihn.

»Reg dich nicht auf«, befahl ihm sein Boß. »Ganz ruhig.«

Mißtrauisch setzte sich der Leibwächter wieder hin, während der Mann mit der Pistole abermals ganz langsam die Augen durch das Zimmer wandern ließ, für den Fall, daß jemand auf dumme Gedanken kam. Weiter hinten stöhnte eine Frau vor Angst, wurde aber schnell von ihrem Begleiter zum Schweigen gebracht.

Die Luft im Raum war so dick wie Spaghettisauce. Plötzlich bemerkte Nick eine Bewegung neben sich. Millimeterweise zog Charlie seine Pistole aus dem Halfter und ließ sie unter dem Tresenrand vorsichtig in seine rechte Hand gleiten.

»Laß es«, flüsterte Nick eindringlich. »Laß es.«

»Schon geschehen, Baby«, flüsterte Charlie.

Dieser tollkühne Narr würde sich noch eines Tages umbringen lassen.

4

Der Mann mit der Sonnenbrille und dem Bürstenhaarschnitt ging langsam zu dem Tisch, an dem der italienische Padrone mit seinen zwei verwegenen Begleitern saß.

Eindeutig erkannte der ältere Japaner an Abolafias Tisch seinen immer näherkommenden Landsmann. Verachtung stand auf seinem Gesicht geschrieben, als er den Namen des Eindringlings ausspuckte.

»Sato!« Aus seinem Mund klang es, als habe er eine schlechte Muschel verschluckt.

Der Mann mit der Sonnenbrille trat ganz nah an den Tisch heran. Instinktiv beugten sich die zwei Ganoven am Tresen mit geballter Faust vor, doch genauso schnell machte ihr Boß eine kleine Handbewegung, und sie lehnten sich zurück. Abolafia hatte genügend Menschen in ähnliche Situationen gebracht, um philosophisch alles Weitere abzuwarten. Es ging ihn oder seine Familie nichts an. Persönlich schwebte er in keiner Gefahr. Seine Leibwächter sollten sich heraushalten.

Die Männer mit den Uzis hielten alle in Schach, während Sato sich über den Tisch beugte und das edel gefütterte Jackett des älteren Mannes aufmachte. Aus der linken Innentasche ragte ein flaches Päckchen. Sato zog es heraus und riß die Verpackung herunter. Verächtlich warf er das Papier dem entsetzten jungen Dolmetscher ins Gesicht.

Abolafia schaufelte eine Gabelladung Pasta in sich hinein. Er war der einzige im ganzen Lokal, der jetzt noch aß. Warum sollte er das gute Essen kalt werden lassen?

Augenscheinlich war Sato mit dem Inhalt des Päckchens zufrieden. Nachdem er den Holzdeckel wieder auf die schmale, flache Schachtel gesetzt hatte, wandte er sich langsam vom Tisch weg.

Der junge Dolmetscher rief ihm etwas auf japanisch zu, eine Beleidigung, die nicht unbeachtet bleiben konnte. Das war sehr dumm von ihm. Sato reichte die lange flache Schachtel einem seiner Männer. Die Hände in den Taschen, ging er zum Tisch zurück. Als er die Rechte herausnahm, hielt sie ein funkelndes *Tanto*-Messer. Mit einem Stoß vergrub er es tief in der Brust des Mannes. Mit einer halben Drehung riß er es wieder heraus und setzte in derselben Bewegung den Dolch links oben an den Hals des älteren Mannes und schlitzte dem die Kehle auf. Bevor der Dolmetscher auf dem Boden aufgeprallt war, spritzte das Blut des anderen über den Tisch.

Abolafia genehmigte sich erneut einen Bissen Pasta, den er mit einem gewaltigen Schluck Wein hinunterspülte. »Ihr seid ja wirklich verrückt... verrückt«, sagte er. Das war als Kompliment gedacht.

Sato nahm eine Serviette. Zärtlich wischte er im Abgehen das Blut von seinem *Tanto.* Als er bei der Tür war, wandten sich auch seine Leibwächter um. Zum Abschied winkte der zweite Gorilla noch einmal mit seiner Waffe in den Raum.

Nick war die ganze Zeit vollkommen still dagesessen, scheinbar genauso gelähmt wie alle anderen. Doch kaum hatte sich der zweite Killer umgedreht, war ihm Nick auch schon mit seiner Airweight-Pistole in der Hand auf den Fersen.

»Notruf 911«, rief er Carmine zu. »Verlang Verstärkung.«

Im Foyer blieb Nick mit gezogener Waffe stehen und brüllte dem Mann nach: »Halt! Polizei! Hände hoch!«

Die Uzi spuckte Feuer, während der Mann herumwirbelte. Nick ließ sich auf die Knie fallen und gab einen Schuß ab. Durch die Tür stürzte der Mann vornüber auf den Bürgersteig. Mit einem Satz jagte Nick über ihn hinweg, fetterer Beute hinterher.

Draußen schlug ihm die grelle Sonne ins Gesicht. Als Nick auf dem Bürgersteig landete, sah er Sato auf dem Beifahrersitz eines wartenden Lincoln verschwinden, dessen Motor sofort aufheulte. Der Wagen raste davon, noch bevor die Tür zuknallte. Den anderen Typen, den Mann mit der zweiten Uzi, sah Nick hinten sitzen. Er zielte auf Nick, doch Nick schoß als erster, ihm mitten durch den Kopf.

Dann leerte er den Colt auf den mit Vollgas davonrasenden schwarzen Lincoln und traf ihn wenigstens zweimal. Das Heckfenster zerbarst, und es sah so aus, als habe der Fahrer einen Kopfschuß abbekommen. Aber inzwischen war der Wagen einen Häuserblock weiter und nach wie vor in voller Fahrt.

Außer Kontrolle geraten, schlitterte der Lincoln auf einen entgegenkommenden Laster zu. Der Zusammenprall war ohrenbetäubend. Durch den derart zum Stand gekommenen, vorne zerquetschten Laster wurde Nick die Sicht versperrt. Im Weiterlaufen lud er seinen Schnellader.

Mit gezückter Waffe kam Charlie aus dem Scalari's gestürzt, doch die Straße war leer. In der Ferne heulten Sirenen los und kamen näher, wie die Kavallerie in einem alten Film.

»Nick!« schrie Charlie. Er starrte auf die Straße. »Scheiße! Scheiße!«

Nick preschte gerade noch rechtzeitig um den zerbeulten Laster, um Sato und den ihm verbliebenen Gefolgsmann in entgegengesetzte Richtungen davonstieben zu sehen. Er heftete sich an den Mörder, der in Richtung Fluß in die Little West Twelfth Street abbog.

Dort war der alte Großhandelsmarkt für Schlachtvieh. Vom Blut und dem zur Reinigung ständig aus Schläuchen spritzenden Wasser war das Pflaster ganz glitschig. Die Straße verstopft mit Lastern aller Arten und Größen und Arbeitern, die in ihren blutbefleckten weißen Kitteln wie Ärzte aussahen.

Reihe für Reihe hing geschlachtetes Vieh von Haken an der Decke und bildete so ein schauriges Dach über dieser geschäftigen Umgebung. Einige Arbeiter wuchteten riesige Fleischklumpen aus Tiefkühlwagen, während die anderen sie in die Hallen schleppten und an den Haken aufhängten.

Sato tauchte in einem von den Dutzenden überdachten Gängen unter. Dicht hinter ihm wich Nick immer wieder den Männern aus, die Rinderhälften, ganze Kälber und kistenweise geköpfte Hühner ausluden.

Bevor er die Hallen erreichte, versuchte er die Zivilisten vor der Gefahr zu warnen. »Polizei!« schrie er den herumstehenden und gaffenden Arbeitern zu. »Verschwindet hier, verflucht nochmal!«

Drinnen spazierte Sato durch die Menge der Arbeiter, als gehöre er trotz seines maßgeschneiderten Anzugs einfach dazu. Mit seiner gezogenen Waffe mußte Nick vorsichtiger sein. »Polizei!« schrie er wieder. »Verdrückt euch doch. Der Kerl, der gerade durch ist – wo ist er hin? Jetzt geht doch weg! Du da, raus hier! Raus! Euch kann was passieren! Raus, verflucht nochmal! Raus!«

Plötzlich kapierten sie und einen Moment später war die Halle nackt wie ein gerupftes Huhn. Jetzt war nur noch Nick da. Vor ihm führte eine Treppe in den Kühlraum. Hinter Sato sprintete Nick hinauf.

Reihe um Reihe baumelten Rinderhälften von den Stangen über ihm. Vorsichtig bahnte sich Nick seinen Weg, stets darauf bedacht, nicht mit dem Kopf gegen das in Tonnen herabhängende tote Fleisch zu stoßen. Am Ende eines Gangs sah er einige Kadaver schwingen. Etwas hatte sie in Bewegung gesetzt – war das Absicht? Langsam schlich er in diese Richtung.

Auf einem Stapel Kisten stand Sato hinter einer Rinderhälfte versteckt und hielt einen Plastikbeutel mit dem Ende nach unten in die Luft. Er ließ Nick vorbei. Als Nick in die Falle getappt war, stülpte Sato ihm den Beutel über den Kopf.

Nick schoß, doch raubte ihm das Plastik Atem und Sicht, so daß die Kugel in die Irre ging und sich tief in irgendein zukünftiges T-Bone Steak bohrte. Bevor er reagieren und sich befreien konnte, traf ihn ein edler, lakkierter Schuh am Handgelenk. In hohem Bogen flog Nicks Colt davon, während er rücklings über den Kistenstapel stürzte. Endlich riß er den Plastikbeutel aus dem Gesicht.

Als es heller um ihn wurde, sah er plötzlich etwas vor sich in rascher Bewegung aufblitzen. Vor ihm tauchte Satos Schemen auf. Hoch in die Luft hielt er das *Tanto*.

Es wurde ein schneller, brutaler Nahkampf. Nick packte Sato am Arm und versetzte ihm gleichzeitig einen satten Kinnhaken. Er vermeinte einige Zähne splittern zu hören, aber Sato büßte nichts von seiner Schnelligkeit ein. Mit seinen handgefertigten Schuhen trat er Nick in den Magen, daß er schmerzverkrümmt zu Boden ging. Er holte zu einem zweiten Tritt aus, doch es gelang Nick, dem Mörder die mit edlen Beinkleidern ausgestatteten Füße auseinanderzureißen. Als Sato sich abrollte, duckte Nick sich zu Boden.

Vorsichtig schlichen sie wieder aufeinander zu, jeder zum tödlichen Schlag bereit. Plötzlich zischte Satos Messer durch die Luft und riß Nick über der rechten Augenbraue die Haut auf.

Das herabströmende Blut machte ihn rechts blind, woraufhin Nick aber nur noch wilder wurde. Hinter ihm lag ein Leben voller Straßenkämpfe in New York. Sato seinerseits war in allen Kampfkünsten ausgebildet – und hatte noch eine Waffe. Der Ausgang war offen.

Nick wich einigen Messerstichen aus, und als Sato sich zu einem besonders brutalen Angriff zurücklehnte, brachte ihn Nick aus dem Gleichgewicht und fiel mit ihm zu Boden. Sato stürzte auf Nick. Um das Messer entbrannte ein verzweifeltes Ringen.

Füße polterten die Treppe hinauf – eine Wagenladung Cops mit ihren Waffen im Anschlag. Vor Ungeduld brennend, stürmte Charlie voran und rammte Sato die Pistole in die Rippen.

»Das spürst du. Siehst du mich! Siehst du mich!« heulte er wild. Ein zweiter Polizist verdrehte Satos Handgelenk, bis er das Messer fallen ließ. Nick stieß Sato von sich und rappelte sich hoch. Sato wurde von den Polizisten hochgerissen. Als Nick zwischen mehreren Tonnen Rindfleisch seinen Revolver sicherstellen wollte, versetzte ihm Sato einen letzten Tritt mitten in die Nieren.

Nick konnte nicht mehr zurückschlagen, denn die Polizisten warfen sich in Trauben über Sato, bis er schließlich überwältigt war. Er gab den Widerstand auf, doch als sein Blick dem Nicks begegnete, lag ein Versprechen darin.

5

Der Captain war so auf die Schilderung der ganzen Ereignisse erpicht, daß er Nick und Charlie schon vor dem Eingang zum Präsidium in Empfang nahm. Gemeinsam liefen sie zum Trakt der Kriminalpolizei, in dem auch die Untersuchungshäftlinge verwahrt wurden; Nick humpelte unter Schmerzen, Charlie bemühte sich, ihn nicht zu stützen, und Captain Oliver überschüttete sie mit Fragen.

»Das Päckchen, hinter dem der Kerl her war, können Sie es beschreiben?«

»Sah aus wie glattes, dunkles Holz, gediegen, poliert. Flach. Dünn, ungefähr...« Nick beschrieb die schmale Holzschachtel mit den Händen. »Ungefähr so«, fuhr er fort. »Vielleicht zehn mal siebzehn bis zwanzig Zentimeter.« Die Stelle, in die ihn Sato getreten hatte, schmerzte.

»Rauschgift?« fragte Oliver.

Nick schüttelte den Kopf. Dabei tat ihm das Auge mit der Schnittwunde an der Braue weh. »Kaum in dieser Gesellschaft«, erklärte er.

»Was hat denn dann diesen Schießsturm ausgelöst?«

Nick Conklin (Michael Douglas) ist ein New Yorker Polizist, der seinen Job etwas unkonventionell erledigt.

Charlie Vincent (Andy Garcia) ist Nicks Freund und Kollege.

Sato (Yusaku Matsuda) ist Chef einer japanischen Geldfälscherbande und gilt als rücksichtslos und gefährlich.

Nick und Charlie (Andy Garcia, links) gelingt es, Sato (Yusaku Matsuda) dingfest zu machen.

Oliver war perplex. Aus Rücksicht auf Nick ging er ein bißchen langsamer.

»Könnte alles mögliche sein«, meinte Nick.

Sie kamen an einem Vernehmungszimmer mit weit geöffneter Tür vorbei. Nick sah kurz hinein und erkannte »Wolf« Abolafia, der mit einem Anwalt und zwei Beamten ein ruhiges Gespräch führte. Genauer gesagt, nur der Staatsanwalt und die Polizisten schienen zu reden. Ein Blick genügte, um herauszufinden, daß »Wolf« außer »Rufen Sie meinen Anwalt an«, kein Wort mehr gesagt hatte und es weiterhin so zu halten gedachte.

»Wie sieht denn seine Version aus?« fragte Nick.

»Er ist ein armer Bürger, der beim Mittagessen gestört wurde«, erklärte Oliver.

»Da muß er ja Hunger haben«, meinte Charlie.

»Da wir gerade davon reden...«, fing Nick an.

Charlie schnippte mit den Fingern. »Wußte ich doch, daß ich was vergessen hatte.«

Ohne Sinn für ihren Humor sah sie der Captain an. »Ich wüßte nur zu gerne, was Sie in einer Spelunke voller Ganoven gesucht haben«, fragte er trocken.

Charlie setzte zur Antwort an, doch Nick ließ ihn nicht zu Wort kommen. »In den Dienstanweisungen steht nichts darüber, wo und was man essen soll, Chef.«

Captain Oliver hatte schon die Hand auf der Türklinke zu den Räumen der Kripo. Bevor er sie herunterdrückte, wandte er sich um zu Nick und sagte ruhig: »Ich hätte gedacht, einer in Ihrer Lage würde sich nicht so weit mit dem Kopf vorwagen.«

In seinem Schlepptau liefen sie weiter, vorbei an Schreibtischen, vor denen Polizisten über Bergen von Papieren brüteten. Nick warf einen Blick auf einen Schreibtisch voller Schwarzweißvergrößerungen auf Hochglanzpapier von den Todesopfern der vergangenen Nacht, die jetzt auf Autopsietischen lagen. Offenkundig auf der Suche nach irgend jemand oder etwas durchwühlte ein Beamter die Fotografien.

Vor dem Tisch mit den sichergestellten Sachen vom letzten Massaker blieben sie stehen. Patronenhülsen, Quittungen, Waffen, blutbefleckte Servietten aus dem Scalari's – alles wurde von einem Polizisten, der hautenge Plastikhandschuhe trug, erfaßt und sorgfältig verpackt.

Nick nahm eine Patronenhülse in die Hand, drehte sie nachdenklich hin und her und legte sie wieder an ihren Platz.

»Das Büro schickt einen rüber, der herausfinden soll, was die Japsen und die Mafia über einer Flasche Chianti aushecken wollten«, erklärte der Captain.

»Keiner weiß also was«, überlegte Charlie laut.

»Richtig«, stimmte der Captain zu.

»Gibt es bei Abolafia Wanzen?« wollte Nick wissen.

Oliver lächelte beinahe. »Als der Witzbold das letzte Mal in ein sauberes Telefon gesprochen hat, kostete das Gespräch noch einen Nickel.«

Nick hob einen kleinen Plastikbeutel voll gelber Papierfetzen in die Höhe. »Darin war das Päckchen eingewikkelt«, erklärte er Oliver.

Der Captain nickte. »Okay, schicken Sie's mit der Morgenpost zum Labor und probieren Sie's beim Bezirksgericht. Verwetten Sie aber nicht auch noch das Geld für Ihre Socken.«

Mit einem Kopfnicken verließ Nick den Tisch mit den Beweismitteln. Mehr konnte er hier nicht mehr tun. Einer jedoch konnte ihm helfen, und Nick brannte darauf, ihn zu knacken.

»Wo ist mein Liebling?« fragte er. Der Captain nickte, machte auf dem Absatz kehrt und ging voran. Ohne viele Worte folgten ihm Charlie und Nick, bis sie den Vernehmungsraum Nummer 3 erreichten. Die Tür war verschlossen. Das hieß aber nicht, daß keiner erfahren konnte, was drinnen vor sich ging. Der Captain führte sie in den Beobachtungsraum nebenan, von dem aus sie durch eine Glasscheibe, die auf der anderen Seite blind war, zusehen konnten. Sato saß stocksteif da, Krawatte und der Rest waren wieder zurechtgerückt, die Blutflecken auf seinem Hemd waren getrocknet und sein Mund fest verschlossen. Ihm gegenüber saß ein Detective und bombardierte ihn mit Fragen, die ein japanisch-amerikanischer Dolmetscher übersetzte. Direkt vor der Tür stand ein zweiter, tadellos gekleideter Japaner in seiner Standarduniform, bestehend aus einem teuren, dunklen Anzug, einem weißen Hemd und einer biederen Krawatte.

»Er spricht kein Wort Englisch«, sagte Oliver düster. »Aber Japanisch will er auch nicht sprechen.«

»Ich habe ihn geschnappt«, meinte Nick. »Mein Fall.«

Oliver deutete auf die steife Gestalt vor der Tür. »Von der japanischen Botschaft. Die wollen ihn zuerst.«

»Was?« ereiferte sich Nick.

»Hören Sie, Nick. Während Sie drüben im Notarztzimmer zusammengenäht wurden, haben genügend japanische Politiker genügend Hebel in Bewegung gesetzt, um ganz New York auf den Kopf zu stellen. Ich weiß nicht warum, aber dieses Freundchen ist sehr wichtig. Sie wollen ihn unbedingt bei sich daheim haben.«

Nick platzte fast. »Captain«, sagte er, um Selbstbeherrschung kämpfend. »Ich habe das Blut von drei Leuten an den Klamotten, unter anderem auch meins. Ich kann zweifachen Mord eindeutig beweisen. Die können ihn gerne haben – nach zwanzig Jahren oder lebenslänglich.«

Die ganze Zeit hatte Oliver eine Mappe unter dem Arm getragen. Jetzt reichte er sie Nick.

»Was ist das?« Nick schlug sie auf und nahm zwei Flugscheine heraus, einen Stoß Gutscheine und ein Bündel Banknoten.

»Die japanische Botschaft hat mit dem State Department gesprochen«, erklärte ihm Oliver müde. »Dann hat das Ministerium mit dem Polizeipräsidium gesprochen. Die haben mit mir gesprochen, und ich spreche mit Ihnen. Die Kacke fließt den Berg hinunter. Jemand soll ihn heimbegleiten. Das sind Sie und Vince. Es heißt, man hat erst gelebt, wenn man den Fudjiyama gesehen hat.«

Nick starrte ihn an. Sollte das ein Witz sein? »Das ist doch beknackt, Captain«, rief er. Wieder spürte er die Wut in sich hochsteigen. Solange er um seine Selbstbeherrschung kämpfte, blieb sein Mund dünn wie ein Strich.

Conklin hatte einen Hang zur Aufmüpfigkeit, doch Oliver ließ es durchgehen. »Wollen Sie, daß die oben Sie fertigmachen?« fragte er. »Soweit ich gehört habe, sind Sie schon direkt vor ihnen aus der Haut gefahren. Das wollen die doch. Gönnen Sie sich eine Verschnaufpause. Tun Sie uns beiden den Gefallen. Angenehme Reise.«

Oliver strebte zur Tür. Bevor er draußen war, rief Nick ihm nach: »Hey...« Der Captain drehte sich um und wartete. Nick griff in die Hosentasche und zog einen Schlüsselbund hervor, den er Oliver zuwarf. Mit einer Reflexbewegung fing ihn der verblüffte Captain auf. »Solange die von der Dienstaufsicht bei mir in der Wohnung rumschnüffeln, sollen sie doch bitte meine Blumen gießen«, rief Nick.

Captain Oliver konnte nicht lachen. Nicks Schlüssel warf er auf einen Tisch neben der Tür. »Ich werde mich zu hundert Prozent hinter Sie stellen, Nick, solange Sie im Recht sind«, rief er und ging. Nick nahm das Bündel Scheine aus dem Umschlag, zählte es ab, nahm einen Teil davon an sich und steckte ihn in seine Brieftasche. Den Rest legte er in den Umschlag zurück.

Dann stellte er sich Charlies musternden Blicken. Alsbald mußte Charlie verlegen grinsen, sei es über seine Gedanken, sei es über das, was er jetzt sagte: »Mensch, kann das so schlimm sein? Diese Mädchen, die Geishas, die üben das ganze Leben für ihren Job, heißt es. Glaubst du, das stimmt?«

»Das werden wir wohl herausfinden«, antwortete Nick zerstreut, während er sich noch einmal durch die Glasscheibe Sato zuwandte.

Der saß mit fest geschlossenem Mund starr wie ein Schwert auf seinem harten Stuhl. Dem Detective riß langsam der Geduldsfaden, aber Sato reagierte weder auf ihn noch auf die Verwünschungen des ernsten jungen Dolmetschers. Der Botschaftsbeamte stand still da und schaute, lauschte, wartete.

Unvermittelt drehte sich Sato auf seinem Stuhl halb um und schaute zum Spiegel hoch. Obwohl er Nick hinter dem blinden Glas unmöglich sehen konnte, schien er irgendwie – als ob er über unheimliche Kräfte verfügte – zu wissen, daß Nick ihn beobachtete. Sato deutete mit der Hand einen Messerschnitt über die Stirn an, und zwar genau an der Stelle, an der Nicks Verband die *Shuto*-Wunde verdeckte.

Es war gespenstisch, ein bißchen beunruhigend. Aber zwischen ihnen war doch alles vorbei, oder? Nick mußte für seinen Gefangenen nur noch den Babysitter bis Japan spielen und ihn dann irgendwem sicher und wohlauf übergeben, sonst nichts. Warum nur, fragte er sich. Was hatte Sato getan, daß die in seiner Heimat ihn noch dringender wollten als dieser magere, heißhungrige amerikanische Cop?

Nick fuhr mit den Fingern durch sein viel zu langes Haar. Er sah Charlie an, der seine Aufregung nicht verbergen konnte.

»Bist du schon mal von New York weggewesen, Charlie?«

»Klar, Nick. Ich war mal in Jersey und hab' dort 'ne Kuh gesehen.«

Natürlich war das Flachs, denn Charlie hatte an einem großen, wichtigen College in Boston mit Auszeichnung studiert. Er war ein netter Kerl. Und weiß Gott, auf dem endlosen, langweiligen Flug wäre er sicher ein angenehmer Begleiter.

6

Gegen den in die Stadt rollenden Berufsverkehr donnerte in aller Früh die Harley über die Brücke von der 59. Straße zum Queens Boulevard. Von dort bog Nick in eine Seitenstraße ab. Weil das ein ruhiger Vorort war, drosselte er das Tempo und den Lärm. Vor einem niedlichen Häuschen, das wohl bald einen neuen Anstrich nötig hatte, hielt er an. Er ließ den Motor zweimal kurz knattern, dann stieg er ab. Am Randstein wartete er, die Augen auf das Haus geheftet.

Nach einer Minute erst ging die Vordertür auf, und er konnte Peggy dahinter stehen sehen. Die Jalousien schob sie nicht beiseite. Sie sagte kein Wort. Er auch nicht. Nichts zu sagen. Nicht mehr.

Plötzlich schossen zwei Kinder an ihr vorbei, bevor sie sie bremsen oder aufhalten konnte. Es waren prächtig aussehende Jungen mit seinem spülwasserblonden glatten Haar und Peggys sanften braunen Augen. Patrick war acht und Danny war zehn Jahre alt. Trotz der schmucken grauen Hosen, der blauen Blazer und der Krawatten hatten sie beide ein bißchen den Teufel im Leib.

Bei ihrem Anblick hellten sich Nicks Züge auf, und er grinste selbst wie ein Kind – hätte jemand hingeschaut, die Ähnlichkeit zwischen Nick und den Jungen wäre ihm jetzt ins Auge gesprungen. Wenn die Verbitterung aus seinem Gesicht verschwand, sah er gar nicht mal so übel aus. Glatte Züge, kräftiges Kinn, kluge graue Augen, die eben jetzt voller Liebe und Stolz funkelten.

»Dad!« jauchzte Danny aufgeregt, und sauste den Weg hinunter in Nicks ausgebreitete Arme. Nach einer wilden Umarmung war Dannys Mitteilungsdrang so stark, daß ihn nichts mehr aufhalten konnte. Die Geschichte sprudelte heraus wie ein Wasserfall: »Patrick hat Ärger. Er hat Schwester Elizabeth was genannt und sie hat es gehört!«

In seinen frisch polierten Schuhen schlurfte Patrick dem Vater und dem Bruder entgegen. Dabei ließ er sich soviel Zeit wie nur möglich. Er trug einen gewaltigen Schulranzen auf dem Rücken und schien für einen so kleinen Jungen ungebührlich niedergedrückt. Nick barst das Herz schier.

»Was hat er sie denn genannt, Daniel?« wollte er wissen.

Danny grinste. Es war Nicks Grinsen und auch das von Nicks Vater. »Eine dumme Gans!« verkündete er entzückt.

Nick sah entsetzt drein und hielt sich die Hände über die Ohren.

Dann blickte er zu Patrick hinüber, der in einer Entfernung von ein paar Metern mit gesenktem Kopf regungslos dastand. Nick senkte die Stimme zu einem verschwörerischen Tonfall.

»Hey, Patrick? Ich hab mir schon immer genau das gleiche gedacht. Verrat ihr aber nicht, daß ich das gesagt habe.«

Patrick sah ihn ruhig an, mit Peggys Augen.

»Hey, rat mal was, du Gauner. In einer Million Jahren kommst du nicht drauf, wo ich heute noch hin muß.«

»Weit weg?« fragte Patrick.

»Sehr weit, aber in ein paar Tagen komme ich wieder heim.«

»Brooklyn?« probierte es Danny.

Patrick sah ihn nur an und wartete.

»Wißt ihr, wo Japan ist?« fragte Nick sie. Er versuchte etwas Begeisterung in seine Stimme zu legen.

»Klar«, meinte Patrick.

»Das weiß doch jeder«, sagte ihm Danny. »Fliegst du nach Japan?«

»Sowieso.«

»Bringst du mir dann ein Ninja-Schwert mit?« bettelte Patrick. Er stellte ihn auf die Probe, forderte ihn. Sie hatten sich getrennt, als Patrick zu klein war, um überhaupt zu wissen, daß er einen Vater hatte. Das machte sich manchmal bemerkbar.

»Ich bring euch was Schönes mit«, versprach Nick.

»Ein Ninja-Schwert ist was Schönes.« Patrick ließ nicht locker.

»Und Trafos«, schaltete sich Danny ein. »Dort gibt es die besten.«

»Wie wär's mit einer Fahrt zur Schule?« schlug Nick vor und deutete auf das Motorrad.

Patrick griff nach der Hand seines Bruders. »Mom sagt, daß das nicht sicher ist.«

Aber Danny zog es fort, zur Maschine und zu seinem Vater. »Fahren wir. Ich kann von ganz alleine raufklettern.«

Nick warf einen Blick auf das Haus. Peggy stand noch hinter den Jalousien und beobachtete sie.

Er sah auf die zwei Menschen hinunter, die er über alles auf der Welt liebte. Jedes Mal aufs neue, und so auch jetzt, fragte er sich, wie er es nur ertragen konnte, sie zu verlassen. Er drückte Dannys Schultern und streckte die Hand nach Patrick aus, der sich aber wegduckte. Nick streichelte ihm das weiche, gelbe Haar und ließ es dabei bewenden.

»Na ja, vielleicht hat eure Mom recht«, meinte er zu Dannys deutlich sichtbarer Enttäuschung. »Also, paßt gut auf euch auf, okay? Sobald ich zurück bin, komme ich wieder. Ich liebe euch doch, Jungs.«

»Ja, schon gut«, sagte Danny. Patrick durfte jetzt wieder seine Hand nehmen.

»Tschüs«, sagte Patrick.

»Tschüs«, sagte Nick. Er sah ihnen nach, bis sie um die Ecke verschwunden waren. Ohne sich zum Haus umzudrehen, zückte er seinen Geldbeutel und leerte den Rest Bargeld in den Briefkasten, auf dem immer noch CONKLIN stand. Dann sprang er auf die Maschine und brauste mit ohrenbetäubendem Gedröhn in die andere Richtung davon.

Und dann saßen sie in der 747, ein wirklich vergnügtes Trio: Charlie am Fenster, Nick neben dem Mittelgang und Sato mit gefesselten Händen auf dem Schoß dazwischen. Charlie las in einem Führer, Alles über Japan. Nick spielte solitaire. Mißmutig knallte er die Karten vor sich auf das Tablett.

Charlie hätte ihn nur zu gerne aufgemuntert. Für ihn war es eine tolle Chance, ein Abenteuer sogar: Wie viele Angehörige des NYPD (New York Police Department) bekamen schon Reisen in den Fernen Osten bezahlt und brauchten für nichts selber aufzukommen? Aber natürlich konnte er sich auch in Nick einfühlen. Direkt neben dem Typen zu sitzen, den man wegbringen mußte, konnte einem schon den Spaß verderben.

»Hey Nick, du jammerst doch immer, daß du nie wohin kommst«, erinnerte er seinen Partner aufgekratzt.

Nick zog eine Augenbraue hoch. »Ich dachte an Las Vegas, Charlie. Vielleicht auch Reno.«

Charlie schüttelte den Kopf. »Was fehlt dir denn? Die Motorradfahrten zu irgendeiner Krankenschwester? Das ist ja trauriger als Äthiopien.«

Nick schaute von seinem Solitaire nicht auf.

In einer plötzlichen Eingebung legte Charlie den Reiseführer beiseite und beugte sich über Sato, um Nick ein bißchen aufzumöbeln, ihn auf andere Gedanken zu bringen.

»Hör zu, Nick. Es muß ja nicht immer nur Arbeit sein. Jetzt zieh nicht so eine Schnute. Stell dir vor, ich rufe an und sage, wir hätten die schlimme Asiatische Grippe von den rohen Muscheln dort und wir würden drei Tage länger bleiben. Du und ich. Was meinst du, wie wir bei den Geishas dort die Kuh fliegen lassen...«

Nick lächelte fast, schüttelte aber den Kopf. »Kommt nicht in die Tüte«, erklärte er kategorisch.

»Ach was! So ein großer Junge wie du? Und Bulle aus New York? Du bist doch das größte, was seit Godzilla in die Stadt einfiel.«

Nick lächelte. Zufrieden wandte sich Charlie wieder seinem Buch zu. Die ganze Zeit war Sato regungslos wie eine Statue dazwischen gesessen.

»Hey Nick, da steht, es gilt als unhöflich, jemanden zu berühren, wenn man mit ihm redet.«

Mit dem Ellbogen stieß Nick Satos rechten Arm von der Lehne. »Ach was«, meinte er.

Charlie stubste Sato von der anderen Seite. »Das heißt doch, daß man nicht gleichzeitig miteinander reden und vögeln kann. Stimmt doch, oder, du Leuchte?« Regungslos saß Sato da, den Blick geradeaus gerichtet. »Was ist denn los?« fragte ihn Charlie. »No habla English? Comprendo das, Kumpel: Meinen Partner verarschst du nie wieder, kapiert?«

»Schau ihn dir an«, rief Nick. »Große Pose und nichts dahinter.« Angewidert schaute er weg. »Was meinst du, kostet es, das Herzchen heimzuschaffen?« spekulierte er.

Charlie steckte wieder die Nase ins Buch. »Der wäre nicht mal den Dreck über seinem Sarg wert«, meinte er.

Nachdenklich nickte sein Kollege: »Ein Cop wie Ronan riskiert jahrelang vierzehn Stunden am Tag Kopf und Kragen, nur damit er den Rest seines Lebens Schulden abstottern kann.« Mit den Fingern tastete er über das Revers von Satos tadellosem Maßanzug. »Der Dreckskerl trägt die Zinsen für mein Haus am Leib.«

Sato schaute geradeaus. Vielleicht meditierte er.

Charlies anständiges Gesicht umwölkte sich. »Manche verzweifeln«, sagte er langsam. »Sie lassen sich verführen. Das setzt ihn aber nicht weniger ins Unrecht.«

Wütend schüttelte Nick den Kopf. »Völlig daneben«, rief er. »Wenn Ronan einem von den Dealern ein bißchen die Sahne abgeschöpft hat und ihn dazu auch noch hinter Schloß und Riegel gebracht hat, dann soll ihn keiner kreuzigen. Du hast keine Familie. Vielleicht brauchen seine Kinder Hosenträger, eine bessere Schule – wer zum Teufel weiß das schon. Er versucht nur durchzukommen und will ja gar nicht an diese bescheuerte Riviera.«

Plötzlich schossen Satos Augen zu Nick hinüber. An Nicks Tonfall mußte er etwas gemerkt haben, vielleicht brachte ihn etwas darauf, daß Nick kurz vor einer Niederlage stand.

Es machte Nick verrückt. Er sprang fast hoch. »Wohin zum Teufel schaust du?« schrie er.

»Reg dich ab, Nick, okay?« sagte Charlie hastig.

Nick setzte sich. Sato starrte wieder nach vorne, doch um seine Lippen spielte der Anflug eines Lächelns. Nick lehnte sich zurück und versuchte sich mit der Überlegung zu beruhigen, welche Strafe wohl darauf stand, wenn man seinen Gefangenen auf dem Weg zum Auslieferungsziel mit bloßen Händen erwürgte.

Nach dem Abendessen ging Charlie mit Sato aufs Klo. Danach wurden die Lichter gedämpft, damit man einen Videofilm über das Japan des dreizehnten Jahrhunderts ansehen konnte, in dem zwei Samurai einander angrunzten. Wer Kopfhörer hatte, konnte zwischen einem englischen und einem japanischen Tonkanal wählen. Charlie und Nick wollten weder noch. Sato wurde nicht gefragt.

Charlie nickte ein. Nick spielte wieder eine Runde Solitaire. Er legte fünf Karten mit dem Bild nach unten in eine Reihe. Während er noch überlegte, welche er aufdekken solle, überraschte ihn Sato mit einem Blick und dann mit einem Griff auf eine der Karten. Es war die richtige.

Mit einem breiten Grinsen entblößte Sato seine großen, unregelmäßigen Zähne. Nick erwiderte das Grinsen. Dann rammte er Sato den Ellbogen in die Rippen. Der krümmte sich vor Schmerz. Sein unwillkürliches Ächzen weckte Charlie.

Der war sofort hellwach. »Was ist los? Was hat er denn?« fragte er mit einem Blick auf Sato, der sich trotz der Handschellen mit beiden Händen die schmerzende Seite hielt.

Nick zuckte mit den Schultern. So gut hatte er sich schon eine ganze Weile nicht mehr gefühlt. »Wahrscheinlich gefällt ihm der Film nicht«, erklärte er Charlie.

Charlie kehrte zu seinen süßen Träumen von den Geishas zurück, und selbst Sato schloß für einige Stunden die Augen. Nick dagegen konnte in Flugzeugen, Zügen oder anderen Verkehrsmittel nie schlafen, wenn sie in Bewegung waren. Schließlich verging auch diese lange Nacht, und die ersten Boten eines sonnigen Himmels zeigten sich durch die verdunkelten Fenster. Als das Licht für das Frühstück anging, machte Sato seine ausdruckslosen Augen auf. Charlie gähnte, streckte sich und rempelte erst den Gefangenen, dann seinen Partner an.

»Und? Geht's?« fragte er Nick.

»Klar.«

»Hast du ein bißchen geschlafen?«

»Klar.«

Als Charlie die Jalousien hochzog, überflutete sie strahlender Sonnenschein. »Hey, schau.« Er atmete tief durch und versuchte soviel von der Aussicht mitzubekommen, wie ihm das Fenster erlaubte. Unter ihm lag der schneebedeckte und von der Morgenröte umrahmte Gipfel des Fudjiyama, genauso wie in den Prospekten.

Nick stubste Sato an. »Willkommen zu Hause, Schätzchen.«

Durch das Fenster starrte Sato auf die atemberaubende Schönheit des heiligen Berges, doch ob er sich über den Anblick freute oder nicht, ließ sich nicht sagen.

Sanft glitt die 747 zur Erde, und nach einer endlosen Wartezeit begannen die Passagiere mit ihren Taschen und Mänteln in der Hand im Gänsemarsch hinauszutrippeln. Nick kettete sich nun an Sato, machte aber keine Anstalten aufzustehen. Charlie erhob sich von seinem Fensterplatz und dehnte in der Enge die Muskeln. Durch das Fenster lugte er auf den Flughafen von Osaka, oder das, was er davon sehen konnte.

»Keine Blaskapelle... das ist aber komisch. Und keine Übergabe der Stadtschlüssel? Vielleicht werfen sie mit Reis.«

Sato versuchte aufzustehen, doch Nick riß ihn wieder

zurück. »Bleib sitzen, mein Schöner«, rief er. »Weißt du was, Charlie? Am Ende bin ich gar nicht mal so traurig, wenn wir den Kotzbrocken los sind.«

»Tut so, als könnte es gar nicht schnell genug gehen, was?« bemerkte Charlie.

»Die werden ihn doch hoffentlich aufhängen wollen«, meinte Nick trocken.

Während die Passagiere weiter langsam zum Ausgang trotteten, blieben sie ruhig sitzen. Dann ging die Luke hinter ihnen von außen auf, und der Reinigungstrupp kam herein. Ihm folgten drei Beamte, zwei in blauer Uniform mit Blechknöpfen, der dritte in grauem Standardanzug, weißem Hemd und dunkler Krawatte. Er trug ein Klemmbrett in der Hand.

»Die hiesigen Polypen«, sagte Nick. »Wir sind dran.«

Er wühlte in der Hosentasche nach seiner Kennmarke. Charlie tat es ihm gleich. Gut sichtbar brachten sie sie an ihren Jacken an. Dann stand Nick auf und riß Sato mit sich auf den Gang.

Mit einer Verbeugung sprach sie der Zivilbeamte an: »Meine Herren, seien Sie willkommen in Japan. Ich bin Inspektor Nashida von der Polizeipräfektur Osaka. Hatten Sie einen angenehmen Flug?«

»Phantastisch«, antwortete Nick kurz. »Mein Name ist Conklin, das ist Vincent. New York Police Department.«

Charlie streckte dem Inspektor seine Hand entgegen. »Charlie«, sagte er sehr deutlich. »*Kon-ichi-wa.*«

Nashida schüttelte seine Hand und verneigte sich. Charlie verneigte sich gleichfalls.

»Ich muß die Papiere sehen, Inspektor«, blaffte Nick.

»Bitte.« Nashida nickte. Er reichte Nick das Klemmbrett mit dem daran befestigten Kugelschreiber. »Wenn Sie bitte hier unterschreiben würden ... und hier und hier ...«

Nick sah auf einen langen Bogen weißes Papier voller japanischer Schriftzeichen hinunter. »Nichts auf englisch?« fragte er.

»Englisch?« wiederholte Nashida verblüfft. Offensichtlich war ihm etwas so Abwegiges noch nie in den Sinn gekommen. »Nein, tut mir leid«, fügte er hinzu.

»Tja... äh...« Nick kritzelte seinen Namen an die Stellen, die ihm der Inspektor angegeben hatte.

Nashida riß einen der Durchschläge herunter und reichte ihn Nick. »Das ist für Sie. Vielen herzlichen Dank für Ihre harte Arbeit.« Wieder verneigte er sich, diesmal tiefer. Dann wandte er sich zu seinen uniformierten Begleitern um und bellte etwas. Einer zog eine Pistole.

Nick sperrte die Handschellen auf. Einer der japanischen Polizisten riß Sato unsanft beiseite. Nach einer flüchtigen Durchsuchung wurden Sato Handschellen angelegt.

»Hinter dem Zoll wartet ein Chauffeur auf Sie. Er wird Sie in Ihr Hotel bringen«, erklärte Nashida Nick und Charlie. »Wir wünschen Ihnen einen schönen Aufenthalt in Osaka.«

»Arrigato«, erwiderte Charlie mit einem glückseligen Grinsen. »Machen Sie nur nicht zu schnell, Inspektor Nashidasan.«

»Am besten noch schneller«, fügte Nick an. »Und da hab ich was für dich, Sato.« Zum Gruß riß er die Hand hoch. Nur der Mittelfinger war ausgestreckt.

Wieder verneigte sich der Inspektor. Nick und Sato sahen einander einen Augenblick lang tief in die Augen. Dann wurde Sato durch die Luke und die Personaltreppe hinab ins Freie gestoßen. Nashida bildete die Nachhut der kleinen Prozession, die sich nun ihren Weg zu einem wartenden zivilen Lieferwagen bahnte.

»Jawohlja! Auf geht's!« jubelte Charlie. »Jetzt haben wir frei. Ich mach's mit den Geishas wie die Taschendiebe am Times Square: Immer wieder rein und raus.« Er hob seine Tasche auf, Nick hob die seine auf, und sie liefen nach vorne.

»Ich werde mich erst mal aufs Ohr legen«, meinte Nick.

»Schlafen kannst du doch in New York, Nicky. Was du brauchst, ist Action.« So wie Charlie das sagte, fühlte sich

Nick gut einhundertzehn Jahre alt. Dann aber fiel ihm ein, was er in Charlies Alter gemacht hatte. Und, verdammt noch mal, so lange war das auch noch nicht her. Vielleicht sollten sie sich in der Zeit wirklich ein bißchen Sex und Schnaps gönnen. Warum auch nicht, wenn sie schon hier in Japan saßen.

An der Rolltreppe warteten nur noch wenige Passagiere. Eine hinreißende Stewardeß stand da und verabschiedete sie mit *goodbye* und *sayonara*. Charlie starrte sie voll unverhohlener Bewunderung an. Er senkte die Stimme: »Nick, wußtest du, daß jede einzelne von diesen schwarzhaarigen Gummifrauen mit ihrem kleinen Hintern nur darauf wartet, daß zwei Scheichs wie wir ihnen alle Glöcklein zum Läuten bringen?« Als sie an der jungen Schönheit vorbeikamen, blieb er abrupt stehen und verbeugte sich tief. *»Domo arrigato«*, rief er. Sie lächelte ihn freundlich an.

»Wo hast du denn den Bockmist gelernt?« fragte Nick.

Charlie deutete auf seinen Führer. »Das ist deren Land«, meinte er.

»Wenn man dir ein Buch in die Hand drückt, ist das, als gäbe man einem Baby ein Gewehr«, sagte Nick angewidert.

»Mann, in Rom...«

»In Rom«, unterbrach ihn Nick, »verneige ich mich vielleicht mal.«

Gerade als sie die Luke erreicht hatten, kamen ihnen drei japanische Polizisten von der Treppe her entgegen. Einer musterte Nick, sah dann an ihm vorbei in den leeren Flugzeugbauch.

»Arschloch«, murmelte Nick.

Der Beamte wandte sich wieder ihm zu. »Detective Conklin?«

Nick und Charlie ließen ihre Taschen fallen, rissen die Pistolen heraus und rasten, das Reinigungspersonal links und rechts zur Seite stoßend, durch den Gang zurück zur hinteren Luke.

Sie kamen gerade noch rechtzeitig, um zu sehen, wie der Lieferwagen das Tor am Ende des Rollfelds passierte. Das Heckfenster war offen. Sato, der gut zu erkennen war, drehte sich zu ihnen um. Lachend zeigte er ihnen den Stinkfinger.

»Und das habe ich für dich, du Arschficker!« rief er in durchaus makellosem Englisch.

7

Statt die Gangway hinunterzustürmen, nahm Nick die Abkürzung und landete nach freiem Fall auf dem Dach eines unter der Ladeluke stehenden Personallasters. Der fuhr auch genau in diesem Moment los, und zwar in eine ganz andere Richtung als Satos Wagen...

Es dauerte eine Weile, bis seine mißliche Lage bei so vielen Leuten an der Strecke Aufsehen erregt hatte, daß auch der Fahrer etwas merkte. Schließlich hielt er an, um nachzusehen, warum alle so schrien und gestikulierten. Erbost befahl er Nick auf japanisch, seinen Laster zu verlassen, sehr zum Vergnügen der wie aus dem Boden gestampften Schar von Arbeitern, die sich den Spaß nicht entgehen lassen wollten. Nick sprang herunter und eilte zur Abfertigungshalle, wo Charlie sich bereits vor den richtigen Polizisten nach Kräften verneigte und um Erklärungen bemühte.

Die Räume der Kripo im Polizeipräsidium von Osaka unterschieden sich von ihren Gegenstücken in Amerika nur durch die Ordnung auf den Schreibtischen. Es herrschte rege Betriebsamkeit. Bürohengste arbeiteten sich durch endlose Berge von Formularen, Berichten und Beweismitteln. Computer klapperten, Telefone schrillten, und über all dem erhob sich eine laut rufende Stimme mit New Yorker Akzent.

»Sie hatten Uniformen und Dokumente, Captain. Es war ja nicht so, als ob ich denen ein Taxi bezahlt hätte«, schrie Nick in das Telefon.

Er sprach mit seinem Vorgesetzten, der, wenn es das überhaupt geben konnte, noch wütender war als die finster dreinblickenden Leute um Nick. Anscheinend konnte der Captain nicht begreifen, was geschehen war, selbst nachdem Nick es zweimal erklärt hatte. Damit müßte ich sämtliche ersten Preise für »Die peinlichste Geschichte meines Lebens« gewinnen, dachte Nick.

»Erzählen Sie mir noch einmal, wie Sie auf den falschen Laster gesprungen sind«, brüllte Oliver am anderen Ende der Welt. Nick konnte ihn die Milch gegen seine Magengeschwüre direkt aus der Pappflasche schlucken hören.

Auf der anderen Seite des Schreibtisches durchblätterte Charlie Verbrecheralben. Tausende von Männern mit quadratischem Gesicht, Mandelaugen und glattem schwarzen Haar. »Mein Gott«, murmelte er vor sich hin, »diese Dussel sind doch ... auf keinen Fall der da, der andere genausowenig ... na ja, vielleicht ... unbedingt vielleicht ... o Gott ...«

Captain Oliver war jetzt ruhiger. Die Milch wirkte wohl. Über Tausende von Meilen kam seine Stimme besonnen und fast traurig herüber. »Kennen Sie noch mein Büro?« fragte er. »Ein Schreibtisch und ein Stuhl. Nur im Moment ist dort ein Berg Scheiße.«

»Ich wußte ja nicht, an welche Namen ich mich halten sollte. Der Typ sagte ›Inspektor Nashida‹. Also hielt ich ihn dafür. Wie hätte ich denn die Ausweise überprüfen sollen und ...«

»Ich will keine Ausreden, verflucht. Sagen Sie mir, wie es passiert ist. Bringen Sie es mir in Zeitlupe bei, nur noch dieses eine Mal.«

Nick seufzte und erzählte die Geschichte noch einmal.

»Neunmal unbedingt vielleicht«, murmelte Charlie, während er sich wieder eine Kennziffer notierte und das erste von den dicken Alben zuklappte. Er schlug das nächste auf, begutachtete das nächste Foto, hielt es Nick vor die Augen. Der redete weiter ins Telefon, schaute auf das Foto und zuckte mit den Schultern. Vielleicht.

Gebeugt unter der Last eines schweren Tragekorbs, aus dem stechend riechende Dampfwolken aufstiegen, kämpfte sich eine ältere Frau voran. Vor jedem Tisch blieb sie stehen und klappte den Deckel auf. Wenn die Männer an den Schreibtischen ein Zeichen gaben, griff sie tief in den Behälter hinein und reichte ihnen eine säuberlich verpackte Portion. Am Schreibtisch neben dem von Charlie und Nick angekommen, begann sie ein Gespräch mit dem Papierwühler in Zivil. Während sie sein Mittagessen aus dem Korb hervorholte, stellte sie ihm in einem Atemzug gleich eine Serie von Fragen. Offensichtlich über Nick und Charlie und den Grund ihrer Anwesenheit.

Der Typ am Tisch nebenan war anscheinend ihre Kontaktperson. Jedenfalls war er ihnen zugeteilt worden, bis sie eine höhere Charge zu Gesicht bekamen. Mit ihnen zu reden hatte er nicht versucht, doch hatte er ihnen mit Gesten bedeutet, daß sie sich an diesen Tisch setzen und warten sollten.

Welche Antwort dieser Typ der Alten auch gab, sie mußte darüber lachen und fuhr sich mit der Hand über den zahnlosen Mund. Charlie sah auf. Gewiß hatte sie wissen wollen, ob sie ausländische Verbrecher seien, und als der Bürohengst erklärt hatte, im Gegenteil, sie seien Cops, hatte sie das für urkomisch gehalten. Sie riskierte einen schüchternen Blick auf den gutaussehenden Charlie. Er lächelte sie an. Die alte Frau stellte eine Schale dampfender Nudeln vor dem Ellbogen des Bürohengstes ab, und er bezahlte sie.

Sie verbeugte sich und nahm ihre schwere Last wieder auf. Eilig trippelte sie an Nick und Charlie vorbei.

»Hey«, rief Charlie. »Wer sorgt denn hier für den Kaffee?«

»Ich habe mich an die Vorschriften gehalten«, erklärte Nick Oliver über das Telefon. »Wenn das Dokument koscher war, dann wären es doch auch die Kennmarken gewesen, oder? Das war doch alles auf japanisch, Herrgott nochmal...«

Der Mann am Tisch nebenan verzehrte seine Nudeln. Aus der Schale, die er dicht unter den Mund hielt, schaufelte er sie mit Stäbchen in sich hinein. Dazu schlürfte er laut. Das, so hatte Charlie gelesen, war hier ein Zeichen von Höflichkeit. Es stimmte wohl, denn von allen Tischen kamen diese Geräusche. Der herrliche Geruch und das lustvolle Schmatzen ließen Charlie das Wasser im Munde zusammenlaufen. Er griff zu seinem Sprachführer und fand das Wort, das er sagen wollte.

»*Su-mi-ma-san*. Nudeln.« Der Mann am Schreibtisch nebenan schaute weder auf, noch hielt er im gierigen Genuß seiner Mahlzeit inne.

»Gibt es hier einen Kaffeeautomaten?« stöhnte Charlie, der Verzweiflung nah.

Seine einzige Kontaktperson sah ihn an, lächelte höflich, stellte die leere Schale beiseite und machte sich wieder an die Arbeit. Er hatte einen *Hanko* in der Hand – einen Zylinder aus auf Hochglanz poliertem Holz, auf dessen Unterseite ein komplizierter Zeichensatz eingraviert war. Der Mann war etwa mittleren Alters. Sein fast faltenloses Gesicht drückte abgeklärte Resignation aus, während er vor zwei hohen Stößen Papier saß, immer jeweils einen Bogen in die Hand nahm, ihn mit seinem *Hanko* stempelte und ihn säuberlich in das Erledigt-Fach legte. Er tat das mechanisch, immer und immer und immer wieder, ohne jedes Zeichen von Langeweile, Müdigkeit oder Interesse. Er arbeitete mit der Effizienz und Leidenschaft einer Maschine.

»Unglaublich«, sagte Charlie. »Diese Menschen kaufen die Fifth Avenue auf. Aber bemüh dich um einen Kaffee, und was tun sie? Sie lächeln.«

Am Telefon fragte Oliver Nick: »Haben Sie schon mit einem von den Verantwortlichen gesprochen?«

»Noch nicht«, antwortete Nick. »Ich bemüh mich

drum.« Er schaute zu einem Pult am anderen Ende des Raumes hinüber, an dem ein Sekretär Reihen von Kriminalbediensteten gegenübersaß. Nick erhaschte seinen Blick und deutete auf sein Handgelenk, da wo die Uhr war. Lächelnd hielt der Sekretär einen Finger hoch.

Schnell deckte Nick die Sprechmuschel ab. »Das nächste Mal schneide ich ihm den Finger ab«, flüsterte er zu Charlie hinüber. »Das schwöre ich bei Gott.«

»Das wäre der falsche Finger, Kumpel«, meinte Charlie.

»Was? Was? Was sagen Sie?« schrie Oliver am anderen Ende der Leitung.

»Nichts, Chef. Der Obermacker hier empfängt uns in genau einer Minute.«

Charlie schob eines der Verbrecheralben über den Tisch, damit Nick eine zufällig aufgeschlagene Seite begutachten konnte: zwei Männer, die einander wie Brüder glichen. Nick sah hin, wobei er wieder die Hand über die Sprechmuschel hielt. »Direkt unheimlich«, bemerkte er. »Doppelgänger.«

»Captain«, rief er ins Telefon, »ich werde die Situation retten.«

»Nick, schauen Sie lieber, daß Sie Ihren Arsch retten«, riet ihm der Captain. »Stellen Sie sich am besten ins Klo und spülen Sie runter.«

»Was zum Teufel meint er damit«, stöhnte Nick.

»Was soll denn der Blödsinn?« maulte Charlie. Voller Verzweiflung schob er das Album über den Nachbartisch, damit es der Beamte sehen konnte. »*Dozo*, Boß«, rief er. »Hast du noch was anderes außer diesem Kamikazejahrbuch da?«

Am anderen Ende des Zimmers klingelte das Telefon des Sekretärs. Alle schauten auf und warteten. Der Sekretär nahm den Hörer ab, lauschte, nickte, verneigte sich dabei in einem Reflex vor dem unsichtbaren Anrufer. »Hai«, rief er immer wieder. »Hai. Hai.« Er legte auf und gestikulierte zu Nicks und Charlies Mann hinüber. Alle an den ordentlichen Schreibtischen wandten sich wieder ihrer Arbeit zu. Der stattliche Beamte, der für einen Japaner ungewöhnlich groß war, sprang auf, riß sein Jackett von der Stuhllehne und zog es hastig an.

»*Banzai*«, brummelte Charlie.

»Bestimmten Leuten hier kommt es gelegen, daß der einzige Gefangene, den Sie je haben entwischen lassen, nicht so aussah, als könne er sich nichts leisten.« Oliver hatte die Stimme gesenkt. Sie klang eher traurig als wütend, doch Nick war wie vom Donner gerührt. Wenn sogar sein eigener Captain es für möglich hielt, daß er Sato für Geld hatte entkommen lassen, dann war sein Ruf ja noch schlimmer angekratzt, als er es sich vorgestellt hatte. Sato zu erwischen, hieß jetzt mehr, als ihn nur am Kragen zu packen. Auf einmal ging es auch um den seinen.

Ins Telefon bellte er aber, als sei die Anschuldigung wirkungslos von ihm abgeprallt: »Diese Idioten können mich am Arsch lecken. Bis zu seiner Auslieferung gehört er immer noch mir.«

Die neuerliche Verärgerung in Nicks Tonfall ließ Charlie aufschauen. »Was?« maulte er.

Ihr Mann mit den Nudeln stand jetzt fast in Hab-acht-Stellung vor ihrem Tisch und wartete. Sie sahen zu ihm auf und warteten ihrerseits. Der Mann deutete auf das Pult des Sekretärs und die imposante Bürotür dahinter.

»Müssen jetzt gehen, Captain«, rief Nick ins Telefon und legte auf. »Jetzt geht's los«, murmelte er. »Phantastisch!«

Er und Charlie erhoben sich. In ihrer Mitte lief der Beamte mit schnellen Schritten den engen Gang zwischen den zwei Schreibtischreihen hinunter.

»Dem Typen werde ich schon husten, wie begeistert ich von der langen Wartezeit war«, kündigte Nick seinem Kollegen an.

»Vergiß nicht, daß es sein Dschungel ist«, warnte ihn Charlie.

Sie redeten, als wären sie allein. Es sah ja auch ganz danach aus. Von den in Reihen vor ihren absolut gleichen

Schreibtischen sitzenden Männern in ihren absolut gleichen Anzügen oder Uniformen sah keiner auf, als die drei an ihnen vorbeikamen.

»Ich werde schon nicht aus der Rolle fallen«, versprach Nick. Zum Beweis lächelte er ihren Führer an, der sofort verstand und das Lächeln erwiderte.

»Hoffentlich spricht von den Nudelschlürfern in dem Haus hier wenigstens einer verdammt noch mal Englisch«, sagte Nick laut.

Nachdem sie das Pult des Sekretärs umkurvt hatten, hielten sie vor der Bürotür an. Ihre Eskorte klopfte einmal. Von innen kam eine gedämpfte Antwort. Ihr Führer nahm sofort Haltung an und griff in seine Jackettasche. Er zog eine kleine Visitenkarte hervor – die Schrift war eingraviert – und überreichte sie Nick mit einer feierlichen Geste.

»Unterinspektor Matsumoto Masahiro«, erklärte er mit der knappen – sehr knappen – Andeutung einer Verneigung. »Unterinspektor bei der Polizeipräfektur von Osaka, und ich spreche verdammt noch mal Englisch.«

Nick sah Charlie an, Charlie sah Nick an – einen Moment lang hatte es beiden ausnahmsweise die Sprache verschlagen. Beide sahen ihren Führer an, doch nichts an Masahiros Gesichtsausdruck verriet, wie unendlich er diesen Augenblick genießen mußte.

»Wieder so ein Scheißangriff aus dem Hinterhalt«, brachte Nick hinter geschlossenen Lippen hervor. Aber auch das entging dem Unterinspektor nicht, obwohl er ihnen gerade höflich die Tür aufhielt.

»Meine Herren«, sagte er ohne den Anflug eines Lächelns und trat beiseite, damit sie vor ihm hineingehen konnten.

Der Mann, der hinter dem Pult stand und ihnen seine Hand entgegenstreckte, war eindeutig ein hohes Tier. Im Raum befanden sich zwei weitere Männer, einer davon in Polizeiuniform.

»Darf ich Ihnen Detective Sergeant Nicholas Conklin

und Detective Charlie Vincent vorstellen«, sagte Masahiro förmlich. Das wiederholte er dann auf japanisch. In der Übersetzung erkannten sie ihre eigenen Namen kaum wieder.

»Und darf ich Ihnen Polizeipräsident Ohashi, Inspektor Inoue und Inspektor Kinoshita vorstellen«, fuhr Masahiro fort.

Die Japaner verbeugten sich leicht. Nick schüttelte Ohashis ausgestreckte Hand, dann tat Charlie dasselbe und dann verneigten sich die Japaner. Auch Charlie verneigte sich, nur Nick verzichtete darauf. Sie schüttelten den anderen zwei Beamten die Hände, und endlich, so dachte Nick, ging es zur Sache.

Aber zunächst gab es Tee.

8

Nachdem eine Stunde lang Tee vor ihnen aufwendig zubereitet und endlich mit Komplimenten reihum, übersetzt von Masahiro, serviert worden war, stieg im Zimmer immer mehr Zigarettenqualm und in Nick Frustration in einem Maße hoch, wie er sie selten, wenn nicht nie erduldet hatte. Matsumoto Masahiro bedauerte ihn fast. Seine schlampige Kleidung und respektlose Art wiesen den Amerikaner einfach als das Geschöpf einer anderen Kultur aus; wahrscheinlich war es nicht seine Schuld, daß er nicht die Geduld dazu aufbrachte, die Regeln der Berufsetikette zu beachten.

Als die ersten Tassen getrunken waren und eine zweite Runde bereitet wurde, sprach der Amerikaner erneut von seinem dringlichsten Anliegen. Jetzt war die Zeit reif, die anstehenden Probleme anzupacken, und diesmal würde Ohashi nicht mehr das Thema wechseln.

»Können wir jetzt anfangen?« fragte Nick Conklin. Masahiro nickte höflich. Der zweite Amerikaner namens

Charlie – sehr schwer auszusprechen – seufzte hörbar erleichtert auf. Vielleicht fürchtete er, sein Vorgesetzter werde noch etwas Unerhörtes anstellen. Doch jetzt fing Conklin ruhig zu reden an: »Also gut. Würden Sie bitte den Polizeipräsidenten fragen, ob seine Leute am Flughafen Zeugen ermittelt haben.«

Masahiro übersetzte für den Polizeipräsidenten: »Er will wissen, ob wir Zeugen haben.«

Die Beamten, die bei der Ankunft Masahiros mit den Amerikanern in Ohashis Büro gewesen waren, hatten die ganze Zeit kein Wort gesagt, sondern nur ihren Tee geschlürft. Höflich taten sie so, als hörten oder verstünden sie nichts, solange sie nicht direkt angesprochen wurden.

Ohashi hörte nachdenklich zu, dann sagte er in einem sehr freundlichen Tonfall: »Das geht ihn nichts an.«

Masahiros Gesicht verriet keine Regung. Der amerikanische Polizist beobachtete es neugierig, doch konnte er ihm nichts ablesen. »Der Präsident hält das für möglich«, übersetzte er.

Diese diplomatische Antwort stellte Nick nicht zufrieden. »Möglich?« schimpfte er. »Bemannter Weltraumflug ist möglich.«

Das verwirrte Masahiro; er konnte dahinter keinen Sinn entdecken. »Bemannter... Weltraumflug?« wiederholte er.

Der zweite Amerikaner schaltete sich ein, um die unzusammenhängenden Worte seines Vorgesetzten zu erklären. »Vom vielen Fliegen ist er ein bißchen durcheinander. Zeitumstellung, wissen Sie.«

Conklin bedachte Charlie Vincent mit einem nicht sehr schmeichelhaften Blick. Charlie Vincent zuckte mit den Schultern. Masahiro begriff. Der jüngere versuchte auf seine eigentümliche Art als Westler, Takt zu bewahren. Masahiro nickte und übersetzte für den Polizeichef: »Er ist von der Zeitumstellung erschöpft.«

Mit einer zeremoniellen Geste hob der Sekretär die zart bemalte Teekanne hoch und fing an, die Tassen der Gäste frisch zu füllen. Schnell legte Conklin die Hand über seine Tasse – offenkundig seine Art, zu verstehen zu geben, daß er auf eine weitere Teilnahme an dem Teeritual keinen Wert mehr legte. Der Sekretär, der eine derart seltsame und grobe Geste nicht so schnell begriff, setzte die Kanne nicht rechtzeitig ab und goß heißen Tee über Nicks Hand.

Dem Sekretär war das furchtbar peinlich, und er wußte nicht, wie er die Situation retten sollte. Unter Verneigungen wischte er den Tisch, Conklins Hand und sogar dessen Blue Jeans ab, denn sogar darauf war der Tee gelaufen, doch der Amerikaner verscheuchte ihn nur, ohne den Gesichtsverlust für den Sekretär zu bedenken.

»Ich sagte, nein danke, keinen Tee! Könnte ich bitte etwas Kaffee haben?« Der Sekretär murmelte seine Entschuldigungen und wich zurück. Hastig übersetzte Masahiro Nicks Wunsch für den zur Tür eilenden Sekretär. Auf diese Weise entschuldigte er dessen Abgang.

»Schauen Sie«, rief Conklin. »Wir verschwenden wertvolle Zeit. Wenn Sie mir sagen könnten, wer dieser Sato ist, wozu dieses Treffen in New York gestiegen ist, was hinter den ganzen Ereignissen steckt, dann könnte ich vielleicht diese Nuß vom Flughafen knacken.«

Masahiro übersetzte eilig. Er spürte die steigende Ungeduld seines Vorgesetzten angesichts der primitiven Haltung und der Forderungen der Amerikaner.

»Ich will, daß Sie *jedes einzelne Wort* übersetzen«, forderte Conklin. »Verstanden?«

»Ja, ich verstehe«, erwiderte Masahiro ruhig.

Polizeipräsident Ohashi machte seinen wahren Gefühlen unverblümt Luft: »Schauen Sie sich die zwei Hornochsen an«, rief er Masahiro verächtlich zu. »Typisch Amerikaner. Sagen Sie ihm, daß er unseren Tee nicht zu trinken braucht. Aber er sollte sich wenigstens entschuldigen. Die ganze Situation haben wir ja nur seiner Fahrlässigkeit zu verdanken. Ich benutze dafür noch ein höfliches Wort.«

Masahiro nickte und erklärte Conklin: »Durch Ihre Fahrlässigkeit ist ein Mann entkommen, nach dem wir schon lange fahnden. Sie brauchen keinen Tee zu trinken, aber Sie sollten sich entschuldigen.«

Conklin explodierte. Masahiro wußte, daß es bei Dienstbesprechungen unter Westlern durchaus hingenommen wurde, wenn man die Selbstbeherrschung verlor und dabei rot anlief oder zu schreien anfing. Andererseits konnte er sich des Eindrucks nicht erwehren, daß der Amerikaner zu weit ging. Die Unterredung verlief jetzt hitzig und ließ sich nur noch schwer verfolgen, geschweige denn gleichzeitig in zwei Sprachen übersetzen. Doch Masahiro versuchte es.

»Unsere Nachlässigkeit?« tobte Conklin. »Wer ließ denn Leute mit Ihren Dokumenten, mit Ihren Uniformen durch ein Sperrgebiet spazieren? Einen Teil des Stunks nehmen wir natürlich auf uns, aber die ganze Verantwortung lassen wir uns nicht in die Schuhe schieben!«

»Nein, es war nicht unsere Nachlässigkeit, sie hatten Dokumente und Uniformen...«, übersetzte Masahiro.

Conklin zog das Dokument, das ihm der falsche Polizist gegeben hatte, aus der Tasche und knallte es auf den Tisch. »Anschmieren«, sagte er langsam. »Schwedische Gardinen. Polypen.«

Masahiros Gesicht war ein einziges Fragezeichen.

»Verantwortlich machen«, sprang Charlie ein.

»Machen Sie uns nicht dafür verantwortlich«, übersetzte Masahiro.

Polizeipräsident Ohashi beugte sich über den Tisch, nahm das Dokument zwischen den Daumen und den Mittelfinger. Nach einem flüchtigen Blick schnaubte er. »Dieses Dokument ist eine Versicherungspolice«, sagte er langsam und mit starkem Akzent auf englisch.

Das saß. Waren denn in diesem Land außer ihnen alle zweisprachig. Nick und Charlie hatten sich von dem Schock noch nicht erholt, da fuhr Ohashi fort – zwar in gebrochenem, aber durchaus verständlichem Englisch. »Die Polizei wird *Ihre* entlaufenen Häftlinge finden«, versicherte er ihnen ruhig.

»Wir *sind* die Polizei«, entgegnete der jüngere Amerikaner.

Der Polizeichef schüttelte den Kopf. »Sie sind Ausländer«, beschied er sie. »Allenfalls Beobachter – interessierte Beobachter. Fahren Sie heim, Detective.«

Damit hatte er sie entlassen. Er erhob sich vom Teetisch, schritt durch das Büro zu seinem Arbeitstisch und setzte sich. Nick folgte ihm. Die Hände fest auf die Tischplatte gestützt, baute er sich gegen alle Anstandsregeln vor ihm auf. Höflich blickte Ohashi an dem Ausländer vorbei, als benehme dieser sich normal.

»Ich zettle jetzt gleich einen diplomatischen Skandal an, daß euch der Arsch auf Grundeis geht«, erklärte Detective Nick Conklin Polizeipräsident Ohashi mit fester Stimme. »Bis zur Bestätigung der Übergabe, gehört er mir. Entweder Sie arbeiten mit mir auf dieser Grundlage zusammen, oder ich renne zu den Zeitungen, zur Botschaft, zum Herrgott am Kreuz, Ihrem Kaiser oder zu diesem dämlichen blauen Vogel der Glückseligkeit, wenn es sein muß.«

Als dieser Ausbruch sich gelegt hatte, ignorierte Ohashi nach wie vor die Provokation, daß ihm der Amerikaner aus so geringer Entfernung ins Gesicht starrte und wandte sich statt dessen an die zwei Beamten, die neben seinem Arbeitspult Stellung bezogen hatten. »Vielleicht ist es von Nutzen, wenn wir sie ein paar Tage hierbehalten«, sagte er nachdenklich in ihrer Muttersprache.

»Hai«, stimmte der Zivilbeamte zu.

»Wir werden sie an der langen Leine führen und sie zurückschicken, sobald wir fertig sind. Wir sagen ihnen, daß wir auf dem Weg nach unten sind.«

»Jawohl«, beeilte sich der Beamte zu sagen. Er salutierte vor seinem Vorgesetzten, machte elegant auf dem Absatz kehrt und verließ das Büro.

Nick stand weiterhin über das Pult des obersten Polizisten gebeugt da. Immer noch legte Ohashi die besseren Manieren an den Tag, indem er das überging. Dann stand er auf und ging um das Pult herum. Bevor er an der Tür angekommen war, drehte er sich um und erklärte den verblüfften Amerikanern auf englisch. »Nun gut, Sie dürfen bleiben, meine Herren. Geben Sie nur bitte Ihre Waffen ab.«

»Was sagen Sie da?« rief Nick. Sein scharf konturiertes Gesicht verriet jede Regung. »Wir sind Cops!«

»Hier sind Sie Zivilisten. Sie verstoßen gegen das Gesetz, wenn Sie Waffen tragen«, klärte ihn Ohashi geduldig auf.

Der Polizist aus Amerika schüttelte erbost den Kopf und schien vor einem erneuten Wutanfall zu stehen. Masahiro konnte nicht recht verstehen, warum man soviel Energie mit Gefühlsäußerungen vergeudete: Wie brachten die jemals etwas zuwege?

Auch der zweite Amerikaner, Charlie, sah, was sich zusammenbraute, und schlichtete. »Boß«, sagte er besänftigend zu Conklin, und zu Polizeipräsident Ohashi gewandt: »Wir verstehen.«

Nick Conklin zögerte nur einen Augenblick lang, dann zog er seine 38er aus dem Halfter und legte sie auf das Pult vor sich. Auch Charlie Vincent legte seine Pistole auf den Tisch. Daraufhin öffnete einer der uniformierten Polizisten die Bürotür, um den Gästen den Vortritt zu lassen.

Polizeipräsident Ohashi stand im Türrahmen. »Verzeihen Sie«, sagte er. »Alle Ihre Waffen, wenn ich bitten darf.«

Conklin griff unter sein Jackett und zog aus dem Gürtelhalfter über dem Rücken eine zweite Pistole hervor. Der jüngere Polizist tat es ihm mit seiner Reservepistole gleich, die über seinem Knöchel verborgen war.

Ohashi machte eine knappe, kühle Verneigung. »Wir werden Ihre Begleitung zu schätzen wissen. Wenn Sie uns bitte vorangehen würden.« Er wartete an der Tür auf sie.

»Okay«, sagte Conklin. »Aber wir brauchen einen, der uns hilft.«

Masahiro begriff, daß die Amerikaner Sato auf eigene Faust verfolgen wollten. Das hielt er für äußerst närrisch, aber er konnte es verstehen. Damals, in den längst vergangenen Tagen seines Streifendienstes, hätte er sicher das gleiche getan. Ihm wäre aber nie ein Gefangener unter so läppischen, blamablen Umständen entkommen, auch nicht in einem Land, dessen Sprache und Sitten er nicht verstand...

»Gewiß, Detective«, meinte Ohashi. »Sie bekommen einen unserer Spitzenbeamten.«

Er drehte sich zu Masahiro um, mit dem er wieder Japanisch redete. »Lassen Sie sie nicht aus den Augen. Berichten Sie mir jedes Wort, jede Unternehmung, jede Reaktion.«

Masahiro war wie vor den Kopf gestoßen. Seit Jahren saß er hinter einem Schreibtisch und wartete auf die nicht mehr allzu ferne Pensionierung. Jetzt sollte er wieder von vorne anfangen, auf der Straße, und trug die Verantwortung für diese zwei unberechenbaren, hitzköpfigen Amerikaner, die so befremdlich entschlossen waren, dorthin zu gehen, wo sie sich nicht auskannten, aufzuspüren, was sie nicht sehen konnten, und sich bei der Polizeipräfektur von Osaka in die korrekte Arbeit der Gesetzeshüter einzumischen.

»Hai«, sagte Masahiro mechanisch mit einer Verneigung vor seinem Vorgesetzten.

Ohashi verließ mit den anderen zwei Beamten den Raum. Masahiro blieb mit den Amerikanern allein zurück.

Er gestattete sich ein leises Stöhnen. *»Ai-ta-ta«*, murmelte er fast unhörbar vor sich hin. Es war gleichzeitig ein Stoßgebet und auch eine leise Klage.

»Okay«, sagte Conklin. »Wo ist unser Mann? Treffen wir ihn unten oder was? Gehen wir.«

Masahiro lächelte und verneigte sich höflich. »Es ist mir eine Ehre«, sagte er.

Im Gehen fragte er sich einen Moment lang, warum es

die Götter seiner Pensionierung für nötig erachteten, ihm die letzten friedlichen Dienstjahre so gründlich zu verderben.

9

Hastig hob Masahiro eine abgewetzte alte Aktentasche auf und führte die zwei zu einem Büro, von dem aus er einen Wagen mit Chauffeur anforderte. Im Wagen spielte er dann den Aufpasser für Nick und Charlie, die auf dem Rücksitz saßen. Mit Sirenengeheul kreuzten sie über die überfüllten, farbenprächtigen Straßen von Osaka bei Nacht. Charlie hielt seinen Führer in der Hand. Eifrig durchblätterte er ihn und deutete auf die Fotos von Tempeln und belebten Plätzen, an denen sie vorbeikamen.

»›Osaka ist von der Zahl der Einwohner her die zweitgrößte und als Industriestandort die wichtigste Stadt Japans‹«, las er vor. »›Es wird auch das Venedig von Japan genannt‹ – hey, was hältst du davon? –, ›da es früher zahllose Kanäle durchzogen. Wegen der Modernisierung der Stadt sind heute jedoch nur wenige übriggeblieben.‹« Er sah vom Buch auf, hinaus auf die bunt beleuchteten Bars, Nachtclubs, Restaurants, Läden und die Menschenmassen auf den Straßen.

Nick schaute abwechselnd auf Masahiros Hinterkopf oder zum Fenster hinaus, je nachdem, ob Masahiro schwieg oder auf eine seiner Meinung nach interessante Sehenswürdigkeit aufmerksam machte und dazu geradeaus deutete. »Das dort ist ein sogenannter *Koban*, ein Polizeicontainer. Im Dienst der Bevölkerung von Osaka stehen sechshundert *Kobans*«, erklärte er.

»Worum ging es eigentlich bei dem Gespräch mit Oliver«, fragte Charlie seinen Freund leise.

»Die Kacke ist am Dampfen.«

»Hä?«

»Das ist der *Dotonburi*«, ließ sich Masahiro vernehmen.

Dazu machte er eine ausladende Geste auf eine neonbeleuchtete Prachtstraße, in die sie einbogen. »Er ist das Zentrum der Animierlokale, das Vergnügungsviertel sozusagen. Vielleicht Ihrem Square Times ähnlich.«

»Times Square«, verbesserte ihn Charlie. Er verdrehte den Hals, damit ihm nichts entging. Der Times Square war nie so hell erleuchtet, nie so chaotisch wie das hier in seinem protzigen Durcheinander zusammengedrückter Nachtclubeingänge, aus denen allen ein Animateur, scharenweise lachende Gäste, ein Wirrwarr von durch tausend verschiedene Anlagen tausendfach verstärkter Musik auf die Straße dröhnte, auf der Autos sich zentimeterweise durch die achtlosen Vergnügungswütigen ruckweise vorankämpften. »Allerdings«, fügte Masahiro hinzu, »gibt es hier keine Verbrechen.«

»Keine Verbrechen? Das ist schon was«, meinte Nick. »Das ist erstaunlich. Dann können Sie uns vielleicht sagen, warum Ihre Leute auf Sato so versessen waren.«

»Ja, bitte«, sagte ihr Wächter freundlich. Mehr gab er nicht von sich. Er sah starr geradeaus, während dem Fahrer das Kunststück gelang, ohne Unfallopfer durch die Menschenmassen zu steuern.

Auf dem Rücksitz tauschten Nick und Charlie einen Blick voll reiner Verzweiflung aus. Ein gleißender Lichtstrahl prallte von einem riesigen Neonbuchstaben zurück und peitschte Nick über das Gesicht. Mit dem haben wir das große Los gezogen, sagte Charlies Blick. Ein Bürohengst, der nur seine Zeit absitzt und uns mitschleppt, was für ein Witz, funkelten Nicks Augen zurück. Irgendwo in dieser übervölkerten Stadt oder diesem vollkommen fremden Land genoß Sato seine Freiheit, und von Sekunde zu Sekunde wuchs die Entfernung zwischen ihm und ihnen. Und was taten sie, um ihn zu finden? Offenkundig genossen sie eine Führung durch das Venedig Japans, dessen malerische Kanäle alle zubetoniert waren. Gerade sprach Masahiro mit dem Fahrer. Anscheinend diskutierten sie über den Weg.

»Hey, Chef«, schnauzte Nick, »ich hab Sie was gefragt.«

Masahiro bestimmte mit dem Fahrer die Richtung, dann drehte er sich auf seinem Sitz halb zu seinen Passagieren um. Er lächelte nicht, aber wie immer drückte sein Gesicht Wachsamkeit aus. Er schien kein Problem mit der Frage zu haben, wer hier das Sagen hatte. Natürlich er.

»Ach ja, der Mann, den *Sie* verloren haben, ist des Mordes verdächtig. Vielleicht ist das in Ihrer Präfektur nichts Besonderes, aber hier ist das sehr ungewöhnlich. Ich habe gehört, daß in der Präfektur New York in der Woche mehr Morde begangen werden als in unserer Stadt in einem Jahr, Detective Conklin. Ist diese Statistik zutreffend?«

Nick stöhnte. »Ersparen Sie uns den Nachhilfeunterricht und erzählen Sie uns lieber etwas über den Fall, Matsumoto. Für den Anfang vielleicht über die Opfer. Wen soll Sato umgebracht haben?«

»Unterinspektor Matsumoto Masahiro«, verbesserte ihn sein Betreuer steif.

Nick deutete mit dem Daumen auf die eigene Brust. »Ich heiße Conklin«, sagte er. Dann zuckte sein Daumen zu Charlie hinüber. »Das ist Vincent. Hören Sie, Masahiro, für Höflichkeiten haben wir jetzt keine Zeit. Also, wer war das Opfer?«

»Für Details möchte ich Sie auf unsere Akten verweisen, aber es war ein damaszenischer Macher.«

Endlich war der Wagen aus dem Karnevalstrubel bugsiert und fuhr jetzt über einen breiten Boulevard. Links und rechts standen lauter Kaufhäuser oder Geschäfte, deren Schaufenster alle mit Mannequins in aktueller Modekleidung dekoriert waren. Auch hier war alles hell erleuchtet, wenn auch weniger Leute in dieser gesetzteren Atmosphäre vorbeispazierten.

»Ein damaszenischer Macher«, wiederholte Nick. Sinn konnte er bislang keinen dahinter entdecken. Je tiefer sie da hineinkamen, desto aussichtsloser schien ihr Unterfangen, auch nur ein kleines bißchen zu begreifen. Mißmutig schaute er aus dem Fenster auf die Zeichen, die ihm nichts sagten. Wie konnte man überhaupt feststellen, in welcher Straße, in welchem Bezirk man war? Wie konnte man einen Schwerverbrecher finden, wenn er nicht gefunden werden wollte?

»Yeah, wir haben in New York dasselbe Problem«, erzählte Charlie Masahiro. »Unsere damaszenischen Macher sterben wie die Fliegen.«

Masahiro deutete nach vorne. »Ah, da ist wieder einer von unseren sechshundert *Kobans*.«

Nick seufzte. »Sagen Sie, Unterinspektor, wenn Sie nicht diese Touristentour machen, wie verdienen Sie sich dann den Lebensunterhalt?«

Ohne sich umzudrehen, erklärte ihm Masahiro: »Ich bringe die Akten für die staatliche Polizei auf den neuesten Stand, erstelle Statistiken und koordiniere. Dreiunddreißig Jahre diene ich meiner Abteilung. Es ist eine Ehre für mich.«

»Bürohengst«, murmelte Charlie mechanisch.

»Sesselfurzer«, sagte Nick im selben Augenblick.

Masahiro drehte sich lächelnd um. »Wie bitte?«

»So nennt man Leute wie Sie bei uns zu Hause«, klärte ihn Charlie auf. »Damit erweist man ihnen große Ehre.«

Ob Masahiro das verstand oder nicht, ließ sich unmöglich feststellen, aber allmählich hatten Nick und Charlie die Nase voll. Sie hatten immer mehr das Gefühl, daß sie mit einem lächerlichen Programm abgespeist und auf diese Weise ausgeschaltet wurden.

Als der Wagen sich einer größeren Kreuzung näherte, kam über Funk ein Anruf. Masahiro nahm das Mikrophon in die Hand und stellte zwei, drei kurze Fragen. Nick glaubte, den Namen Ohashis zu hören, war sich aber nicht sicher. Masahiro beendete das Gespräch, um hastig mit dem Fahrer zu sprechen und die Richtung anzugeben. Sie bogen in eine der hell erleuchteten Straßen ab, die fächerförmig von diesem Platz ausgingen. Dort schienen vor allem Nachtclubs und Restaurants zu sein, aber sie standen nicht so dicht nebeneinander; auch war hier die Stimmung nicht so außer Rand und Band wie vorhin im »Vergnügungsviertel«.

Der Wagen fuhr schneller, schoß mit kreischender Sirene um mehrere Ecken und hielt vor einer Markise. Zwei gigantische Neonzeichen waren dort angebracht, das eine in japanischer Schrift, das andere auf englisch: CLUB MYAKO. Auf alle Fälle war hier etwas geschehen. Eine größere Menge drängte sich vor dem Lokal. Zwischen ihr und dem Eingang standen mehrere Polizeiwagen.

Masahiro kletterte aus dem Wagen. Durch das offene Fenster schaute er nach hinten auf Nick und Charlie. Er wandte sich an Nick: »Bleiben Sie bitte dicht hinter mir, Detective Conklin.«

Sie zwängten sich ins Freie. Nick erhaschte Charlies Blick und murmelte eine alte Phrase in der gemeinsamen Sprache, die langjährige Partner entwickeln. »So ein Arsch mit Ohren, Charlie.« Charlie verstand. Unter dem fragenden Blick, den er sich damit von ihrem Führer einhandelte, brummelte Nick: »Fick doch mit deinem Taschenrechner, Masahiro.« Doch der Unterinspektor gab nicht zu erkennen, ob er etwas verstanden hatte. Er stolzierte durch die Menge, die ihm respektvoll Platz machte. Nick und Charlie mußten sich beeilen, um Schritt zu halten.

Im Clubinnern stand alles still. Dichte Rauchschwaden vernebelten die ohnehin schon dicke Luft. Musik spielte nicht. Zu hören war nur eine Vielzahl von nervösen bis schrillen Stimmen. Eine Schar von Polizeibeamten trennte das Personal von den Gästen, vernahm einzelne Personen und schrieb Informationen auf.

In Schlangenlinie vorbei an den vielen winzigen Tischen voller stehen- und liegengelassener Menüs, Cocktailgläser, *Sake-* und Bierflaschen bahnte sich Masahiro seinen Weg durch die Bar und über die Tanzfläche. Nick und Charlie liefen in seinem Schlepptau. Als Masahiro zwei Pendeltüren aufstieß, standen sie in der Küche. Verglichen mit dem großen Gästeraum war sie erstaunlich klein. Es war hier zum Ersticken heiß. Polizeipräsident Ohashi war da und leitete die Ermittlungen persönlich. Auf dem Boden lag, den Kopf gegen die Wand gelehnt, ein Toter. Um ihn war eine riesige Blutlache. Vor ihm kniete ein Kriminalbeamter in weißen Handschuhen. Mit einer Zange fuhr er tief in die Kehle des Toten und förderte einen Hundertdollarschein zutage. Amerikanisches Geld. Er hielt ihn hoch, damit Ohashi ihn sehen konnte, dann verstaute er ihn in einem Plastikbeutel, den ihm ein anderer Polizist, ebenfalls in weißen Handschuhen, aufhielt.

»Meinst du, er hat für sein Geld anständig was gekriegt?« witzelte Charlie.

Masahiro, der daneben stand, winkte sie zum Toten. Nick kniete sich nieder und sah ihn sich gründlich an. Vorsichtig hob er das Handgelenk zwischen zwei Fingern hoch und drehte es hin und her. Es ließ sich mühelos bewegen.

»Keine Wunden, die bei der Verteidigung entstanden wären«, meinte Nick. »Sauberer Schnitt mit der rechten Hand von dort.« Er deutete auf die Kehle.

Charlie kniete ebenfalls. Mit dem Handrücken berührte er jetzt die Brust des Mannes. »Der Halunke hat vor dem Sterben geschwitzt«, sagte er zu Nick. »Der Körper ist immer noch wärmer als Zimmertemperatur. Der ist ganz frisch.«

Nick starrte auf das Gesicht des Toten. »Vom Flughafen«, sagte er dann. »Einer von den falschen Cops.«

»Sind Sie sicher?« fragte Masahiro hastig im Nähertreten.

Nick nickte und stand auf. Masahiro begann nun eine Unterredung mit Ohashi in rasend schnellem Japanisch. Schließlich sah er wieder zu Nick und Charlie hinüber und verneigte sich kurz. »Das ist alles. Der Polizeipräsident dankt Ihnen.«

»Alles klar«, sagte Nick. So wie die Sache jetzt lag, fühlte er sich wesentlich besser. Ohashi hatte sie also doch nicht mit einem Babysitter weggeschickt, um sich den Rücken freizuhalten.

Was hatte Masahiro vorhin über die Mordstatistik in dieser Stadt gesagt? Sah so aus, als stiege die Rate. Aber er wollte es ihm nicht unter die Nase reiben. Finden wir lieber den Dreckskerl, sagte er sich. Los, machen wir weiter. Wessen Leiche war das? Wo hatte der sich herumgetrieben? Wer waren seine Kumpane? Und wie hing er mit Sato zusammen?

Masahiro deutete höflich zur Küchentür. »Bitte«, sagte er. Damit gab er deutlich zu verstehen, daß Nick und Charlie jetzt lautlos verschwinden sollten.

»Mannomann«, sagte Nick zu ihm. »Sagen Sie's mir. Was haben Sie alles? Hat Sato seinen eigenen Mann abgemurkst?«

»Mischen Sie sich bitte nicht ein«, forderte ihn Masahiro höflich, aber bestimmt auf. »Ich habe den Auftrag, Sie in Ihr Hotel zurückzubringen.«

Nick rief laut zu Ohashi herüber: »Hey, was bin ich denn? Gehackte Leber? Das ist mein Job. Da bin ich dran.«

»Sie sind Beobachter«, sagte Masahiro.

Nick sah so aus, als werde er gleich in die Luft gehen. Charlie beruhigte ihn. »Sehen wir uns lieber friedlich um, Boß. Das bringt uns mehr als ein Streit.«

Nick blitzte Ohashi an. »Normalerweise wird man geküßt, wenn man aufs Kreuz gelegt wird.« Mit einem wütenden Blick auf Masahiro sagte er knapp: »Übersetzen Sie das.« Dann stolzierte er aus der Küche. Charlie und Masahiro folgten ihm. Masahiro hatte es nicht übersetzt. Vielleicht war es nicht nötig gewesen.

Als sie durch den engen Flur auf den Gästeraum zustrebten, kamen sie an einer weit offenstehenden Tür vorbei. Aus natürlicher Neugierde wollten die Polizisten im Vorübergehen hineinschauen. Sie bleiben dann eine

Minute lang benommen starrend stehen. Das Zimmer hatte überall an den Wänden Spiegel.

Eine junge japanische Hostess von graziler Schönheit, schlank, aber mit allen Rundungen, kniete auf dem Teppichboden. Kriminalbeamte sprachen mit ihr, stellten ihr Fragen. Sie trug einen hautengen, über und über mit schimmernden Pailletten bedeckten Rock, die im Licht funkelten und das Glitzern millionenfach von allen Seiten in den Spiegeln reflektierten. Noch etwas anderes wurde reflektiert – leuchtend rotes Blut, das von den Unterarmen und Händen der Frau herabtropfte.

Plötzlich wurde ihnen die Tür vor der Nase zugeschlagen. Nick und Charlie hasteten Masahiro hinterher.

10

In dem Chaos im Gastraum des Club Miyako schufen die uniformierten Polizisten einigermaßen Ordnung. Ein Teil der Kunden und Bediensteten wurde nacheinander in ein Nebenzimmer zum Verhör gebracht, die anderen wurden links und rechts in Gruppen zusammengepfercht und mußten warten. Jemand hatte daran gedacht, die Deckenbeleuchtung einzuschalten, so daß sich die Untersuchung des Mordes unter dem sanften, gefächerten Blau nicht ganz so schaurig ausnahm. Dicht gefolgt von Charlie, steuerte Masahiro durch den Raum, Nick fiel plötzlich zurück.

Etwas Blondes war ihm ins Auge gesprungen. In einem großen Nebenzimmer, einer Art Anbau, sah er einen ganzen Schwarm junger Hostessen, die sich zwitschernd wie aufgeschreckte Kolibris um eine hochgewachsene, rassige Blondine mit blauen Augen scharten. Allem Anschein nach tröstete sie die Mädchen in deren Kauderwelsch, während sie mit einem Taschentuch Blutflecken von ihrem hübschen weißen Seidenkleid abtupfte.

»*Daijobu yo, shimpai shinaide*«, sagte sie. »*Shitsumon ni kotaereba kaereru wa.*«

Nick trat näher heran, doch die Mädchen schienen zu aufgeregt, um ihn zu bemerken. Direkt vor der Blonden kauerte er sich nieder. Eine Minute lang bewunderte er ihre hochgebürsteten Locken und wertvollen Perlenohrringe, den sanften Bogen ihrer weißen Kehle und die Art, wie ihr Körper das weiße Seidenkleid zur Geltung brachte. Als sie zu Ende gesprochen hatte, schienen die Hostessen sich etwas zu beruhigen. Eindeutig respektierten sie sie als ihre Führerin; Puffmutter wäre vielleicht der treffendere Ausdruck gewesen, aber das wollte er nicht annehmen – noch nicht. Sie starrte ihn an und wartete, daß er erklärte, was zum Teufel er hier suchte.

»Wollen Sie ein bißchen Peroxid?« fragte er sie mit seinem unschuldigsten und charmantesten Lächeln.

Eine gute Minute lang musterte ihn die Blondine mit fragendem Blick. Sie war in der Tat eine Schönheit, nicht mehr unbedingt ein Teenager, aber er war das ja auch nicht; außerdem hatten ihm Teenager selbst damals nicht gefallen, als er noch selber einer war. Dieses Fräulein hatte große blaue Augen, mit denen sie einen anschaute und darauf wartete, daß man sein Anliegen vortrug.

»Diese Blutflecken«, sagte er. »So was wirkt immer auf mich.«

»Wer sind Sie? Was sind Sie?« fragte sie. Die englischen Laute schienen auf die anderen Fräuleins beruhigend zu wirken. In einer Art schützendem Halbkreis um sie herum beobachteten sie das Ganze. Dem Akzent oder Fehlen eines solchen nach zu urteilen, mußte sie eine höhere Erziehung genossen haben. Nick tippte auf Boston.

Er klappte seine Brieftasche mit der Polizeimarke auf. »Detective Sergeant Conklin«, sagte er. Er steckte den Ausweis wieder ein. »Wo kommt das Blut her?«

Eine der Hostessen beugte sich vor und flüsterte der Blondine etwas ins Ohr. Was es auch war, die anderen kicherten darüber und hielten sich die Hände vor den Mund.

Auch die Blondine mußte lachen und übersetzte für ihn: »Sie will wissen, ob Sie der Trottel sind, dem Sato am Flughafen entkommen ist.«

Nick gab keine Antwort. Teils wußte er nicht, was er sagen sollte, teils kotzte es ihn an und teils beschlich ihn das unheimliche Gefühl, daß er ebenfalls den Mund mit den Händen zuhalten müsse. Er blieb einfach wie ein begossener Pudel stehen.

»Kaum aus dem Flugzeug gestiegen, und schon in den Abendnachrichten«, meinte die Blondine. »Ganze Arbeit.«

Die Hostessen brachen wieder in übermütiges Gelächter aus.

»Vielleicht sollte ich dableiben und für das Parlament kandidieren«, erwiderte Nick.

Die Blondine hatte ein freundliches, warmes Lächeln, schöne Zähne und vermutlich auch ein nettes, ausgeglichenes Wesen. Zumindest bekam er diesen Eindruck. »Denen gefallen Amerikaner, die nicht unbedingt perfekt sind«, lautete ihre Antwort.

Am anderen Ende des Raumes tat Charlie sein Bestes, damit Nicks Extratour Masahiro nicht beunruhigte. Mit allen möglichen Mitteln versuchte er den Unterinspektor davon abzuhalten, Nick vom Anbau und all den Schönheiten dort fortzuzerren.

»Nette Bude«, sagte Charlie und ließ die Blicke überallhin, nur nicht in Richtung Anbau schweifen. Von den dicken, weichen Teppichen zu den mit Seide bezogenen Sofas und der golden bemalten Decke war die Einrichtung elegant feudal. »Kennt man Sie hier?«

»Mich?« rief Masahiro fast mit einem Grinsen. Sein schwarzes, nur an wenigen Strähnen leicht ergrautes Haar war glatt über die Stirn gekämmt. Charlie hätte sich nie träumen lassen, daß er kurz vor der Pensionierung stand. Vielleicht blieb man in diesem Land einfach jünger – vielleicht hatte dieser Schreibtischtäter aber auch nie genügend Streß erlebt, damit sich Falten in sein Gesicht graben und Schnee auf seinen Kopf rieseln konnten. »Einen Besuch in einem so teuren Etablissement könnte ich mir nie leisten«, erklärte Masahiro.

Charlie schlug für Nick soviel Zeit wie nur möglich heraus. Er setzte eine ungläubige, freundliche Miene auf und plapperte vor sich hin, was ihm in den Kopf kam. »Wo Sie hier doch so viel Geld verdienen?« protestierte er. »Mann, das ist doch Japan! Stinkreiche Cops. Wir haben doch genug über euch gehört. Sie können Ihre Bescheidenheit ruhig ablegen, Kumpel.«

Eine wunderschöne junge Frau in einem aufwendig bestickten Kimono huschte an ihnen vorbei. »Mhmmm«, rief Charlie. »Ganz toll.« Masahiro wollte in Richtung Anbau laufen. Charlie ergriff ihn am Jackettärmel. »Schauen Sie«, sagte er mit einem Nicken auf die Hostess. »Weil ich hier neu bin und Sie uns hier alles bieten wollen – warum stellen Sie mich nicht einfach vor?«

Masahiro schaute ihn ungläubig an. »Ich sagte es Ihnen doch. Woher sollte ich sie kennen?«

»Zeigen Sie ihr das Blech, Masa. Die Kennmarke. Sie und ich werden sie schon eingehend verhören.«

»Glauben Sie denn, daß sie etwas getan hat?«

Charlie grinste. »Vielleicht. Ich werde es Ihnen sagen. Geben Sie mir nur fünfzehn Minuten und übersetzen Sie, und dann hat sie garantiert was getan.«

Fast traurig schüttelte Masahiro den Kopf. »Sie machen sich doch nicht über mich lustig?«

»Nein, Mann, ehrlich. Daheim machen wir das immer so, wenn wir eine kennenlernen wollen. Das ist harmlos und funktioniert praktisch immer. So 'ne Show ziehen Sie hier nie ab, was?«

Erneut schüttelte Masahiro den Kopf. Er setzte sich wieder in Richtung Anbau in Bewegung. Sichtlich war Nick jetzt in ein ernstes Gespräch mit der Blondine vertieft.

Charlie hakte sich beim Unterinspektor ein. »Wissen Sie was, Masa – wir zwei müssen mal richtigen kulturellen

Austausch machen, und zwar jetzt. Wir könnten viel über unsere jeweiligen Eigenarten lernen, wissen Sie. Und vielleicht hilft uns das bei der Zusammenarbeit, daß man die Methoden der anderen Seite versteht und so.«

Aus dem Augenwinkel registrierte Nick erleichtert, daß Charlie und Masahiro sich auf die entgegengesetzte Wand zubewegten. Er war immer noch in ihrem Blickfeld, aber irgendwie hatte Charlie es geschafft, den Unterinspektor zu neutralisieren, für den Augenblick zumindest.

»Sie haben mir immer noch nichts über das Blut gesagt«, hakte er bei der Blondine nach.

Sie sah ihn kühl an. Noch hatte sie sich nicht entschieden, ob sie mit diesem Typen zusammenarbeiten sollte oder nicht. Etwas an seinen netten amerikanischen Augen sagte ihr – vermutlich zu Unrecht –, daß sie ihm trauen konnte. Zumindest wagte sie sich so weit vor: »Das Mädchen, das den Toten gefunden hat, war ganz aufgeregt. Ich habe den Arm um sie gelegt. Würden Sie das nicht tun?«

Er hatte nicht viel Zeit. Darum brauchte er eine besondere Taktik. Wie aus dem Maschinengewehr feuerte er die Fragen ab.

»Sind Sie aus Boston?«

»Chicago.«

»Wo haben Sie Japanisch gelernt?«

Sie lächelte ganz leise. »In Chicago.«

Darüber mußte er auch lächeln. »Wie nennt man Sie daheim in Chicago?«

Ihr Lächeln erstarb. »Genauso wie hier. Joyce.«

»Schön. Kannten Sie das Opfer, Joyce?«

Sie schüttelte den Kopf. Die Haarfarbe war vollkommen echt. Darauf hätte er schwören können. »Zwei Typen haben sich auf einen Drink getroffen«, erklärte sie. »Das ist dann dabei herausgekommen. Mehr weiß ich nicht.«

»Haben Sie den Mörder weglaufen sehen?« drängte Nick.

»Sicher. Und er hat Namen und Adresse aufgeschrieben und mich gebeten, Ihnen den Zettel zu geben. Sonst noch was?«

»Sicher. Was soll der Scheiß?«

Sie sah ihm voll in die Augen und sagte die reine Wahrheit. »Weil ich wegen Ihnen umgebracht werden könnte, Detective. Hier herrscht ein Bandenkrieg, und die nehmen keine Gefangenen.«

Einen Moment sah sie so tieftraurig aus, daß Nick den verrückten Wunsch verspürte, sie in die Arme zu schließen. Aber das hätte zu weit geführt. Er fühlte Aufregung in der Magengrube aufsteigen. Das hieß, er war endlich auf einer heißen Spur. Vorsichtig, einfühlsam – wie er hoffte – fragte er sie: »Wovon sprechen Sie, Joyce?«

Es schien sie zu verblüffen, daß er es nicht schon wußte. Eindeutig verriet sie ihm kein großes Geheimnis. »Ein großer Bandenkrieg. Zwischen Sato und seinem ehemaligen Boß. Sugai heißt der Kerl«, sagte sie knapp. »Sie jagen Sato und wissen nicht einmal das?«

Ein Uniformierter kam auf sie zu und bedeutete Joyce, daß sie jetzt ins Verhörzimmer mußte. Nick wollte nicht sofort gehen.

»Wer weiß alles darüber Bescheid?« fragte er.

Joyce schickte sich an, dem Polizisten zu folgen. Mit einem leisen, fast wehmütigen Lächeln sagte sie im Gehen: »Wenn man Sie und mich dazunimmt? Ungefähr elf Millionen.«

Sie ging in das für die Verhöre reservierte Zimmer. Zurück blieb ein Nick, der sich wie ein begriffsstutziger Schuljunge vorkam. Schließlich schritt er durch den Gästeraum zu Charlie und Masahiro.

»Haben Sie von dieser Frau etwas erfahren, Detective Conklin?« fragte ihn Masahiro, als sie den Club verließen. Auf dem Bürgersteig und der Straße vor dem Nachtclub ballten sich immer noch dichte Trauben Sensationshungriger.

»Warum sollte sie mir etwas sagen?« versetzte Nick. »Ich bin ja nur ein Beobachter.« Durch die Menge zockelten sie zu ihrem Chauffeur, der im Wagen wartete. »Richten Sie Ohashi aus, daß ich ihm Bericht erstatte, wenn er mir alles berichtet.« Nick war an den Wagen herangetreten und schlug mit der Faust auf den Kofferraum. Der Fahrer drückte auf einen Knopf, und die Kofferraumhaube ging hoch.

»Wir haben beide unsere Befehle«, sagte Masahiro beschwichtigend. »Ich bin genauso Polizeibeamter wie Sie.«

»Falsch. Sie sind einer mit Anzug und Krawatte. Sie können Ihrem Boß sagen, daß eine Hand die andere wäscht.«

»Ich verstehe nicht«, sagte Masahiro. Er und Nick hatten fast die gleiche Statur. Unter der Straßenlaterne standen sie einander gegenüber. Einmal wenigstens ließ der Unterinspektor Besorgnis auf dem höflichen, regungslosen Gesicht aufscheinen.

Nick holte aus dem Kofferraum seine kleine und Charlies ungleich größere Reisetasche heraus.

Überrascht schaute Charlie zu. »Hat einer was Böses getan?«

»Nimm deine super Tourenkarte und finde unser Hotel«, knurrte Nick. Er ließ den Kofferraum zuknallen und schulterte das Gepäck.

»Hä? Aber Nick...«

»Mach schon.«

Charlie zog den Stadtplan von Osaka aus der Tasche und lief um den Wagen herum zum Fahrerfenster. Es folgte eine Pantomime, die, hätten sie richtige Schauspieler vorgetragen, einen Lacherfolg nach dem anderen erzielt hätte. Aber um zwei Uhr morgens in einer Seitenstraße einer großen Stadt war es nicht sehr unterhaltsam, die Richtung in einem unverständlichen Kauderwelsch und anhand eines Stadtplans erklärt zu bekommen, dessen Schriftzeichen eher wie ein Gemüseeintopf als das Alphabet aussahen.

»Sie wünschen nicht zu fahren?« fragte Masahiro verblüfft, vielleicht auch bestürzt.

»Wir laufen«, beschied ihn Nick. »Ich will von Ihnen nur Informationen. Satos Akte, die Unterlagen über heute abend und alles andere, was für den Fall wichtig ist. Ich will es haben, und zwar ins Englische übersetzt. Bis morgen früh um neun Uhr null Ortszeit. Kapiert. Matsumoto?«

Charlie kam nach seiner pantomimischen Einlage mit dem Fahrer um die Motorhaube herum. Nick reichte ihm seine Tasche. »Gehen wir«, rief er.

»Sicher, Nick«, sagte Charlie, aber er war ziemlich verwirrt. Persönlich hatte er nichts gegen Masahiro. Er konnte sich sogar eine gute Zusammenarbeit vorstellen. Doch wie immer – fast immer – wußte Nick, was er tat. Und Charlie war sein Partner, sein Kumpel und der Jüngere. Was zum Teufel sollte es also. Er verneigte sich vor Masahiro. »*Kon-bonwa*, Chef«, sagte er.

Masahiro erwiderte die Verneigung. Dann richtete er sich auf und sah Nick in die Augen. »Gut, gut. Zum Hotel müssen Sie noch weit laufen.«

Im Gehen rief Nick über die Schulter: »Machen Sie sich keine Sorgen. Wenn wir uns verlaufen, fragen wir einen Cop.«

Masahiro sah ihnen nach, bis die zwei unergründlichen, hitzköpfigen Amerikaner mit ihrem Gepäck außer Sichtweite waren. Ihr Ziel lag genau in der entgegengesetzten Richtung.

11

Auf Osakas Straßen wimmelte es auch an Wochentagen um zwei Uhr morgens noch von Nachtschwärmern, Geschäftsleuten und Angestellten, die hier ihre Feier mit lautem Lachen und betrunkenem Grölen fortsetzten. Nick und Charlie fielen als Fremde, die sie ja waren, sofort auf. Von Minute zu Minute fühlten sie sich exotischer – zu groß, zu blond, zu nüchtern und vollkommen verloren.

Sie folgten dem Weg, den sie vermeintlich gekommen waren. Und im Gehen tauschten sie ihr Wissen aus. Nick erzählte Charlie, was er von Joyce erfahren hatte.

»Ich kann mir nicht vorstellen, daß Herr Nudel uns davon kein Sterbenswörtchen gesagt hätte«, meinte Charlie. »Und ich hatte ihn schon fast so weit, daß ich ihn hätte ertragen können. Vielleicht sollten wir hier abbiegen. Kommt dir das bekannt vor?«

»Dunkler Anzug und nichts dahinter«, beschied Nick seinen Partner. »Ein Radiergummi- und Stempelautomat. Keinen Mumm, kein Hirn. Dem braucht nur ein Rindvieh mit einem Buttermesser in der Hand über den Weg zu laufen, und schon scheißt der sich in die Hose. Daß Ohashi uns den zugewiesen hat, war doch ein Witz.«

Sie bogen in eine Straße ein, die wie alle anderen Straßen aussah. Die Neonlichter gingen aus, und auch die Nudelrestaurants und selbst die Bars machten allmählich zu. Die Straßen leerten sich jetzt. Alle schienen zielstrebig ihrem Zuhause entgegenzusteuern. Vor den meisten Läden wurden die Rolladen heruntergelassen.

»Hinter der Ecke da vorne ist unser Hotel, glaube ich«, sagte Charlie. Langsam wünschte er sich, er hätte nicht so viele Sachen eingepackt. Er verlagerte die prall gefüllte Reisetasche ständig von einer Schulter auf die andere.

Bis sie die genannte Ecke erreichten, war die Straße fast verlassen. Es war jetzt nach drei Uhr. Der Wind rüttelte an den Papierlaternen vor den geschlossenen Fensterläden der Geschäfte. Nur gelegentlich eilte eine Gruppe Geschäftsleute auf dem Heimweg an ihnen vorbei. Morgen mußten sie früh aufstehen und wieder ins Büro gehen.

»Nur um die Ecke«, stöhnte Nick. »Steht das nicht so in deinem Reiseführer? Gleich bei der Hauptverkehrsader? Wo ist denn hier die Scheißhauptverkehrsader?«

»Mach mal halblang, Meister. Wer wollte eigentlich laufen? Das war doch ein gewisser Nick Conklin, der berühmte Frischluft- und Bewegungsfanatiker.«

»Aber du solltest den Weg finden!«

»Ich sollte was? – Unglaublich!« ereiferte sich Charlie. »Unglaublich, Mann. Sehe ich aus wie einer von der UNO? Das war doch auf japanisch!«

Nick stellte seine Reisetasche auf den verlassenen Bürgersteig. Der Stadtlärm hatte sich gelegt. Jetzt herrschte fast unheimliche Stille. Außer einem gelegentlichen Wagen – jedoch nie einem unbesetzten Taxi – fingen sich nur der Wind und das Echo ihrer Stimmen in den leeren Straßen. »Zeig mir mal die Karte«, befahl er Charlie.

Charlie setzte seine Tasche ab und schüttelte den Kopf. »Nein, vergiß die Karte. Vergiß die Scheißkarte. Die ist auch auf japanisch, und weil wir nicht wissen, wo wir sind, können wir mit der Karte gar nicht herausfinden, was wo ist.« Er betrachtete das Straßenschild an der Kreuzung. Pfeile und deutlich beschriftete Hinweise gaben die Richtungen an – auf japanisch. »Ich weiß nur, daß die Bronx oben und Battery unten ist«, sagte Charlie. »Hast du vielleicht noch eine tolle Idee? Sollen wir nach New York schwimmen?«

»Wieviel Uhr es wohl jetzt in New York ist...«, überlegte Nick.

»Was für ein Tag dort wohl heute ist. Wann haben wir übrigens zuletzt geschlafen? Dienstag? Mittwoch? Was für einen Tag haben wir heute? Wo sind wir?« Charlie verstummte und wartete auf einen Vorschlag von Nick.

»Frag mal jemanden«, meinte Nick.

Charlie setzte sich auf den Randstein. »Schon wieder? Vielleicht probier' ich's diesmal mit *Hola, señor. Donde está la Motel Meiji?* Wie klingt das? Verdammt noch mal, vielleicht klappt es sogar.«

Ein paar Anzüge kamen auf sie zu, doch deren Besitzer hasteten mit eingezogenen Köpfen an den fremden Teufeln vorbei.

Plötzlich wieder ernst, sagte Charlie: »Nicky, weißt du, das ist nicht unser Dschungel. Vielleicht sollten wir retten, was zu retten ist, und den Fall den Leuten hier überlassen.«

»Das geht nicht, Charlie. Daheim glauben einige Leute, ich wäre auf dem Flug hierher reich geworden.«

»Was?« Charlie konnte es nicht glauben.

»Versetz dich mal in so 'nen Zivilbullen. Darüber ging mein ganzes Telefongespräch mit Oliver. Er hat es mir klipp und klar gesagt. Schlechtes Timing. Muß das gerade jetzt passieren, wo die Dienstaufsicht gegen mich ermittelt...«

»Die glauben, du hättest mit Sato was gemauschelt?« rief Charlie aufrichtig angewidert. »Aber ich kann doch für dich aussagen!«

Nick hatte die Ohren gespitzt. Aus der Ferne kam ein Geräusch schnell näher. Motorräder. Binnen einer Minute tauchten drei Fahrer bedrohlich vor ihnen auf. Mit der Arroganz und Energie derer, die die Macht zwischen den Schenkeln haben, beanspruchten sie die Straße für sich allein.

»Die glauben, was sie glauben wollen«, sagte er müde. »Ein schönes Schlamassel.«

Höhnisch lachend rasten die Motorradfahrer direkt auf sie zu. Unter ohrenbetäubendem Donnern rissen sie die Maschinen im letztmöglichen Moment an ihnen vorbei. Zwei Fahrer übersprangen dabei den Bordstein und johlten vor Begeisterung. Dann waren sie verschwunden, und es herrschte wieder Stille. Nur der Wind schlug gegen die Papierlaternen, die unter den Stößen raschelten.

Mitten in der Nacht standen Nick und Charlie mitten auf der Straße mitten in Asien, und erst jetzt dämmerte ihnen, wie weit sie von zu Hause weg waren.

Und dann geschah ein Wunder in Gestalt eines unbesetzten Taxis. Der Fahrer befand sich wahrscheinlich auf dem Heimweg, aber als zwei wilde *Gaigins* direkt vor ihm auf die Straße sprangen, mußte er voll auf die Bremse treten. Vor Schreck zitternd, versuchte er die Türen per Knopfdruck zu verriegeln, aber die Barbaren kannten den Trick und hatten die Tür so schnell aufgerissen, daß er nicht mehr dazu kam. Mit ihrem Gepäck stiegen sie einfach in sein Taxi. Der jüngere *Gaigin* sprach einige Worte. Immer wieder wiederholte er sie, bis sie sich nach Meiji anhörten. Wollten sie vielleicht den Schrein sehen? Aber um diese Zeit waren die Tore längst geschlossen. Oder den Stadtteil? Das Hotel vielleicht. Er beschloß, sie dorthinzufahren und den Portier zu bitten, ihm diese unangenehme Last abzunehmen. Hoffentlich waren diese zwei tobenden Amerikaner, die sich wenigstens sogleich nach dem Einsteigen beruhigt hatten, nicht zu betrunken, um zu zahlen.

Kaum war Charlie in dem harten, schmalen Bett gelandet, schlief er auch schon wie ein Stein. Nick ging noch rauchend auf und ab und beobachtete durch das Fenster, wie der Vorhang sich über den letzten Akt des Neonspektakels senkte.

Um genau eine Minute vor neun Uhr standen sie vor den Räumen der Kripo in der Polizeipräfektur. Höflich, wenn auch nicht begeistert, grüßte sie Masahiro.

»Ich habe mir die Freiheit genommen, für Sie Frühstück zu bestellen«, sagte er und erhob sich von seinem Schreibtisch. Er trat um den Tisch herum und in den Zwischengang. »Es wird uns unten im Archiv serviert. Wenn Sie mir bitte folgen würden?«

Er führte sie in einen Raum, wie man ihn in jedem Polizeirevier der Welt vorfinden kann. Dicht gedrängt standen in engen Reihen grüne Metallschränke für die Akten. Alle paar Meter verengten kleine Tische, jeder mit einem Leselicht und zwei spartanischen Stühlen bestückt, zusätzlich den Durchgang. An einem der Tische brütete ein Beamter über einer Akte und schaufelte aus einer Schale, die er mit einer Hand unter den Mund hielt, sein Frühstück in sich hinein.

Masahiro führte sie zu einem bestimmten Schrank und besorgte noch einen dritten Stuhl. Aus einer der Schubladen zog er einen dicken Ordner, den er vor sie auf den Tisch legte. Just in diesem Augenblick kam die alte Frau,

Masahiro Matsumoto (Ken Takakura) ist Beamter bei der Kriminalpolizei in Osaka.

Nick (Michael Douglas) gibt sich mit der bürokratischen Arbeitsweise seines japanischen Kollegen (Ken Takakura, links) nicht zufrieden.

Eine gefälschte Banknote bringt Nick (Michael Douglas, rechts) und Charlie (Andy Garcia) auf die richtige Spur.

Im Club Miyako trifft Nick (Michael Douglas) auf die Hostess Joyce Kingsley (Kate Capshaw), die ihm wichtige Informationen gibt

Nick, Charlie (Andy Garcia, links) und Masahiro (Ken Takakura) verbringen zusammen einen feucht-fröhlichen Abend.

Charlie (Andy Garcia, links) wird von einer Motorradbande angegriffen.

die auch gestern das Essen serviert hatte, mit ihrem dampfenden Korb und deckte den Tisch mit Eßschalen und Stäbchen.

»Das sieht gut aus«, sagte Charlie. »Wie heißt es denn?«

»Das heißt *Bento*«, erklärte ihm Masahiro. »Tofu, gegorene Sojabohnen, *Umebosahi*... Es entspricht wohl eher dem westlichen Geschmack als der schlichte Reisbrei, den ich esse.«

»O ja, ja, sicher. Klingt großartig.« Charlie grinste und versuchte, die Eßstäbchen so zwischen den Fingern zu drehen, daß das flüssige Einerlei wenigstens in die Nähe seines Mundes kam. Nick ließ das Essen stehen. Er ging Fotos von Sato durch, die er nacheinander eingehend betrachtete.

Auf einem war er etwa sechzehn Jahre alt. Er trug einen schlecht sitzenden Smoking und war von lachenden Mädchen in Abendkleidern umringt. Ein verblüffendes Schwarzweißfoto zeigte seinen bis zur Hüfte entblößten tätowierten Oberkörper. In der Pose eines Gewichthebers knieend, stellte er gleichermaßen seine Muskeln und Tätowierungen zur Schau. Fotos dieser Art gab es eine ganze Reihe: Sato in der Kleidung der Sumokämpfer, Sato, wie er nackt als Samurai mit dem Schwert über dem Kopf posierte, Sato, wie er auf der Dachterrasse eines hohen Hauses im Sturm die Muskeln spielen ließ.

»Sieht so aus, als hätten wir hier einen totalen Spinner«, meinte Nick.

»Sato Koji«, ergänzte Masahiro. »Er hat jung angefangen und ist schnell aufgestiegen«, erzählte er ihnen, als er gerade keinen Reis hinunterschlürfte. Nach langem Fuhrwerken mit seinen Stäbchen gelang es Charlie endlich, das Essen in den Mund zu befördern. »Er begann als Schutzgeldeintreiber. Bald darauf wurde er einer von den Bossen.«

Auf Nicks Forderung hin war die Akte tatsächlich über Nacht ins Englische übersetzt worden. Er nahm den Bogen mit der Zusammenfassung in die Hand und überflog ihn. »Billiger Totschläger wird zum gemachten Mann, kontrolliert die Docks und einen Teil des Schiffbaus in Hawaii.«

»Schmeckt Ihnen das *Bento* nicht?« fragte ihn Masahiro höflich. Nick schoß es durch den Kopf, daß er hier möglicherweise veräppelt wurde. Er bedachte Masahiro, dessen Gesicht wie immer keine Regung verriet, mit einem langen, süffisanten Blick. »Doch, es ist hervorragend«, versicherte er dem Unterinspektor. »Riecht wie Bayonne bei Ebbe.«

Masahiro verstand die Worte nicht, aber es freute ihn insgeheim, daß Nick Conklin am Essen keinen Geschmack fand.

»Wir wissen, daß das Opfer von gestern nacht einer von Satos Männern war«, sagte Nick.

»Richtig«, stimmte Charlie zu.

Feste Schritte hallten durch den Flur. Vielleicht der Schichtwechsel, überlegte sich Nick.

Wieder in die Akte vertieft, sagte Nick: »Und vor drei Tagen soll Sato Ok-a-da Gen-kuro umgebracht haben. Stimmt das?«

Mit einer anderen Aussprache wiederholte Masahiro den Namen: »Okada Genkuro. Damaszenischer Macher, ein Künstler.«

»Ja, ein Graveur«, bestätigte Nick. »Und dann steigt er ins Flugzeug und sticht achtundvierzig Stunden später im Scalari's zwei Burschen ab.«

Masahiro überlegte einen Augenblick. »Vierundfünfzig Stunden später«, sagte er dann. Nick musterte ihn kurz, entdeckte aber nichts außer ernsthafter, beflissener Hilfsbereitschaft. Nick und Charlie tauschten müde Blikke aus.

»Wer ist denn der Affe hinter Sato auf den ganzen Fotos?« wollte Charlie wissen. »Sieht so aus, als wäre er leichtsinnig mit den Zündhölzern umgegangen.«

Die Fotografien stammten von Überwachungskameras. Sie waren nicht alle scharf, weil die Kameraeinstellung nicht immer gestimmt hatte. Die neuesten waren fünf Jahre alt, wie sich an den am Rand vermerkten Daten erkennen ließ. Die meisten waren Schwarzweißfotos, wenige in Farbe. Sie alle zeigten Sato mit einem grotesk vernarbten Mann, dem Verbrennungen Gesicht und Hände entstellt hatten.

Draußen im Flur hallten erneut Schritte. Allmählich klang das wie der Aufmarsch einer Armee zur Schlacht. Charlie legte die Fotografien beiseite und erhob sich, als wolle er sich dehnen. Mit zwei Schritten stand er an der Tür.

»Das ist Kunio Sugai«, erklärte Masahiro. Er sprach langsam, als zögere er aus irgendeinem Grund. »Er erlitt bei einem amerikanischen Brandbombenangriff schwere Verbrennungen. Das war im April 1945. Er verlor dabei seinen Vater und seinen Bruder.«

Nick antwortete mit einem knappen Nicken. »Was haben die zwei zusammen gemacht?« fragte er.

»Sato war einmal Sugais Leutnant, bis vor etwa fünf Jahren.«

»Lassen Sie den Blödsinn«, knurrte Nick unvermittelt. »Sie wollen mir nichts darüber sagen?« Vor sich hin brummelte er: »Krawattenarsch.«

Jetzt ließen sich vom Flur neben den Schritten auch aufgeregte Stimmen vernehmen. Charlie machte die Tür einen Spalt breit auf. Zwei bewaffnete Polizisten liefen eilig vorbei.

»Hey, was ist da mit den Blauen los?« fragte er Masahiro.

Der zuckte sichtlich verlegen die Schulter. »Eine Übung. Probealarm vielleicht«, log er.

Charlie schüttelte den Kopf. Seine Hand ruhte auf der Türklinke. »Jetzt müssen Sie uns aber langsam einweihen, Hiro.«

Nick starrte auf die Fotos und war dann wieder bei seiner eigenen Spur. »Was zum Teufel war nur in der Schachtel?« überlegte er laut. Er betrachtete wieder den

Narbigen. »Dieser Sugai – hatte der mit Rauschgift zu tun?«

»Nein«, erwiderte Masahiro bestimmt. »Stahl, Schnaps, Pferde. Er ist Mitbesitzer des Club Miyako. Dann noch Waffen und Prostitution. Er ist ein sehr mächtiger *Oyabun*, das Oberhaupt der *Izaki-gunmi.*«

»Hey Nick!« rief Charlie und riß die Tür weit auf. »Sieh dir das mal an!«

Mit einem Sprung war Nick bei ihm. Drei, vier Mitglieder einer Spezialeinheit rannten mit Vorschlaghämmern beladen an ihnen vorbei. Im Laufen streckten sie eine Hand aus, damit ein Vorgesetzter ihnen Patronenschachteln zuwerfen konnte, die ihm ein Helfer aus einer Kiste reichte.

»Vorschlaghämmer? Patronen?« Nick war herumgefahren und blitzte Masahiro an. »Eine Übung?«

Hastig zog Charlie sein Jackett von der Stuhllehne. Masahiro sah äußerst verlegen drein. Verdächtig, mochte man meinen.

»Was zum Teufel ist hier los, Masahiro?« fragte ihn Nick.

»Wir haben einen Hinweis auf Satos letztes Versteck bekommen«, erklärte Masahiro widerstrebend. »Nur einen Hinweis. Ich habe Ihnen ja versprochen, Sie auf dem laufenden zu halten, sobald wir Konkretes wissen.«

Der Amerikaner nickte. »Haben Sie auch eine Akte über Sugai?« erkundigte er sich, als gehe er auf Masahiros Bedingungen ein.

»Gewiß.« Masahiro wandte sich zum Ablageschrank. Im Handumdrehen waren Nick und Charlie durch die Tür verschwunden.

12

Mit einem wüsten Fluch rannte Masahiro ihnen nach, blieb stehen und griff nach dem Telefon. Dann aber verzichtete er gegen jede Gewohnheit auf die Genehmigung und warf den Hörer wieder auf die Gabel. Statt dessen packte er seine Aktentasche, riß die Tür weit auf und raste den Flur hinunter vorbei an der ausgestreckten Hand des verdutzten Beamten, der immer noch Munition ausgab. Auf flinkeren Füßen, als man ihm nach all den Jahren auf einem Bürostuhl zugetraut hätte, stürmte Masahiro an den vor der Bustür anstehenden Polizisten vorüber bis zum Anfang der Schlange und sprang in den Bus. Natürlich, seine schrecklichen Amerikaner hatten sich etwas weiter hinten zwei Sitze ergattert. Mit verschränkten Armen saßen sie wie angewachsen mitten unter den mit regungsloser Miene wartenden Elitepolizisten.

Den engen Gang hinunter lief er auf sie zu. »Das geht doch nicht«, sagte er ruhig. Einerseits wollte er das Gesicht nicht verlieren, andererseits war ihm klar, daß seine Worte keine Wirkung haben würden.

»Ach was«, meinte Charlie.

»Meine Herren, bitte«, flehte Masahiro. »Ich brauche eine Genehmigung.«

»Das ist eine im Stil von New York, Masa«, erwiderte Nick.

Charlie nickte. »Erst handeln wir, dann besorgen wir uns die Genehmigung.«

Plötzlich wurde die Tür zugeschlagen, und der Polizeibus setzte sich mit einem Ruck in Bewegung, so daß Masahiro das Gleichgewicht verlor und sich an einer Rückenlehne festhalten mußte. Schnell schaute er um sich, um zu sehen, ob nicht jemand grinste. Die Polizisten saßen jedoch regungslos da, sahen nur auf ihre Waffen und hingen den eigenen Gedanken nach. Masahiro blieb nichts anderes übrig, als sich zwischen die zwei Teufel zu quetschen, die gesandt worden waren, um ihm die goldenen Jahre zu verderben.

Mit schrillenden Sirenen rasten und schlingerten zwei Polizeiwagen voran. Im Bus wurden sie gehörig durchgerüttelt und -geschüttelt. Charlie bedauerte schon ernsthaft, daß er das *Bento* geschafft hatte, als der Bus endlich mit quietschenden Bremsen zum Stehen kam.

Sie waren vor einem Spielsalon. Riesige Fensterfassaden zeigten auf lange Reihen von münzbetriebenen, Flipper-Geräten nicht unähnlichen Spielautomaten. Anstelle der fünf oder sechs Stahlkugeln regnete es in komplizierten Mustern Hunderte von Kügelchen durch die senkrechten Labyrinthe. Rund um die Uhr standen Spieler um diese Automaten herum,warfen ihr Geld ein, sahen dem Flug der Stahlkügelchen zu.

Der Sturmtrupp marschierte vor dem Schaufenster auf. Ehrfurchtsvoll traten die Polizisten, die die Stelle geräumt hatten, beiseite, als die Spezialeinheit mit vorgehaltenen Maschinenpistolen und betriebsbereiten Vorschlaghämmern nach vorne stürmte. Eine Gruppe spaltete sich ab und rannte zum Hintereingang. Hinter der anderen Gruppe liefen Nick und Charlie durch einen engen Gang zwischen lauter Automaten auf eine Treppe am hinteren Ende des Salons zu.

Bevor sie dort ankamen, sprang die Hintertür auf, und die beiden Razziatrupps von vorne und hinten vereinigten sich wieder und jagten die Treppe hinauf. Nick und Charlie wollten es ihnen gleichtun, doch Masahiro versperrte ihnen den Weg. Mit über der Brust verschränkten Armen baute er sich vor ihnen auf.

»Beobachter«, sagte er mit fester Stimme. So grimmig hatten sie ihn noch nie gesehen.

»Okay, Boß. Wo Sie recht haben, haben Sie recht«, fügte sich Nick.

Die Treppe führte zu einer verschlossenen Tür. Offensichtlich war sie auch verriegelt. Der Trupp wartete aber nicht auf den Schlüssel. Zwei stämmige Beamte bearbeiteten sie mit ihren Vorschlaghämmern, bis das Holz unter den Schlägen knirschte. Wie Pappendeckel gab die Tür nach. Während noch Holzsplitter in alle Richtungen flogen, stürmten bewaffnete Männer den Raum. Als Nick, Charlie und Masahiro dort ankamen, waren fünf äußerst überraschte Gestalten bereits überwältigt. Sie alle hatten die Brust entblößt, und jede war mit Tätowierungen überzogen. Doch Sato war nicht darunter.

Das große Zimmer war gemütlich mit bequemen Stühlen und niedrigen Tischen, auf denen man Tee servieren konnte, möbliert. Auch Schreibtische und Ablageschränke standen herum. Es war also eine Kombination aus Büro und Wohnzimmer. Eine kleine Kochnische war an der hinteren Wand zu sehen. Von ihr führten zwei Türen zu einem Badezimmer und zum Schlafzimmer.

Die fünf Verdächtigen mußten sich an der Wand aufstellen, während die Beamten ihre Papiere überprüften. Als Nick näher herantrat, fielen ihm ein Anzug und eine Krawatte, die säuberlich von einer Stuhllehne in der Ecke hingen, ins Auge. Zu viele Stunden hatte er in einem unbequemen Flugzeug neben diesem Anzug gesessen.

»Der Dreckskerl war hier, Charlie«, sagte er. Masahiro klebte an ihnen wie Honig. Nick ging hinüber zu der Wand, vor der die fünf tätowierten Wunderknaben mit hinter dem Rücken verschränkten Armen und gebeugtem schwarzbehaarten Kopf standen. Nick trat nahe heran und sah sie sich genau an. Einer machte fast Kniebeugen, damit ihm keiner ins Gesicht schauen konnte. Der Polizist, der ihn durchsuchte, nannte ihn Katayama.

»Hallo, Schätzchen, wir sind's wieder«, rief Nick.

Katayama hob den Kopf, lächelte hinterhältig und spuckte. Genau auf Nicks Wange. Ungerührt drehte sich Nick zu Charlie um, als wolle er sagen: Hey, hast du diese Nummer mitgekriegt? Katayama paßte einen Augenblick nicht auf. Blitzschnell war Nick bei ihm, packte ihn an der Gurgel und rammte ihn mit voller Wucht wütend gegen die Wand.

Masahiro japste. »Detective Conklin!« Er versuchte, Nick wegzuzerren, doch Nick kümmerte sich nicht darum. Aus einer Entfernung von wenigen Zentimetern sah er Katayama in die Augen und wiederholte: »Hallo, Schätzchen, wir sind's *wieder*. Wo ist dein Boß?«

Obwohl Masahiro an Nick zerrte, drückte der Amerikaner Katayama mit eisernem Griff gegen die Wand. Dann hatten sich plötzlich sämtliche Mitglieder des Sturmtrupps über Nick gestürzt und zwangen ihn loszulassen. Alle riefen aufgeregt auf japanisch durcheinander, auch Charlie, der die Sprache nicht verstand. Es hörte sich aber gut an, während er an den Cops zerrte und riß, sie bedrängte und knuffte, um Nick freizubekommen.

Masahiro führte sie schließlich in eine Ecke und bestand darauf, daß sie sich setzten.

»Lassen Sie mich fünf Minuten mit ihm reden«, bat Nick.

»Das gehört sich nicht«, beschied ihn Masahiro streng. »Sie sind Ausländer.«

»Wir sprechen doch die internationale Sprache«, meinte Charlie listig.

»Das ist hier nicht New York, Detective«, erklärte Masahiro. »Hier haben wir Bestimmungen.«

»Bestimmungen«, entgegnete Nick. »Ich habe eine Neuigkeit für Sie, Matsumoto. Ich habe gesehen, wie Sato arbeitet. Der hält sich an nichts.«

»Sie müssen sich in Geduld üben«, belehrte ihn Masahiro.

»Scheiß auf die Geduld«, rief Nick. »Das ist was für alte Jungfern, *Inspektor*.«

Masahiro seufzte. »Sie sollen beobachten. Beobachten. Andernfalls müssen Sie gehen.« Er wartete auf eine Antwort.

Nick stopfte sein Hemd wieder unter den Pullover. Vorläufig zumindest fügte er sich. »Sie sind der Boß, Masa«, sagte er. Er und Charlie wandten sich von den Verdächtigen ab und schenkten ihre Aufmerksamkeit nun ganz dem Zimmer, das von Osakas besten Polizisten mit Methode und Präzision durchkämmt wurde.

Alles wurde auf Fingerabdrücke untersucht. Akten wurden geöffnet und ihr Inhalt wurde von weiß behandschuhten Beamten untersucht. Plastikplanen wurden auf dem Boden ausgelegt, auf die man den Inhalt von Kartons, Kisten und Papierkörben leerte. Jedes Stück wurde sorgfältig gesichtet und beschriftet. Charlie fiel etwas Gelbes auf – hauchdünnes Papier, das genau zur Beschreibung des Umschlagpapiers paßte, das sie zuletzt in Scalari's Bar & Restaurant in New York City in den USA gesehen hatten.

»Nicky«, flüsterte Charlie. Nick sah ihn an und ließ dann ebenfalls den Blick auf den Krimskrams auf der Plane wandern. Zuerst erkannte er nicht, was Charlie sah. »Das Papier, in das die Schachtel gewickelt war«, half Charlie nach. Und dann stach Nick dieses eine Gelb, das sich nun eindeutig von allen anderen Papierfetzen im Zimmer abhob, ins Auge.

Er stand auf und streckte sich.

»Wo wollen Sie hin?« fragte Masahiro besorgt.

»Ach, ich schau mich nur um. Ich werde auch garantiert nichts nehmen oder jemanden schlagen. Sie können mir ja zusehen. Ich werde ganz brav sein, Masa. Ich will nur schauen, ob ich was erkenne, okay?«

»Okay«, sagte Masahiro widerstrebend.

Nick trat auf den Polizisten zu, der den Inhalt eines soeben ausgeleerten Papierkorbs untersuchte. Es war dasselbe gelbe Papier. Er sah nach unten und zwinkerte dann Charlie zu. Der Cop knurrte Nick aus tiefer Kehle an – vermutlich war es nichts allzu Höfliches –, und Nick wich zurück.

»Okay, Boß, reg dich nicht auf«, sagte er zum Cop.

Eine neue Gruppe Polizisten kam durch die zersplitterten Überreste der Tür. An ihrer Spitze marschierte Polizeipräsident Ohashi. Flankiert war er von zwei uniformierten Beamten, aber nicht denen, die am Tag vorher in seinem Büro gewesen waren. Nick blickte zu Masahiro, der beim Anblick seines Vorgesetzten leichenblaß geworden war. Masahiro sprang auf Nick zu, doch er kam zu spät. Ohashi erspähte ihn und befahl ihn herrisch zu sich. Masahiro erstarrte. Er steckte tief im Schlamassel.

Vom anderen Ende des Zimmers drang Ohashis Stimme barsch und unheilvoll herüber. Nick war jetzt lange genug in diesem Land, um zu merken, daß erhobene Stimmen und ein Rüffel vor aller Öffentlichkeit hier weitaus demütigender waren als bei ihnen zu Hause, wo alle ständig brüllten. Hier wog es schwer, und der gute alte geschniegelte Masahiro tat ihm fast leid. Fast.

Die meisten Polizisten versuchten, nicht zu Ohashi und Masahiro hinüberzusehen, doch herrschte jetzt drückendes Schweigen im Zimmer, und die ungewöhnlichen Vorhaltungen zogen alles Interesse auf sich. Nick ging zu dem Tisch, auf dem die Geldbörsen der Verdächtigen durchsucht wurden. Der Inhalt war säuberlich ausgebreitet, und der dafür zuständige Beamte trug alles sorgfältig in ein Formular ein. Sechs der Gegenstände waren glatte amerikanische Hundertdollarscheine. Nick wartete, bis der Beamte einem verstohlenen Blick auf Ohashi und Masahiro nicht mehr widerstehen konnte. Blitzschnell steckte er fünf Scheine ein.

Mit einer Geste zu Charlie wandte er sich zur Tür. Ihm war entgangen, daß Masahiro, während er die Erniedrigung in Form dieser Standpauke in aller Öffentlichkeit über sich ergehen ließ und den Amerikanern insgeheim Rache dafür schwor, Nick über Ohashis Schulter hinweg nicht aus den Augen gelassen und alles mitbekommen hatte.

13

Nick und Charlie stiegen die Treppe zum menschenleeren Spielsalon hinunter.

»Hast du was?« fragte Charlie.

»Vielleicht«, meinte Nick. Sie traten ins Freie, wo sich auf dem Gehsteig immer mehr Neugierige drängelten.

»Wenn es eine gute Nachricht ist«, sagte Charlie düster, »wäre es nett, wenn du sie mit Masa teilen würdest. Er hat, glaube ich, Ärger mit dem Boß.«

Masahiros Haut zu retten, war im Augenblick nicht Nicks Hauptanliegen. Dicht gefolgt von Charlie, wühlte er sich weiter durch die Menge. Auf der Straße bemerkten sie weder eine schwarze Suzuki, noch deren Fahrer, der vom Helm bis zu den beschlagenen Stiefeln ganz in Schwarz gekleidet war und die Amerikaner mit mehr als nur beiläufigem Interesse beobachtete. Satos Gesicht war hinter einem von außen undurchsichtigen Visier verborgen. Folglich konnten die beiden nicht ahnen, vor wessen Augen sie da vorbeiliefen. Als sie die andere Straßenseite erreicht hatten, warf Sato die Maschine an und schoß in die entgegengesetzte Richtung davon.

Vor einem Nudelimbiß blieben Nick und Charlie stehen. Die Fassade mit dem Ladentisch war etwas zurückversetzt, und eine kleine Eßnische lud zum kurzen Verweilen ein. Die Frühstücksgäste hatten sich nach und nach verlaufen, der Mittagsansturm hatte noch nicht eingesetzt, so daß sie genügend Platz für sich fanden.

Nick zog einen der glatten Hundertdollarscheine aus der Tasche. Mit dem Daumen und zwei Fingern rieb er ehrfürchtig daran. Dann rollte er ihn zwischen den Handflächen zusammen und wieder auf. Charlie schaute gespannt zu. Einmal wenigstens hatte es ihm die Sprache verschlagen. Nick zündete sich eine Zigarette an. Statt das Feuerzeug wieder wegzustecken, hielt er die Flamme an die Ecke des Scheins. Sie beugten sich ganz nah über das verbrennende Geld. Eine Blüte.

»Hey, so langsam finden wir uns in dem Nest schon zurecht«, sagte Charlie, als sie etwa eine halbe Stunde später in das Polizeipräsidium schlenderten. Im Polizeibus hatten sie während der Fahrt wesentlich besser auf den Weg geachtet als in der letzten Nacht. So schnell würden die zwei in diesem Land nicht mehr herumirren; sie würden auch ohne ausgestreute Brotkrümel zum Hotel zurückfinden.

Als sie die Treppe zum Empfangszimmer hinaufeilten, sahen sie kurz, wie Katayama und die anderen vier Häftlinge in Handschellen in ihre Zellen abgeführt wurden.

»Meinst du, die kitzeln was aus ihm raus?« fragte Charlie.

»Klar doch, bei den höflichen Methoden«, brummelte Nick. »Erst gibt es Tee, dann plaudern sie vielleicht ein bißchen. Und die ganze Zeit verneigen sie sich natürlich.«

Sie gingen weiter bis zu den Räumen der Kriminalpolizei, doch Masahiros Schreibtisch war leer.

»Wo ist denn der Unterinspektor?« fragte Charlie den Sekretär.

Der Mann nickte und lächelte.

Mit Gebärden, Verrenkungen, Handzeichen und zukkendem Gesicht wiederholten sie immer wieder: »Masahiro, Masahiro.« Schließlich machten sie sich verständlich, und mit einem noch breiteren Lächeln begann der Sekretär ihnen etwas in schnellem Japanisch zu erklären. Da das nicht klappte, versuchte er es mit Zeichensprache. Wild gestikulierend stieß er ständig dieselben Laute hervor, die sich anhörten wie: »Katakatakatakataka.«

»Er arbeitet jetzt bei der Eisenbahn?« riet Charlie.

»Fänger?« versuchte es Nick. »Baseball?«

»Er ist unter die Schlosser gegangen!« jauchzten sie beide gleichzeitig.

Nicht klüger als zuvor verließen sie die Abteilung wieder. Auf dem langen Korridor blieb Nick jäh stehen. »Hör mal!« sagte er. Charlie spitzte die Ohren.

Vom anderen Ende kam ein Geräusch, das fast genauso

klang wie die Laute des Sekretärs. Sie folgten dem Lärm. Eine Tür führte in eine Turnhalle. Auf dem blankgeputzten Boden übte eine Gruppe von zwanzig identisch gekleideten Männern mit ihren *Kendo*-Stöcken die Bewegungsabläufe dieses Kampfsports. Wenn nach einer Serie von komplizierten Figuren, die ein bißchen an Fechten erinnerten, die Stöcke gegeneinanderschlugen, ergab sich das Geräusch, das der Sekretär ihnen vorzumachen versucht hatte, um ihnen zu sagen, wo Masahiro steckte. Aber wie sollten sie ihn erkennen? Die Männer trugen alle Masken mit Visier.

Einer der Zuschauer stürzte auf sie zu, sobald sie eintreten wollten. Indem er aufgeregt nach unten deutete, machte er sie darauf aufmerksam, daß sie ihre Schuhe ausziehen und vor der Tür abstellen mußten, wo bereits ganze Reihen von Straßenschuhen standen.

»Ich glaube, ich habe ein Loch im Socken«, beichtete Nick, während er sich seiner Treter entledigte.

»Es ist mir furchtbar peinlich, in deiner Gesellschaft angetroffen zu werden«, tröstete ihn Charlie.

Sie blieben stehen und beobachteten die ausgeklügelten Bewegungen des *Kendo*, zu denen der Ausbilder mit lauter Stimme die Anweisungen gab. Trotz ihrer Bemühungen konnten sie Masahiro nicht erkennen. Jetzt war doch keine Zeit für Fitneßübungen oder Kreisklassenmeisterschaften oder was zum Teufel das hier war.

»Hey, wo steckt mein Masahiro denn?« schrie Charlie zu zwei Kämpfern hinüber, als sie gerade elegant an ihnen vorübersprangen. »Tolle Anzüge habt ihr da an, Kumpel«, fügte er hinzu.

Nick rief so laut, daß Masahiro ihn hören mußte, wenn er da war. »Komm schon, Kamerad! Wir haben was für dich!«

Ein paar *Kendo*-Kämpfer ruhten sich an der Seitenlinie aus. Ihre Helme und Stöcke hatten sie vor sich liegen. Charlie konnte der Versuchung nicht widerstehen, einen der Stöcke aufzuheben. Die Zuschauer waren nicht gerade erfreut. Er handelte sich wütende Blicke ein, aber, so weit sich das beurteilen ließ, keine unverhüllten Drohungen.

Die ganze Gruppe kämpfte weiter – es war fast ein militärisches Ballett. Der Trainer bellte seine Kommandos, die exakt ausgeführt wurden. Plötzlich schrie eine zweite Stimme gequält auf.

»Ich will nichts mehr mit Ihnen zu tun haben! Verschwinden Sie doch!«

Es war Masahiro, der gerade unmittelbar vor ihnen vorbeilief. Aus tiefstem Herzen stieß er einen Wunsch aus, ein Gelübde, ein Gebet und ein verzweifeltes Versprechen.

Auf einen Befehl des Trainers hin teilte sich die Klasse in Zweiergruppen, die zur Vorbereitung auf ein Einzelgefecht einander gegenüber Stellung bezogen. Einige nahmen den Kopfschutz ab und traten aus der Gruppe heraus. Zu ihnen gehörte Masahiro. In Strumpfsocken schlitterten Nick und Charlie über den glatten Boden auf ihn zu.

»Schauen Sie«, rief Nick. »Ich weiß, daß Sie sich Ärger eingehandelt haben, weil Sie uns zur Razzia mitgenommen haben...«

»Polizeipräsident Ohashi wartet auf Sie in seinem Büro«, unterbrach ihn Masahiro kalt.

»Ist schon gut, Matso. Wir helfen Ihnen, Mann«, versicherte ihm Charlie. »Wir wollen ja vor Ohashi alles auf uns nehmen, okay?«

Wortlos drehte Masahiro sich um und verschwand. Charlie und Nick sahen einander an.

»Mein Gott«, rief Nick ihm nach. »So hören Sie uns doch zu!«

Masahiro ging weiter über den Hallenboden auf den Ausgang zu. Nick riß Charlie den *Kendo*-Stock aus der Hand und rutschte hinterher. Er kam nahe genug, um ihm damit gegen den Schenkel zu klopfen.

»Jetzt haben Sie sich doch nicht so und lassen Sie mich alles erklären«, sagte er.

Masahiro blieb stehen und funkelte Nick an. »Sie haben

mich und den Rest der Abteilung entehrt! Sie sind ein Dieb. Ich habe gesehen, wie Sie Geld genommen haben!«

»Ein Dieb«, ächzte Nick. »Sonst wäre in Ihrer Abteilung nie was passiert. Ohne vorher herumzutelefonieren, lassen Ihre Leute mich ja nicht mal den Hintern abwischen!«

Masahiro ging weiter. Nick klopfte wieder mit dem Stock gegen ihn.

»Hey, hey, ich spreche mit Ihnen!«

»Ich habe Polizeipräsident Ohashi über Ihr Verbrechen in Kenntnis gesetzt. Er hat bereits mit Ihren Vorgesetzten in New York gesprochen. Wir wissen, zu welcher Sorte Sie gehören«, sagte Masahiro kalt.

Nick konnte ihm nicht glauben; dieser Mann würde hervorragend in eine Dienstaufsichtsbehörde von New York passen. »Sie Riesenarschloch«, rief er. »Sie wissen rein gar nichts über mich. Mit Ihrem selbstgerechten Gefasel wollen Sie uns also rausschmeißen lassen!«

Das reichte. Masahiro war schnell wie der Blitz und leichtfüßig wie ein Kolibri. Er schlug Nick den Stock aus der Hand, schwang mit einem Grunzen tief aus der Kehle den seinen und ließ ihn erst unmittelbar vor Nick sinken. Ansonsten hätte er ihm den Kopf zerschmettert.

Nick hielt die Hände hoch. »Gut, gut, Sie haben gewonnen.« Er schnappte nach Luft.

Einen kurzen Moment ging Masahiro aus der Deckung. Nick hatte seine Reflexe auf der Straße gelernt, und sie waren unheimlich schnell. Ein unerwarteter Tritt und ein unmittelbar darauffolgender Handkantenschlag schickten Masahiro in seiner ganzen Rüstung und Schutzkleidung zu Boden.

Nick stellte sich über ihn. »Erste Lektion«, sagte er. »Keine Waffe ziehen, wenn man sie nicht benutzen will.«

Er ging langsam zur Tür. Im nächsten Augenblick krachte sein Kopf gegen den lackierten Hallenboden. Masahiro saß schwer auf seinen Schultern. Seine Arme wurden hinter dem Rücken niedergehalten und sämtliche

Herren der *Kendo*-Klasse johlten in unschicklicher Begeisterung. Welcher Fremde sollte sich da noch willkommen fühlen?

14

»In Ihrem Land werden von Polizeibeamten verübte Diebstähle vielleicht für selbstverständlich erachtet...«, fing Polizeipräsident Ohashi an, doch Nick schnitt ihm das Wort ab.

»Das Opfer vom Club Miyako hatte einen Hundertdollarschein im Mund stecken. Sato hat vor seiner Reise nach New York einen Graveur umgebracht. Die Schachtel? Proben vielleicht, oder Druckplatten. Wie dem auch sei. Ihr Krieg geht um Falschgeld. Der Spur hätten wir schon längst nachgehen können, wenn Sie uns nicht wie Feinde behandelt hätten.«

Ohashi war ganz Ohr, Masahiro desgleichen. Nick zog einen der Scheine aus der Tasche und hielt ihn gegen das Licht. »Einmalige Gelegenheit«, sagte Nick. »Mögen die Herren von den billigen Rängen näher herantreten.«

Der Polizeipräsident erhob sich von seinem Lederstuhl und wartete hinter dem Schreibtisch mit kritischer Miene, als wolle er sagen: Dein Pech, wenn du mich nicht beeindruckst. Masahiro, der bis auf die Maske seine *Kendo*-Aufmachung noch nicht abgelegt hatte, sah mißtrauisch hin.

Nick zog sein Feuerzeug hervor und warf die Flamme an. »Schauen Sie gut zu, damit Sie was lernen«, sagte er, während er den Schein anzündete. »Sehen Sie. Das Bedruckte wölbt sich so gut wie nicht über der Asche. Da... und da. Unter zu wenig Druck hergestellt, sonst wäre es höher. Gute Arbeit. Die beste, die ich je gesehen habe, aber Geld ist das nicht.«

Er blies die Flamme aus und warf die angekohlte Blüte in Ohashis Papierkorb. Dann schickte er sich an zu gehen.

Vor Masahiro blieb er stehen. Indem er den Zeigefinger gegen den gepolsterten Brustschutz des Unterinspektors drückte, rief er, jedes Wort wie einen Peitschenhieb betonend: »Wenn man ein Problem hat, dann sagt man es seinem Partner und nicht den Obermackern, du Schleimscheißer.«

Er rauschte aus Ohashis Büro. Irgendwie tat Masahiro Charlie leid. Schließlich erledigte der Bursche doch auch nur seine Arbeit, wie sie es ihm wahrscheinlich beigebracht hatten. Andere Länder, andere Cops, dachte er sich. »Wir wollten es Ihnen ja sagen, Mann«, versuchte er im Abgehen zu erklären.

Als die Amerikaner an den Untersuchungszellen vorbeieilten, ritt Nick plötzlich der Teufel. Er öffnete eine Tür und sah in den Raum. Katayama war noch da. Auf einem Holzstuhl saß er da, starrte die Wand an und wartete auf sein Verhör.

Charlie blieb in der Tür stehen, aber Nick trat ein. Der Verbrecher sah ängstlich und überaus verblüfft drein. Mit der Handkarte schlug ihm Nick einmal hart gegen den Adamsapfel. Katayama keuchte nach Luft, sein Mund war offen wie bei einem Fisch. Nick holte die letzte Blüte aus seiner Tasche. Sie raschelte, als er sie zusammenknüllte und ihm zwischen die verfaulten Zähne steckte.

»Sag Sato, daß ich ihm das in den Arsch stecke«, sagte Nick.

Er stolzierte aus der Zelle.

»Was soll das Ganze?« wollte Charlie wissen, als sie sich an der frischen Luft befanden.

»Nur für Satos Ohren bestimmt.« Nick schritt die Straße hinunter, als hätte er sein ganzes Leben in dieser Gegend verbracht.

»Wo gehen wir hin, Boß?«

»Ins Hotel. Scheißen, Schuhe putzen, duschen und rasieren. Ich will mich mit einer Dame unterhalten.«

»Und wie wär's mit ein paar Bissen bei der Gelegenheit?« schlug Charlie vor.

»Ich esse alles, was sich nicht bewegt«, stimmte Nick zu.

»Das kann ich nicht garantieren«, meinte Charlie lachend. »Zählen glitschige Nudeln auch?«

Einige Stunden später fanden sie erfrischt und ausgeruht ihren Weg zum Club Miyako. Es war früh am Abend, und die Lichter brannten schon überall auf der Straße. Haufenweise strömten Büroangestellte von den Wolkenkratzern in die Bars. Auch die Läden waren voll. Nick und Charlie erbarmten sich bisweilen ihres Beschatters und warteten, bis er sie eingeholt hatte. Masahiro blieb hinter ihnen, war aber mitleiderregend auffällig.

Als sie vor dem Club standen, drehte sich Charlie um und zwinkerte Masahiro zu. Dem Unterinspektor war das höchst peinlich. Mit den Händen versuchte er, das Gesicht abzuschirmen und schaute auf das in einem Restaurantfenster ausgestellte Plastikessen.

»Wir bringen ihn wahrscheinlich in Verlegenheit«, sagte Charlie.

»Ein richtiger Spion«, meinte Nick.

Sie betraten den Club. Was für ein Gegensatz zur Atmosphäre von gestern abend nach dem Überfall! Jetzt schäumte die Stimmung hier über. Den größten Anteil der Gäste bildeten in Gruppen herumstehende Büroangestellte. Offensichtlich waren sie fest entschlossen, unter möglichst viel Lärm möglichst betrunken zu werden. In den Nischen und an der Bar hängten sich Hostessen an die Gäste. Auf der Bühne bearbeitete ein natürlich bestens gekleideter Manager den *Karaoke*, sehr zum lärmenden Vergnügen seiner Freunde.

Der *Karaoke* ist in modernen japanischen Bars das, was das Dart-Spiel seit Jahrhunderten in den englischen Kneipen bedeutet. Jeder muß es ausprobieren. Es ist eine Art Probe. Männlichkeit, Talent, Nervenstärke, Humor, Trinkfestigkeit und eine ganze Reihe anderer Sachen werden unter Beweis gestellt. Der *Karaoke* ist ein elektronisches Spielzeug, das nicht nur die menschliche Stimme verstärkt, sondern auch auf geheimnisvolle Weise vorher aufgenommene Musikgeräusche dazumischt, also an ein teures Aufnahmestudio erinnert. Die Liedtexte erscheinen auf einem Monitor, so daß sie der Spieler nur abzulesen braucht. Was er auch in das Mikrophon unter dem Scheinwerfer singt, es klingt immer professionell, egal ob er die Melodie richtig trifft oder nicht. Schwer zu sagen, wer den größten Spaß hat, der Vortragende oder die Zuhörer.

Kaum hatten sich Charlie und Nick in eine Nische gesetzt, gesellten sich zwei Hostessen zu ihnen.

»Ich heiße Norie«, sagte die eine, die sich an Charlie geschmiegt hatte.

»Na denn, hi, Norie«, sagte Charlie. »Du sprichst Englisch?«

»Ja, ja, sehr gut«, antwortete Norie stolz. »Meine Freundin spricht kein Englisch, aber ich kann übersetzen.« Sie kicherte. »Nur brauchen Sie wahrscheinlich keine Dolmetscherin.«

Das Mädchen, das sich an Nick herangemacht hatte, legte kichernd die Hand auf sein Knie.

Masahiro trat nun ein und setzte sich mit dem Rücken zu ihnen an die Bar.

»Sollen wir ihn erlösen?« fragte Charlie.

Nick zuckte nur mit den Schultern. Trotz des Mittagschläfchens und der Dusche war er noch schlecht gelaunt und scherte sich nicht um das Mädchen neben sich. »Na ja, die Speisekarte ist ohnehin zur Hälfte in englisch geschrieben«, meinte er. »Ich erkenne sogar ein paar Drinks. Wie wär's mit einem Shrimp Cocktail als Vorspeise?« Eine Bedienung nahm ihre Bestellung auf.

»Was ist denn ein Hurricane Special?« wollte Charlie von ihr wissen. Mit Nories Hilfe erklärte sie ihm, daß er in einem großen Glas kam, rosa und gelb aussah, sich darin sieben verschiedene Sorten Spirituosen befanden und daß er mit einem Papierschirm und einer Maraschino-Kirsche serviert wurde. »Klingt ja toll«, meinte Charlie. Nick zog nur die Augenbrauen hoch. Aber dann verzog er das Gesicht zu einem fröhlichen Grinsen, als Charlie hinzufügte: »Sehen Sie den großen Herrn an der Bar – mittelalt, ziemlich groß und kräftig gebaut? Er trinkt *Sake*? Sagen Sie dem Barmixer, er soll ihm einen Hurricane Special machen, mit unserer Empfehlung. Okay?«

Die Mädchen baten um Champagner, schienen sich aber auch mit Bier durchaus zufriedenzugeben. Dann kamen die Shrimps. Sie waren roh. Einige zuckten noch mit dem Schwanz.

»Hey, ihr Schönen, hat eine von euch 'nen Speer?« fragte Charlie die Mädchen. »Das Zeug hüpft ja über den ganzen Teller.«

Norie kicherte. »Sie schmecken besser, wenn sie sich winden«, sagte sie.

Nick beugte sich zu ihr hinüber. »Süße«, erklärte er, »du bist bis jetzt der erste Mensch in diesem Land, der mit beiden Füßen im Leben steht.«

Der *Karaoke*-Sänger gab eine entsetzlich falsch klingende Version von Bing Crosbys »High Hopes« zum Besten. Die Lautstärke wurde aufgedreht.

»Hey, Erbarmen«, rief Charlie. »Wir essen noch!«

Nick redete trotz des Lärms leise weiter. »Norie, stimmt's?« fragte er das Mädchen über den Tisch hinweg. Es nickte fröhlich. »Diese Amerikanerin – Joyce heißt sie – kennst du sie?«

Nories Augen waren ausdruckslos. Wenn sie etwas wußte, gab sie nichts preis. »Groß? Blond?« Nick ließ nicht locker. »Hat sie heute abend Dienst?«

Charlie versuchte zu helfen. »Hat 'nen Hintern, perfekt wie 'ne Murmel«, erklärte er Norie, die ihm lachend den freien Arm um die Schultern legte. Charlie wich mit dem Blick nicht von der Bar. »Schau, jetzt kriegt er ihn«, rief er plötzlich.

Der Barkeeper hatte den lächerlichen Drink vor Masahiro gestellt. Sie sahen ihn auf sie deuten, doch Masahiro drehte sich nicht zu ihnen um.

Das Lied endete wie nachlassende Zahnschmerzen. Charlie benutzte die kurze Stille nach dem donnernden Applaus, um durch den Raum zu brüllen: »Hey, Masa! Kommen Sie doch zu uns rüber!«

Sie sahen, wie er die Schultern mit einem Seufzer hob. Ertappt. Er wühlte in der Tasche, ließ etwas Geld auf dem Tresen liegen und ging mit dem riesigen tropischen Drink und dem kleinen Papierschirm in der Hand auf sie zu. So wie er aussah, mußte er schon einiges getrunken haben.

Vor Nick blieb er stehen. »Die große Kanone aus New York«, sagte er mit dem Blick nach unten auf Nick gerichtet. Er nuschelte ein wenig.

»Matsumoto aus den Bergen«, konterte Nick. »Hat Sie jemand beauftragt, mir zu folgen, für den Fall, daß ich das Tafelsilber stehle?«

Masahiro kratzte seine ganze Würde zusammen. »Polizeipräsident Ohashi wünscht Sie morgen früh zu sprechen.«

Der Amerikaner nickte. »Ich schau im Terminkalender nach.« Mit dem Daumen deutete er über die Schulter in Richtung Ausgang. »Tschüs, Masa. Sie haben Ihre Botschaft überbracht.«

»Hey, Moment mal«, meldete sich Charlie. »Alle haben doch nur das Richtige getan. Du, Nick, und Sie genauso, Masa. Jetzt ist aber Ruhe, Jungs, klar? Setzen Sie sich, Masa. Zünd schon die Friedenspfeife an, Nick.«

Beide dachten ein bißchen darüber nach, dann ließ sich Masahiro auf dem Sofa neben Charlie nieder. Die Augen geradeaus nach vorn gerichtet, wich er Nicks Blicken aus. Erneut ging der *Karaoke* los, und ein anderes hohes Tier machte sich, erneut mit »High Hopes«, vor seinen Kollegen lächerlich. Seine Stimme war um keinen Deut besser als die des anderen. Auch die Lautstärke blieb die gleiche. Fast unmerklich klopfte jetzt Masahiros Hand den Rhythmus mit.

»Sie mögen das Zeug?« wollte Charlie wissen.

»O ja«, sagte Masahiro. »Ich war ein Teenager, als es herauskam.« Er fing jetzt an, mitzusummen.

Immer noch geradeaus nach vorne stierend, wechselte Masahiro unvermittelt zu dem Thema, das ihn und Nick am meisten bedrückte. »Ich habe meine Pflicht getan, Conklin. Schließlich arbeite ich für die Leute hier.«

»Wenn man bei mir daheim ein Problem hat, geht man damit zu seinem Partner und nicht zu den Obermakkern«, erwiderte Nick.

Schließlich sah ihn Masahiro an. »Vielleicht sollte man weniger an sich und mehr an die Gruppe denken«, sagte er. »Lernen Sie, wie ein Japaner zu arbeiten.« Er sah das Mädchen an, das sich Nick an die Schulter geworfen hatte. »Sie haben ja auch schon gelernt, sich wie ein Japaner zu entspannen«, bemerkte er trocken. Dann summte er, als Nick nichts sagte, wieder das Lied mit.

Der *Sake* und der Hurricane Special verfehlten ihre Wirkung nicht, aber es tat gut zu hören, wie er zur Abwechslung einmal auftaute, dachte sich Charlie. »Ich war so alt wie Ihre Soldaten«, sagte Masahiro. »Amerika war damals ein weises Volk. Aber jetzt... taugt es nur noch für Musik und Kleider. Wir machen die Maschinen. Wir haben die Zukunft erbaut. Ihr wart mächtig, aber...« Er kippte den Rest des Special hinunter. Der Papierschirm war die ganze Zeit mit der Flüssigkeit bis zum Boden gesunken. »Aber wir haben den Frieden gewonnen.«

Nick beugte sich vor. »Ja, und wenn einer jemals eine ganz neue Idee hätte, dann würdet ihr euch alle plötzlich in den Frack scheißen«, gab er zurück.

»Hey, was soll das?« protestierte Charlie. »Ist das eine Verschwörung von euch beiden, um mir den Abend zu verderben?« Er erwiderte Nories Zwicken. Masahiro und Nick verstummten.

»Schau, Nick«, rief Charlie. Nicks Augen folgten Charlies Blick. Die große schöne Blondine stellte gerade eine junge Hostess einem amerikanischen Geschäftsmann vor, der allein an seinem Tisch saß. Er zog sie zu sich herunter, um ihr etwas ins Ohr zu flüstern. Sie lachte.

Nick befreite sich von dem Mädchen an seiner Seite, stand auf und ging zu Joyce hinüber.

»Das klappt immer«, raunte er der Blondine in das mit Perlen behängte Ohr. »Bussi gefällig?«

Joyce fuhr herum und starrte ihn an. »Der mit dem Peroxid«, erinnerte er sie. »Haben Sie einen Augenblick Zeit?«

»Ich habe Kunden«, erwiderte sie. In dieser Umgebung wirkte ihre Haarfarbe umwerfend. Vielleicht wäre das auch überall sonst auf der Welt der Fall. Das Haar war rein wie Honig, hell wie die Sonne, war hochgetürmt und fiel, fast altmodisch, in feinen Fransen sanft herab. Ansonsten war nichts Altmodisches an ihr. Sie sah überwältigend aus und erweckte den Eindruck, als habe sie seit langer, langer Zeit nichts mehr überrascht. Wieder ertappte er sich bei der Überlegung, was sie wohl hier in Osaka mache. Sie rauschte an ihm vorbei.

Er heftete sich an ihre Fersen. »Chicago«, flehte er. »Hören Sie, ich sitze in der Scheiße und brauche die Hilfe von jemandem, der Japanisch spricht. Bitte.«

Joyce kümmerte sich nicht um ihn. Statt dessen trat sie in eine Nische voller angeheiterter Bonzen. Zu ihrer Überraschung schlüpfte Nick mit hinein und ließ sich direkt neben ihr nieder.

»Stellen Sie Ihren Zähler um«, sagte er. »Mein Geld ist auch nicht schlechter als denen ihres.«

Er schien die Geschäftsleute nicht zu stören. Vielmehr fanden sie ihn furchtbar amüsant. Ein frecher Bursche gab mit allzu verständlichen Gesten zu verstehen, daß sie genau wußten, wen sie da vor sich hatten. In betrunkener Ausgelassenheit brüllten sie vor Lachen. Nick lächelte und legte den Arm um den Witzbold, der den Heiterkeitsausbruch ausgelöst hatte. Der Mann wich entsetzt zurück.

»Tut mir leid, Jungs, aber die junge Dame kann jetzt

nicht mit euch spielen.« Er hielt seine Polizeimarke hoch. »Spielt doch mal alleine.«

»Mein Gott«, stöhnte Joyce.

Der Ranghöchste wandte sich mit einer scharfen Bemerkung an Nick, und seine Kollegen hörten sofort zu lachen auf. Die Situation konnte bedrohlich werden. Mit ein paar Worten beruhigte Joyce den Mann, dann sprach sie kurz mit Nick.

»An der Bar steht ein Mädchen in einem Kleid mit schwarzen und weißen Pailletten. Geben Sie ihr fünfzig Dollar und lassen Sie sich von ihr führen.«

Nick dankte mit einem Kopfnicken und verließ zur Erleichterung aller die Nische. Als Joyce dann etwas sagte, lächelten sie alle wieder. Nick marschierte zur Bar.

Das Mädchen in dem paillettenbesetzten Kleid saß wirklich dort. Es war die gleiche atemberaubende Schönheit, die sie gestern nacht gesehen hatten, nur daß ihre Pailletten heute eine andere Farbe hatten und sie nicht mehr über und über mit Blut bespritzt war.

15

Je später der Abend, desto betrunkener die Gäste und schauderhafter die Eskapaden mit dem *Karaoke*. In dem Maße, in dem die Hemmungen schwanden, wurden die Sänger mutiger und läppischer. Wie dem auch sein mochte, Charlie und sein neuer Freund Masahiro stießen die *Sake*-Gläser an und prosteten einander mit dem heißen Wein zu.

»Ex und hopp!« rief Masahiro.

»*Kampai!*« antwortete Charlie. »Die Gläser hoch!«

Vertraulich lehnte er sich in dem schrecklichen Getöse aus den Lautsprechern gegen seinen Kumpel. »Hör mal, Freund. Wenn du dich mit welchen vom NYPD rumtreiben willst, dann mußt du eins unbedingt machen.«

Trotz seines Rausches war Masahiro auf der Stelle auf der Hut. Er fuhr zurück. »Was?«

Charlie legte den Arm um seine Schulter. »Wir werden diese Krawatte abnehmen müssen«, sagte er. Er knotete die eigene auf und reichte sie seinem neuen Freund. »Da.«

Masahiro leerte sein winziges *Sake*-Glas. Als er es abgesetzt hatte, lockerte er die eigene Krawatte und streifte sie über den Kopf. Schnell band er sich Charlies Krawatte um. So gut es ging, bewunderte er sein Spiegelbild in einem Löffel. Die zwei Hostessen waren begeistert.

»Allererste Klasse«, rief er zufrieden, »ja?«

Charlie nickte lächelnd. »Das bist du«, sagte er. »Ihr macht ja heute ganz schön Gewinn«, rief er dann Norie und ihrer Freundin zu. Der Gesang ging ihm aber allmählich auf die Nerven. »Hey, du Japse!« schrie er mitten im Vortrag des Schnulzensängers auf der Bühne. »Wenn du keinen Ton triffst, dann gib's lieber auf!«

»Kannst du es besser?« wollte Masahiro wissen.

Charlie nickte bescheiden. »Ich kann nicht lügen.«

»Dann«, meinte Masahiro fröhlich, »mach's besser oder reiß in Zukunft die Klappe nicht mehr so auf.«

Charlie dachte kurz nach. »Also gut, du Schlauberger. Wird ja auch Zeit, daß einer denen mal zeigt, wo's langgeht.« Mühsam stand er auf. Masahiro grinste vergnügt von einem Ohr zum anderen. Genüßlich lehnte er sich zurück, um zu erleben, wie sich sein junger amerikanischer Freund genauso wie die anderen vor ihm lächerlich machte. Er lachte und genehmigte sich einen großen Schluck *Sake*.

Aber Charlie stürmte gar nicht auf die Bühne, sondern griff unter Masahiros Arme und zerrte ihn aus der Nische. Bevor er wußte, wie ihm geschah, wurde Masahiro zur Bühne, zum *Karaoke* gedrängt.

»Was machst du da? Charlie... Halt!«

In der Nähe des Nebenzimmers war eine einsame Nische, von der man den ganzen Saal gut überblicken konnte.

Man saß da und sah, ohne selbst gesehen zu werden. Die junge Frau mit den aufreizenden Pailletten hatte Nick hierhergeführt. Jetzt saß er da und wartete – worauf, das wußte er allerdings nicht. Das Mädchen hatte ihn entweder nicht verstehen können oder wollen. Vor ihm lagen alte Spielkarten mit lauter Samurai-Kriegern auf der Rückseite. Ohne das Treiben auf dem Parkett aus dem Auge zu lassen, spielte er Solitaire. Ab und zu brachte ihm eine Hostess einen Drink. Der Aschenbecher vor ihm wurde voller, quoll über.

Er probierte sein Glück mit der Karo-As, kam bis zum Buben, dann ging es nicht mehr weiter. Endlich geschah, worauf er so lange gehofft hatte. Joyce schlüpfte in die Nische und setzte sich ihm gegenüber. Wenn sie lächelte, zeigte sie einen wirklich sehr netten, freundlichen Mund.

»Hi«, sagte er.

Das Lächeln verschwand. Es war Zeit für eine Standpauke. »Sie sind dickköpfig, gefährlich und zu dumm, um es zu merken. Warum kaufen Sie sich nicht ein paar Souvenirs und fliegen heim nach New York?«

Nick mischte die Karten. »Sie erteilen ja tolle Ratschläge, wenn Sie keine Drinks mixen und nicht mit dem Arsch herumwedeln wie mit einer Fahne am Unabhängigkeitstag.« Während des Mischens schaute er sie bewundernd an. »Zahlt der Chef für so ein Kleid?« fragte er unverblümt.

Sie nahm es ihm nicht übel. Sie fühlte sich nicht einmal auf den Schlips getreten. »Zerbrechen Sie sich nicht den Kopf«, antwortete sie gelassen. »Über meine Arbeit wissen Sie nicht das geringste. Ich schenke ein, hör mir ihre Probleme an und gehe allein nach Hause, es sei denn, ich habe keine Lust dazu. Daß ich mit Ihnen rede, ist ein Kompromiß und eher die Ausnahme.«

Nick lachte. Sie konnte nicht nur einstecken, sondern war auch durchaus schlagfertig. Das gefiel ihm. »Na gut, vielleicht war das ein bißchen unangebracht von mir«, sagte er mit einem Nicken in Richtung Saal. »Aber ich hatte irgendwie das Gefühl, Sie würden mir Ihre Adresse nicht verraten.« Er teilte Karten für Siebzehnundvier aus. »Wie wär's mit einer Partie. Der Verlierer ist ein gutmütiger Trottel.«

Joyce öffnete die Lippen zu einem Lächeln, doch ein elektrisches Signal unterbrach sie jäh. Sie griff in ihre perlenbesetzte kleine Handtasche und zog ein Handfunkgerät heraus. Das Japanisch aus dem Gerät kam wie Schnellfeuer. Ihre schnelle, geschäftsmäßige Antwort beeindruckte Nick gegen seinen Willen.

»Roku ban e annai shite. Sugu ikukara«, sagte sie. »Hai«, sagte das Gerät und schaltete sich unvermittelt aus. Joyce verstaute das Gerät wieder in ihrem Täschchen.

»Ich muß schon fragen: Was war denn das?«

»Ich sagte: ›Setz sie an Tisch sechs. Ich komme sofort.‹ Hören Sie, wenn Sie Sato suchen, kann ich Ihnen nicht helfen. Er hat sich hier seit über einem Jahr nicht mehr blicken lassen. Er ist zu einem der Mädchen grob geworden.«

Erneut teilte Nick erst ihr, dann sich Karten aus, dann deckte er alle auf. Sie hatte eine Sieben, er zwei Achten. »Mit welchem ist er denn gegangen?« fragte er.

»Wie kommen Sie darauf, daß ich auf so etwas geachtet hätte?« erwiderte Joyce.

Nick sah ihr in die Augen. Sie waren aufregend blau, klar und ruhig. Ihm gefiel die Art, wie sie den Blick erwiderten, ohne viel zu verraten. »Ihnen würde vermutlich auffallen, wenn einer Ihrer Stammkunden mit einer neuen festen Freundin käme«, meinte er.

Joyce konnte ein Lächeln nicht unterdrücken. »Er hatte jedesmal eine andere dabei. Ich kenne niemanden, der noch Kontakt zu ihm hätte. Wenn es das ist, was Sie meinen.«

»Und Sugai?« fragte Nick.

Darauf gab sie keine Antwort.

»Er ist doch Mitinhaber hier. Wie komme ich an ihn heran?«

Joyce schüttelte den Kopf. »Schauen Sie«, versuchte sie zu erklären. »Ich lebe hier seit sieben Jahren und blicke immer noch nicht richtig durch. Hier gibt es drei verschiedene Arten ›hallo‹ zu sagen, fünf verschiedene Verneigungen, und um ihr Lächeln zu verstehen, braucht man ein Handbuch. Ja heißt nein, und vielleicht heißt nie.«

Nick ließ nicht locker. »Sie haben nicht auf meine Frage geantwortet.«

»Überlassen Sie es der Polizei«, riet sie ihm ernst. »Keiner wird hier einem *Gaigin* helfen.«

»Gaigin?«

»Ein Ausländer. Fremder. Barbar. Ich. Sie.« Sie lächelte kaum sichtbar. »Noch mehr Sie«, fügte sie hinzu.

Nick lachte. Er hielt ihr den Stoß Karten hin. »Nehmen Sie noch eine. Trauen Sie mir.«

Sie nickte geistesabwesend und zog eine zweite Karte mit dem Blatt nach unten.

»Wußten Sie, daß die im Wrigley Stadion jetzt Flutlicht haben?« fragte er.

Das wirkte. An seinen Augen versuchte sie abzulesen, was er damit bezweckte. »Quatsch mit Soße«, rief sie.

Nick nickte und hielt den rechten Zeigefinger über das Herz.

»Seit wann?« fragte sie wehmütig. Ihr Handfunkgerät raschelte erneut. »Ich muß gehen«, sagte sie.

Im Aufstehen sah sie über den Saal. Etwas an ihrem Blick ließ Nick ebenfalls aufschauen. Sugai war da – sein Narbengesicht war unverkennbar. Bei ihm stand das Mädchen mit den leuchtenden Pailletten. Sie klammerte sich an seinen Arm, als habe sie ein Anrecht auf ihn. Gemeinsam liefen sie über den Tanzboden auf den Hinterausgang zu. Begleitet wurden sie von einem etwas älteren Mann, der, wie Nick fand, sehr gepflegt aussah. Um sie herum bildeten Leibwächter einen diskreten Kreis, eine Phalanx, die sich auch im Weitergehen nicht öffnete.

Nick sah Joyce in die Augen. Offensichtlich hatte sie gehofft, er würde Sugai nicht erkennen. Hatte er aber doch.

»Wissen Sie«, sagte er so zärtlich, wie er es bei seinen Kindern getan hätte. »Es ist überhaupt nicht schlimm, wenn man Angst hat. Nur darf man nicht zitternd stehenbleiben. Man muß sich für eine Seite entscheiden.«

Joyce nickte. »Das habe ich getan«, erklärte sie ihm. »Ich stehe auf meiner Seite. Und Sie stehen auf der Ihren.«

Nick zuckte mit den Schultern. Er deckte die Karten auf. Sie hatte einundzwanzig Punkte, er nur sechzehn. »Sie haben gewonnen«, meinte er. »Dann muß ich wohl den gutmütigen Trottel machen.«

Er streckte die Hand aus, aber sie blieb stehen, als wüßte sie immer noch nicht, wie sie ihn einzuschätzen hatte. »Los schon, Chicagoerin«, rief er. »Das ist eine Hand. Bei Ihnen zu Hause schüttelt man sie.«

Schließlich mußte Joyce lächeln und schüttelte ihm die Hand. Er war ungehobelt und ungeduldig, aber nicht ohne Charme. Vielleicht war sie wirklich schon zu lange in Japan, aber sie liebte es nun einmal.

Unten auf der Bühne richteten sich die Scheinwerfer auf Charlie Vincent, der schwer betrunken war und eine Schnulze von Ray Charles laut, aber nicht allzu falsch ins Mikrophon sang. Der Text erschien in japanischer Schrift auf dem Monitor, aber das machte nichts. Charlie brauchte ihn nicht. Mit der einen Hand machte er Gebärden im Takt der Musik, mit der anderen hielt er einen sehr verlegenen Masahiro fest, der vergeblich versuchte, sich davonzustehlen.

Schließlich stimmte Masahiro in den Refrain mit ein – oder was der Refrain hätte sein müssen. Er war jedoch so verkrampft und außer Takt, daß man unmöglich feststellen konnte, ob sie nun gemeinsam sangen oder sich mit zwei verschiedenen Liedern duellierten. Sobald vom betrunkenen Publikum Gelächter kam, hörte Masahiro auf, doch Charlie stieß ihn an und lächelte ihm aufmunternd zu, so daß er den Refrain doch noch herausschmetterte.

Tosender Beifall. Masahiro errötete heftig, nahm ihn aber mit einer Verbeugung entgegen. Charlie trat mit ihm gleich wieder ins Scheinwerferlicht, denn jetzt kam der Refrain noch einmal, damit ihn das Publikum nachsingen konnte. Mehr oder weniger gemeinsam heulten sie den Text in einem letzten Crescendo heraus.

Die Menge war begeistert. Masahiro war begeistert. Charlie war begeistert.

Nick entging das alles. Er eilte den Flur hinunter in die Richtung, in die Sugai und sein Gefolge verschwunden waren. Am Hinterausgang wurde ihm plötzlich der Weg von einem Ungetüm von *Sumo*-Kämpfer versperrt. Mit der Körpergröße dieser überaus massiven Ringer läßt sich nur noch ihre Kraft vergleichen.

Über den furchterregenden Bizeps dieses Kolosses hinweg versuchte Nick, mit dem Boß Kontakt aufzunehmen. »Mr. Sugai«, rief er, während er nach seiner Dienstmarke kramte. »Detective Sergeant Conklin, NYPD, Ermittlungen in einem Mordfall.« Niemandem war er einen Blick wert. Sugai ignorierte ihn, und dem Kleiderschrank war herzlich egal, was er sagte. Er war zu sehr damit beschäftigt, Nicks Kopf anzustieren, als sei er sich noch nicht schlüssig, an welcher Stelle er den ersten Treffer landen solle. »Mr. Sugai?« versuchte es Nick noch einmal, ohne allzuviel Hoffnung freilich.

Er drängte nach vorn. Gleichzeitig lockerte der Leibwächter den Griff, allerdings nur so viel, daß er die Tür ein paar Zentimeter weit aufstoßen konnte. Als Sugai auf der anderen Seite war, konnte Nick für wenige Sekunden direkten Augenkontakt herstellen. Dann packte eine kräftige Hand Nick am Oberarm und stieß ihn in den Flur zurück.

»Hey!« schrie Nick, aber Sugai war verschwunden.

»Ain't no use to cry and moan...« Das war Charlies Stimme, die feierlich hinter Nick erschallte. Bevor Nick sich umdrehen und seinen Partner zurechtweisen konnte, weil er sich in seinem Suff so ungebührlich benahm, grölte noch ein zweiter mit japanischem Akzent und nicht gerade im Takt dazu.

»Jody's got your girl and gone.« Es war Unterinspektor Matsumoto Masahiro, der, voll wie eine Haubitze, glücklich vor sich hinsang und voller Begeisterung, aber ohne erkennbaren Rhythmus mit den Fingern schnippte.

»Ain't no use in being blue«, half ihm Charlie weiter.

»Jody's got your sister, too«, grölte Masahiro in seiner Ekstase.

Nick drehte sich zu ihnen um. Masahiro grinste tatsächlich. Charlie tat es ihm gleich. »Wie viele von der Sorte hast du ihm denn beigebracht?« fragte Nick mit einem verwunderten Kopfschütteln.

»Nur ein paar von meinen Lieblingsliedern«, antwortete Charlie.

»I got a girl, her name is Grace. She drives me wild when she sits on my face«, grölte Masahiro.

Charlie lächelte seinen Schützling liebevoll an. »Strenggenommen noch nicht konzertreif«, gab er Nick gegenüber zu. »Aber wenn ich mit ihm arbeite, ist er in Null Komma nichts ein Star.«

»Arsch mit Ohren, Conklin-san«, rief Masahiro heiter.

»Klar«, sagte Nick. »Den ganzen Tag lang.« Zu Charlie gewandt, sagte er: »Steck den Star in ein Taxi.«

Masahiro trollte sich friedlich. Auf dem Heimweg trällerte er unaufhörlich.

16

Inzwischen hatten sie eine Abkürzung vom Club Miyako zum Hotel Meiji entdeckt. Die Stadt war mit einem komplizierten Netz von Einkaufspassagen und Fußgängerzonen durchwoben. Einige davon lagen auf Straßenhöhe, einige in den oberen Stockwerken von Bürogebäuden und der Rest im Untergrund. Die meisten waren miteinander verbunden und auch in der Nacht für Fußgänger offen. Die Läden, Restaurants und Schnellimbisse machten spät zu, und die Durchgänge waren rund um die Uhr hell erleuchtet.

Durch die gewundenen, engen Gassen einer Fußgängerzone schritten sie voran. Zu dieser späten Stunde wimmelte es immer noch von Nachtschwärmern, Kauflustigen, Spaziergängern und nach Hause strebenden Angestellten, die anscheinend den größten Teil ihres Lebens in der Arbeit verbrachten.

Nick und Charlie bogen beim Juwelier scharf links ab und am *Sushi*-Stand sofort wieder links. Die Straße, die zu ihrem Hotel führte, war nicht mehr weit.

»Was hat der Spaß eigentlich gekostet?« fragte Nick.

»Du wirst es kaum glauben. Zweihundert amerikanische Mäuse.«

Nick blieb jäh stehen. »Zweihundert Mäuse für so einen zappelnden Fisch?«

Charlie nickte.

»Was verlangen die dann erst, wenn sie ihn töten?« überlegte Nick.

»Wir haben wohl auch ein bißchen getrunken«, meinte Charlie lachend.

»Wie hast du denn gezahlt?«

»Auf Rechnung des Polizeipräsidiums der Präfektur Osaka. Ich glaube, die waren uns was schuldig. Masa war der gleichen Meinung.«

Etwas Dämlicheres als Masahiro konnte sich Nick kaum vorstellen. Der war ja nicht nur ein Sesselfurzer, sondern ließ sich vollaufen, machte sich in aller Öffentlichkeit lächerlich und füllte auch noch den Scheck aus. Er war nicht mehr nur ein Schreibtischtäter, der ihnen hier alle Wege ebnen sollte, der Mann war eine Bedrohung.

»Ich werde Ohashi um einen anderen Cop bitten«, eröffnete er Charlie.

Miyuki (Miyuki Ono) erledigt für Sugai gefährliche Botengänge.

Nach anfänglichen Meinungsverschiedenheiten werden Nick (Michael Douglas, links) und Masahiro (Ken Takakura) Freunde.

Miyuki (Miyuki Ono) holt die begehrte Druckplatte aus dem Banksafe.

Nick (Michael Douglas) ist Sato hautnah auf den Fersen.

Die Polizei von Osaka nimmt Nick (Michael Douglas, Mitte) fest. Der Polizeipräsident Ohashi (Shigeru Koyama, unten Mitte) befiehlt Nick, das Land zu verlassen.

Von der Fußgängerzone kamen sie in eine verhältnismäßig dunkle und ruhige Nebenstraße. Ein Bürgersteig war dort nicht. Gelegentlich schoß ein Wagen oder unbesetztes Taxi an ihnen vorbei, aber sie konnten ausweichen. Außerdem tat der Spaziergang in der angenehm kühlen Nacht wohl, zumal nach dem Rauch und Getöse im Club. Charlie warf seinen Mantel über die Schulter.

Als sie sich einer Gabelung näherten, kamen zwei leuchtende Punkte auf sie zu, erst aus einer Richtung und unmittelbar darauf auch vom Ende der anderen Straße. Sekunden später hörten sie die Motoren und sahen die vier Lichtkegel sich ungefähr da treffen, wo sie standen. Vier jugendliche Motorradfahrer bremsten jetzt vor Nick und Charlie ab und krochen mit musternden Blicken an ihnen vorbei. Es waren schmucke neue Maschinen. Die Fahrer waren ganz in schwarz gekleidet. Nachdem sie über die *Gaigins* genügend gelacht und gespottet hatten, donnerten sie weiter, Brust an Brust, ganz die Herren der Straße.

Nick lachte. »Rocker bleiben Rocker, egal wo.«

Sie bogen links ab.

»Nick«, sagte Charlie. »Wenn es um Masahiro geht, dann muß ich dir sagen, daß du weit danebenliegst. Die Leute hier werden doch zu Loyalität erzogen, *Giri* und so.«

»Und ich wurde zu Pellkartoffeln erzogen«, entgegnete Nick verbittert. »Er hätte uns fast um unseren Fall gebracht.«

»Loyalität kostet immer«, sagte Charlie hartnäckig. »Du hast ja auch Leute gedeckt, obwohl du dich viel leichter aus der Affäre hättest ziehen können... Ich meine deinen Ärger mit der Dienstaufsichtsbehörde.«

Zum ersten Mal war er mit dem heiklen Thema herausgerückt. Nick staunte. »Ja und?« Sollte Charlie ausspukken, was ihm auf dem Herzen lag. Vielleicht war es höchste Zeit.

»Die sind nämlich zu mir gekommen«, erzählte ihm

Charlie. »Mehr als einmal. Ich habe ihnen aber gesagt, wo und wie sie sich selber wichsen können. Was du gemacht hast, Nick, weiß ich nicht. Ich weiß es nicht und will es nicht wissen.«

Auf der dunklen, einsamen Straße hallten einzig ihre Schritte wider. Ein schwarzer Subaru-Sedan schlängelte sich an ihnen vorbei. Mit ihm verloren sich aufgeregt streitende Männerstimmen in der Ferne. Dann war es wieder still. Am Ende des Blocks zeichneten sich die Umrisse ihres Hotels ab.

»Danke.« Mehr brachte Nick nicht heraus. Selbst er wußte nicht, ob das aufrichtig oder ironisch gemeint war.

Hinter ihnen schwoll erneut ein Geräusch zu einem Dröhnen an – wieder ein Motorrad. Mit einem Sprung über das Abwasser im Rinnstein retteten sie sich an den Straßenrand, um Platz zu machen.

»Du Blödmann«, sagte Charlie. »Mir kannst du doch trauen. Weil ich meinen Prinzipien treu bin, genau wie Masahiro.«

Nick blieb unvermittelt stehen und starrte Charlie an. Ein Motorrad donnerte von hinten auf sie zu. Als es gefährlich nahe an ihnen vorbeiknatterte, riß der Fahrer Charlie den Mantel von der Schulter. Mit triumphierendem Gelächter donnerte er weiter.

»Du Arschficker!« fluchte Charlie und setzte ihm sofort nach. Es war ein ganz natürlicher Reflex.

»Phantastisch«, murmelte Nick. Endlich passierte etwas. Aber natürlich hatte es keinen Zweck. Er spurtete Charlie nach.

Die Maschine bog in eine Fußgängerzone ein, und plötzlich sah er dort Lichter und Unmengen von Menschen. In Schlangenlinie um die Fußgänger herum rannte Charlie weiter. Dreißig Meter vor ihm schwenkte der Motorradfahrer den Mantel in der Luft, während er geschickt durch die enge Passage kurvte.

»Es ist ja nur ein Mantel!« brüllte Nick. »Laß es doch, Charlie!«

»Er hat meine Papiere!« schrie Charlie und sprintete an zwei verblüfften Frauen vorbei, die ihre schlafenden Babys auf dem Rücken trugen. Einem betrunkenen Büroangestellten, der auf unsicheren Füßen der U-Bahntreppe entgegentorkelte, wich er gerade noch aus.

Nick verlor ihn aus den Augen.

»Hey, Charlie! Charlie!«

Da, wo er Charlie zuletzt gesehen hatte, führte eine Rolltreppe nach unten. Nick nahm fünf Stufen auf einmal. Es war die Freundschaft, die ihm Beine machte. Er landete in einer Tiefgarage. Sie war dunkel, ungeheuer groß und roch nach Öl und Gefahr.

»Charlie!«

Charlie war hier unten und hatte den Motorradfahrer gesehen.

»Gib ihn her!« Sein Schreien hallte in dem tiefen Raum wider. Nick hörte ihn und bewegte sich vorsichtig in Charlies Richtung weiter.

Der Motorradfahrer hatte angehalten und sich zu Charlie umgedreht. In seinem schwarzen Helm spiegelte sich kein Licht. Er hielt Charlies Mantel hoch in die Luft und ließ ihn dann auf den Zementboden fallen. Wieder ließ er den Motor aufheulen und fuhr etwa zwanzig Meter weiter, um abermals stehenzubleiben und Charlie zu beobachten. Er wartete.

Charlie ging hinüber und hob seinen Mantel auf.

»Komm her, Amigo«, forderte er den Motorradfahrer heraus.

Mit dem Mantel in der Hand schritt er langsam auf die schwarz gekleidete Gestalt auf der schnittigen Maschine zu. »Hierher, Nicky!« rief er im Gehen. »Komm schon, Freundchen«, sagte er leise zum Motorradfahrer. »Oder willst du wieder abhauen?«

Die Maschine knatterte, aber ihr Fahrer zuckte mit keinem Muskel.

»Oder wollen wir ein bißchen plaudern?« fuhr Charlie fort. Nick war jetzt knapp fünfzig Meter hinter ihm.

Mit einem ohrenbetäubenden Geheul tauchten aus drei verschiedenen Gängen des unterirdischen Labyrinths drei weitere Motorradfahrer auf. Charlie wirbelte herum, als sie aus allen Richtungen unter Hohnschreien um Zentimeter an ihm vorbeizischten. In ihren Händen blitzte Stahl auf.

Sie rasten in einem engen Kreis um ihn herum und stießen die Messer von allen Seiten in ihn hinein. Plötzlich verschwanden sie durch das spärliche Licht von vereinzelten Glühbirnen im Innern der Garage. Charlie griff sich an den Bauch und schwankte ein, zwei Schritte weiter. Blut strömte unter seinen Händen hervor. Ungläubig starrte er darauf hinunter.

»Mein Gott«, flüsterte er.

Nick rannte auf ihn zu. »Charlie!« brüllte er.

Zu spät. Der Motorradfahrer war schneller. Er hatte seinen Helm heruntergeworfen, und im Laufen erkannte Nick Sato.

Charlie taumelte nach hinten, er konnte sich kaum noch auf den Beinen halten. Sato umkurvte ihn mit seiner Maschine ein letztes Mal. Mit einem Aufschrei aus tiefster Kehle griff Sato an. In der Hand hatte er das *Tanto* mit seiner glitzernden Klinge.

»Charlie!« brüllte Nick. In seinem ganzen Leben hatte er sich noch nie so hilflos gefühlt.

Mit einem Schwerthieb schlug Sato bei einer Geschwindigkeit von hundert Kilometern Charlie Vincent vor Nick Conklins fassungslosen, entsetzten Augen den Kopf ab.

»NEEEIIIIN!« heulte Nick. Er rannte auf Sato zu, der angehalten hatte und hämisch grinste. Die Augen auf Nick gerichtet, deutete er mit dem Finger einen Schnitt über der rechte Augenbraue an und brauste davon, dicht gefolgt von seinen drei Kumpanen.

»SATO!«

Nicks Stimme hallte durch die leere Tiefgarage, drang durch die Gänge und Korridore, prallte von den Wänden ab und kam zu ihm zurück, während das Donnern der

Motorräder sich in der Ferne verlor. Er lief zu Charlie und fiel auf die Knie. Einen verrückten Augenblick lang glaubte er, er könne Charlies blutüberströmten Kopf im Schoß wiegen und wieder an den so absurd durchschnittenen Hals kleben. Aber die zwei so abscheulich durchnäßten Fleischklumpen hatten rein gar nichts mit seinem bis vor wenigen Sekunden noch so intelligenten, witzigen, schlagfertigen und aufrichtigen Partner zu tun. Charlie war verschwunden. Er war tot. Und diese Erscheinung war ein übler Alptraum, der seinen dicken roten Schleim auf den schmierigen, kalten Boden spuckte. Er hatte nichts mit Charlie Vincent zu tun. Sein bester Freund war verschwunden. Charlie war tot, und vor einer Minute hatte er noch gelebt, und es gab rein gar nichts, womit Nick Conklin ihn zurückholen konnte.

17

Nicks Kopf steckte in einer Art Hohlraum. Der war mit Dämmstoffen isoliert, so daß Nick, abgeschnitten vom Rest der Welt, im tiefsten Innern eines dumpfen Schweigens saß. Nur sein Schock, sein Schmerz, seine Trauer waren mit eingeschlossen. Sein Blut kochte vor Schmerz und Einsamkeit nach dem Verlust – und vor einer rasenden Wut, wie er sie noch nie erlebt hatte. Lange Zeit hörte er nichts, nicht einmal den eigenen flachen Atem, und dann – nach einer Minute vielleicht, vielleicht nach einem Jahr – nahm er von ferne Stimmen und sinnlose Worte wahr. Jemand zerrte an seinem Ärmel, wollte, daß er aufstand, daß er Charlie ganz allein auf diesem Garagenboden auf der anderen Seite der Welt, fern der Heimat, liegen ließ.

Sie schnatterten auf japanisch. Cops. Unmengen von japanischen Cops wollten, daß Nick redete, daß er ihnen erzählte, was geschehen war. Ein Krankenwagen kam, und Sanitäter schwebten herum. Jemand übergab sich beim Anblick von Charlies abgetrenntem Kopf, der davongerollt war. Polizeifotografen waren da, Polizisten, die die Leute wegdrängen sollten, Barrikaden, Kameras und Kreide zur Fixierung der Spuren.

»Sie müssen uns sagen, was geschehen ist«, sagte einer der Cops endlich auf englisch.

Langsam kehrte das Gefühl in Nicks Körper zurück. Er sah, daß er noch Arme und Hände, Füße und Beine hatte. Da er alles bewegen konnte, stand er auf. Ohne auf die Cops, die Sanitäter und die Gaffer zu achten, ging er durch einen der langen Gänge aus der Garage ins Neonlicht. Niemand versuchte, ihn aufzuhalten. Sie wußten, wer er war und wo sie ihn finden würden.

Komisch, vor wenigen Minuten war es so warm gewesen, daß Charlie den Mantel über die Schulter geworfen hatte, doch jetzt war es frostig und ein eisiger Wind wehte.

Nick wußte nicht, wohin er lief – es kümmerte ihn auch nicht. Auf den Straßen schoben und drängten sich die Leute nach wie vor. Sie hatten ein Ziel, wollten etwas kaufen, torkelten betrunken und lachten. Lachten, als sei das Leben das gleiche wie vor einer Stunde.

Er überquerte eine Brücke. Ein verschrumpelter, zahnloser Bettler streckte ihm die Hand entgegen und murmelte ein paar jämmerliche Worte. Nick sah in das alte Gesicht. Warum versuchte dieser Mann überhaupt noch am Leben zu bleiben, fragte er sich. Er wühlte in seiner Tasche und förderte ein paar Yen für den Alten zutage, der ihn segnete oder verfluchte – doch das war ja auch egal. Nick lehnte sich gegen das Brückengeländer und starrte hinunter auf das Wasser. Wagen rasten vorbei, Menschen hasteten vorüber, den Kopf zum Schutz vor dem Wind eingezogen.

Ein Wagen hielt an. Seine Tür knallte. Hohe Absätze klapperten über den Gehsteig, kamen auf ihn zu.

»Nick!«

Er drehte sich nicht um. Er hörte kaum etwas, kümmerte sich nicht darum.

»Komm schon, Nick«, sagte sie und schob ihren Arm unter den seinen. Sie drehte ihn herum, und er ließ sich von ihr zum Wagen führen und auf den Beifahrersitz schubsen. Sie setzte sich auf der anderen Seite hinter das Steuer.

Er sah sie nicht. Er sah Masahiro nicht, der ausgestiegen war und jetzt mit seiner Aktentasche in der Hand wenige Meter hinter dem Wagen stand und Joyce zunickte. Nick sah überhaupt nichts außer Charlie, der rannte, Witze machte... und der auf dem Garagenboden lag, sein Körper hier und sein Kopf ganz woanders.

Joyce nahm ihn mit in ihre Wohnung. Er folgte ihr still und willig – immer noch hatte ihn der Schock seiner Sprache beraubt. Es war ein modernes Hochhaus. Ihre Wohnung war ruhig und heiter, eher östlich als westlich. Von einer bequemen Couch konnte man durch eine breite Fensterfront blicken, unter der die Lichter Osakas für einen bunten Wandteppich sorgten. Sie bereitete ihm einen starken Drink und führte ihn zur Couch. Er ließ sich auf eine *Tanti*-Matte auf dem Boden sinken. Den Kopf lehnte er gegen die Couch und sah auf das Panorama, erblickte aber nur Charlie.

Joyce hatte ihre Arbeitskleidung an, ein aufregendes, hautenges Seidenkleid. Ihr weiches, blondes Haar türmte sich über dem Kopf. Große, glitzernde Juwelen zierten die Ohren. Nichts davon nahm Nick wahr. Sie schenkte sich selbst einen Drink ein und setzte sich in seine Nähe auf die Couch, aber so, daß ihm genügend Platz blieb.

Nach dem ersten brennenden Schluck setzte Nick das Glas Brandy ab. Er starrte auf die Lichter und die Dunkelheit. Joyce wartete. Sie war klug und sagte nichts. Nach einer langen Weile fing er zu reden an.

»Er hätte es besser wissen müssen. Er ist doch in der Stadt groß geworden.«

Seine Stimme erstickte. Gleich brach er in Tränen aus.

Sollen sie kommen, hoffte sie still. Du wirst dich viel besser fühlen, wenn du sie rauslassen kannst.

»Mein Job...«, sagte Nick, »in meinem Job sieht man oft das Ende – so wie das Leben ist.«

Sie wartete.

»Aber man muß die Menschen nicht erst als Ganzes sehen und dann...« Seine Stimme brach wieder. Er wußte nicht, ob er sich noch lange beherrschen konnte. »Verdammt, er war doch erst achtundzwanzig Jahre alt!« Es brach in einem schrecklichen, schmerzvollen Heulen heraus. Jetzt endlich strömten bittere Tränen über seine Bakken. Er wehrte sich nicht dagegen und versuchte nicht, sie wegzuwischen. Sie schob sich näher an ihn heran, damit sie da war, wenn er sie brauchte.

Als er in diese Welt zurückkam, lag er unter einer Steppdecke auf der Couch. Jenseits des Fensters war der Himmel jetzt von einem klaren, hellen Blau. Osakas Häuser wirkten bei Tageslicht nicht mehr so weit weg und so geheimnisvoll. Ein großer, fröhlich bemalter Drachen, der wie ein Karpfen aussah und einen langen Schwanz hinter sich herzog, flog vorbei. Im selben Augenblick drang ihm das fast unerträglich traurig-süße Altsaxophon von Charlie Parker mit einem Blues ins Bewußtsein.

Als das Stück verklungen war, rief eine flotte Radiostimme: »Und das war Bird mit einem Stück aus seinen Jahren bei Blue Note. Neunuhrvierzig und siebzehn Grad Celsius in der Innenstadt von Osaka. Ihr Jazzspezialist Doug Dale präsentiert Ihnen den ›Jazz-Teppich‹ auf dem Radiosender Fernost der Streitkräfte... und jetzt...«

Nick rappelte sich auf. Er fühlte sich steif. Um den Gedanken an Charlies letzten Anblick zu verscheuchen, sah er sich im Zimmer um.

Ein so japanisches Zimmer hatte er seit seiner Ankunft hier noch nicht gesehen. *Tatami*-Matten auf dem Boden, nur wenige Möbel, alles aufgeräumt und blitzsauber. Auf einem Regal standen Fotos, größtenteils von Joyce. Er betrachtete alle eingehend. Eines zeigte sie beim Baseball-Spiel, umringt von grinsenden japanischen Geschäftsleuten in Anzug und Krawatte. Auf einem anderen war sie im Club Miyako, großartig für einen besonderen Anlaß herausstaffiert. Im Alter von etwa zwanzig Jahren hatte sie schwarz gefärbtes Haar, lange, dunkle Augenwimpern und trug einen Minirock. Ein noch früheres Foto zeigte sie, wie sie einen riesigen Schäferhund auf einer Wiese vor der Stadt umarmte. Auch ihre Familie war zu sehen. Die unvermeidlichen Mom und Dad und ein paar Freunde oder Geschwister.

»Hast du schlafen können?«

Er drehte sich zu Joyce um, die mit einer Tüte voller Lebensmittel beladen in der Tür stand. Sie trug ein schlichtes Kleid und eine Bluse. Geschminkt war sie nicht. Das Haar trug sie offen. Es war in der Mitte gescheitelt und fiel ihr bis über die Schultern. Sie sah aus wie die kleinere Schwester der Frau, die er im Club Miyako kennengelernt hatte.

»Nicht viel«, sagte er.

»Was siehst du an?« Es war keine unfreundliche, sondern nur eine neugierige Frage. Wie sie so lächelte, sah sie ungeheuer lieb und auch verletzlich aus. Und er war ihr sehr dankbar.

»Deine Fotos«, erwiderte er. »Das mit dem Hund gefällt mir.«

Lachend stellte sie die Tüte auf einen niedrigen Tisch.

Und plötzlich schien keinem mehr etwas einzufallen. Verlegenes Schweigen machte sich breit – zwei Menschen teilten ein intimes Erlebnis, kannten einander aber überhaupt nicht.

»Wie heißt denn der Hund?« fragte Nick.

»Alma.«

»Meiner hieß Spot«, erzählte er ihr. Aus irgendeinem Grund brach er damit das Eis, und beide fühlten sich sofort wieder wohl und unverkrampft.

»Magst du kanadischen Schinken?« fragte sie, schon auf dem Weg zur vollautomatischen Küche.

»Und wie!« Er folgte ihr. »Kann ich helfen?«

»Kannst du Kaffee kochen?«

»Klar.«

»Dann kannst du helfen.«

Das Frühstück nahmen sie auf dem Boden sitzend ein, weil es keine Eßstühle gab. Joyce saß bequem auf den Fersen ganz im japanischen Stil da, aber Nick wußte nicht, wohin mit seinen Beinen unter dem niedrigen Tisch. Er versuchte es Joyce nachzutun, doch seine Muskeln rebellierten gegen die ungewohnte Belastung. Also probierte er es damit, daß er immer wieder die Stellung wechselte. Aber das amerikanische Frühstück war exzellent: frisch gepreßter Orangensaft, trockener Schinken, ganz weich gekochte Eier und soviel frisch gemahlener Kaffee, wie er nur wollte.

»Ich hatte schon vergessen, wie richtiges Essen schmeckt«, sagte Nick. »Danke schön.«

»Ich weiß. Es dauert eine Zeit, bis man sich an die Küche hier gewöhnt hat. Noch Kaffee?«

Er hielt seine Tasse hoch, und sie schenkte ihm ein.

»Ich verstehe das nicht«, sagte er. »Du ... das alles ...« Er zeigte auf das Zimmer und die Stadt hinter dem Fenster.

Joyce nickte. »Du meinst, was sucht ein nettes Mädchen wie ich in so einer Gegend?« fragte sie lächelnd. »Na ja ... Blonde gehen hier gut. Ich verdiene jetzt jede Woche mehr als in einem ganzen Monat in Chicago. Zum ersten Mal in meinem Leben läuft was.« Sie lachte. »Die halten mich für eine Exotin – was sagst du dazu?«

Ihm ging es genauso. Er kannte sehr viele Blondinen, aber das sagte er ihr lieber nicht.

»Wie sieht es bei dir aus?« fragte sie. »Hast du eine Familie?«

»Eine Ex-Frau und zwei Kinder«, antwortete er.

Mit einem Schlag wurde Joyce ernst. »Tu ihnen einen Gefallen«, sagte sie. »Flieg heim.«

Bevor er etwas erwidern konnte, klopfte es plötzlich an der Tür.

»Erwartest du jemanden?«

»Ich hatte ja nicht mit dir gerechnet«, sagte sie, während sie sich anmutig erhob. Sie lief zur Tür und schaute durch das Guckloch. Dann machte sie auf, um Masahiro hereinzulassen.

Er trug seinen besten schwarzen Anzug und eine schwarze Krawatte. In der Hand hatte er zwei Päckchen.

Nick wußte nicht, was zum Teufel los war. Schnell begriff er aber, daß Masahiro sich zuallererst mit Joyce zu einer Rettungsoperation zusammengetan hatte. In der Nacht war er zu benommen gewesen, um sich darüber zu wundern, daß sie ihn mitten in diesem Neondschungel gefunden hatte. Masahiro mußte sie losgeschickt haben. Jetzt stand er da, eine jämmerliche Gestalt, und hielt ein formell eingewickeltes Geschenk und eine schlichte Pappschachtel in der Hand.

Masahiro und Joyce tauschten zunächst die üblichen Verneigungsfloskeln aus. Nick schaute verblüfft zu. Masahiro verneigte sich vor Joyce, Joyce erwiderte die Verneigung. Er sagte etwas, sie sagte etwas, wieder verneigten sie sich. Er reichte ihr das Geschenk, und sie nahm es mit einer geringfügig anderen Verneigung und ein paar Worten an. Dann wandte sie sich zu Nick um und erklärte ihm knapp: »Er ist zu einem formellen Kondolenzbesuch gekommen. Es ist üblich, daß man ein Geschenk mitbringt.« Sie ging in die Küche.

Während Nick versuchte, seine Füße zu entknoten, ging Masahiro auf den Tisch zu. Er setzte sich Nick gegenüber und stellte die Pappschachtel auf den Tisch. Aufrecht und steif wie ein Brett saß er auf den Fersen da.

»Ihr Verlust tut mir aufrichtig leid«, sagte er feierlich. »Ich dachte mir, daß Sie vielleicht wissen wollen... daß ich für Charlie alle Vorkehrungen getroffen habe.«

»Das ist sehr liebenswürdig von Ihnen«, antwortete Nick mit einem Kopfnicken. »Ich weiß das zu schätzen.«

»Ich habe das Gefühl...« Ganz untypisch für ihn rang Masa um Worte. Mit einer Teekanne und mit Teeschalen kam Joyce aus der Küche, stellte sie mit einer leichten Verneigung vor Masahiro ab und zog sich wortlos ins Schlafzimmer zurück.

»Ich habe das Gefühl, daß es, wäre ich bei Ihnen geblieben, nie dazu gekommen wäre...«, brachte Masahiro hervor. Er verneigte sich tief vor Nick. »Es tut mir sehr leid.«

Der Amerikaner konnte nur nicken. Weil sich dieser dicke Klumpen wieder in seinem Hals festsetzte, traute er sich kein Wort mehr zu sagen.

Masahiro schob die Schachtel ein paar Zentimeter näher zu Nick heran. »Das sind seine Habseligkeiten«, sagte er leise. »Wir haben eine Tradition. Wenn wir... wenn jemand, der uns nahestand, gestorben ist, bewahren wir sehr persönliche Sachen von ihm auf.«

Masahiro schien zu wünschen, daß Nick die Schachtel aufmachte. Aber er konnte nicht. Jetzt nicht. Weder berührte er sie, noch sah er mit einem Blick hin. Was sie auch enthalten mochte, es war alles, was von Charlie übriggeblieben war.

»Vielleicht später.« Wieder hatte sich diese Isolation wie ein Kokon über Nick gesenkt. Seine Stimme klang ganz hohl.

»Bitte«, sagte Masahiro leise.

Nick sah ihn an. Etwas an der Art des Unterinspektors, diesen Wunsch auszudrücken, drang durch die Trauer und den Schmerz hindurch und ließ Nick gehorchen. Fast aus eigenem Antrieb griffen seine Hände nach der Schachtel. Er nahm den Deckel ab und schaute hinein.

Sie enthielt den Krimskrams aus Charlie Vincents Leben: Paß, Brieftasche, Schlüssel, den Stadtplan von Osaka... Es war auch Charlies Feuerzeug mit dem eingravierten NYPD dabei. Nick nahm es auf, wog es in der Hand, dann ließ er es in der Tasche verschwinden. Nun gut, das wollte er behalten. Er nahm Charlies Kamm heraus und sein kleines Notizbuch. Sonst war nicht allzuviel darin. Der Japanführer lag anscheinend ganz unten. Aber als Nick ihn hochhob, erlebte er eine Überraschung. Unter dem Führer lagen Charlies 32er Beretta und ein zusätzliches Magazin.

Nick faßte die Waffe nicht an. Er blickte zu Masahiro auf, sah ihm aufmerksam in die Augen, versuchte, daraus schlau zu werden.

»Kann ich nehmen, was ich will?« fragte er.

Masahiro hatte die Frage geahnt. Er hielt Nicks Blick stand und antwortete ruhig: »Alles, was Sie wollen.« Dann fügte er hinzu: »Bis zur Stunde meines Todes werde ich in Ihrer Schuld stehen.«

Nick griff in seine Tasche und zog Charlies Feuerzeug hervor. Er rieb an den Initialen und reichte es Masahiro über den Tisch. »Er war auch Ihr Freund«, sagte er.

Mit einer Verneigung nahm Masahiro das Geschenk an. Dann griff Nick in die Schachtel, zog die Beretta und das Magazin heraus und verstaute beides in seiner Innentasche.

»Ich möchte noch einmal zu Satos Versteck«, erklärte er Masahiro. »Nur Sie und ich.«

Masahiro blieb regungslos und schweigend sitzen.

»Gehen Sie mit?« bedrängte ihn Nick.

Nach einer Weile nickte Masahiro.

»Dann los.«

Nick erhob sich unbeholfen vom Boden, schüttelte seine eingeschlafenen Füße durch, bis es in ihnen kribbelte und sie einigermaßen verläßlich schienen, dann klopfte er an die Schlafzimmertür. Joyce machte auf. Sie brauchte ihn und Masahiro nur anzuschauen, um sich über ihren nächsten Zug klar zu sein. Sie wollten zu einem Ort, den Masahiro nicht für sehr bekömmlich hielt. Aber sie gingen gemeinsam dorthin.

Lächelnd sah sie zu Nick auf, und er beugte sich über sie und küßte sie. Es war ein herzlicher, zärtlicher und freundschaftlicher Kuß.

»Danke«, sagte er.
»Paß auf dich auf, Nick.«
Er starrte sie verblüfft an. Seit langer, langer Zeit hatte niemand diese Worte zu ihm gesagt.

18

Im Spielsalon drängten sich schon am Morgen die Spieler. Jeder Apparat war in Betrieb, und das Klimpern von Hunderttausenden von Stahlkügelchen, die nach oben sprudelten und in Kaskaden durch die vertikalen Rohre und Tunnels herabstürzten, klang wie das Fließband einer Kugelfabrik. Auf jeden Spieler schien mindestens ein Kiebitz zu kommen – ein Freund, der Mann, die Frau, ein Schulkamerad, der Opa oder auch das Baby, das über die Schulter der Mutter auf das lärmende, farbenprächtige, hypnotisierende Treiben lugte.

Nick und Masahiro bahnten sich ihren Weg durch die engen Gänge voller Spieler, Zuschauer und geduldig Wartender. Nick erreichte die Treppe als erster und stürmte sofort hinauf. Die Tür oben war noch nicht repariert. Als Provisorium dienten ein Brett und zwei über Kreuz an den Türstock genagelte, etwa fünf Zentimeter dicke Latten.

Wut und die Trauer verliehen ihm Kraft. Nick riß die Latten heraus und trat das Brett ein. Es war stockdunkel. Sämtliche Jalousien waren heruntergelassen. Nick suchte nach einem Lichtschalter, fand aber keinen. Masahiro tastete sich bis zur Mitte vor, bis er gegen eine herabhängende Schnur stieß. Er zog daran; eine nackte Birne schwang hin und her und warf ein unstetes Licht auf die Überreste des einstmals bequemen, jetzt aber chaotischen Zimmers. Alles war gründlich durchsucht worden.

Masahiro lehnte das Brett wieder gegen die kaputte Tür. Nick blieb in der Mitte des Zimmers stehen und ließ seine Blicke über das verlassene Chaos schweifen.

»Was haben Ihre Leute gefunden?« fragte er Masahiro.

»Gestohlene Polizeiuniformen... Satos Kleider... Papiertaschentüchter voller Lippenstift...«

»Fingerabdrücke?«

Masahiro nickte. »Satos. Und die zweier bekannter Verbrecher. Es gab noch andere, aber wir konnten sie nicht identifizieren.«

Nick warf einen langen Blick ringsum. Nichts, das nicht auf den Kopf gestellt oder herausgerissen worden wäre. Stühle und Sofas standen nicht mehr an der Wand, Teppiche waren zusammengerollt, Schubladen hingen heraus, ihr Inhalt war durchwühlt. Er spürte die Erregung. Er war ganz nahe dran, aber nicht nahe genug.

»Der Dreckskerl war hier«, murmelte er. Er ging zum Schreibtisch und riß eine Schublade heraus, daß sie mit dem offenen Ende nach unten auf dem Boden landete. Einfach so, weil ihn der Teufel ritt, trat er ihre Unterseite durch. Dann ging er ins Schlafzimmer und zerrte die Matratzen aus dem Bett. Angeekelt untersuchte er jede Feder, jede Latte. »Hier hat er geschlafen... gegessen... gebumst... seine kleinen Feste gefeiert...«

Als er ins Wohnzimmer zurückkam stellte er befriedigt fest, daß Masahiro eine Vitrine durchwühlte. Also konzentrierte er sich wieder darauf, das Schlafzimmer auseinanderzunehmen. Mit einem Wäschekorb fing er an. Jedes Stück Schmutzwäsche ging er durch, und dann untersuchte er den leeren Korb nach verborgenen Fächern. Er riß die Bettdecke auseinander, so daß die Federn und Daunen in alle Richtungen flogen, während er flink jeden Zentimeter nach verdächtigen Klumpen und Fältchen abtastete. Nichts in diesem Zimmer entging seinen Augen, und als er mit den Schubladen, den Sitzpolstern, den Kissen, den Fensterrahmen fertig war, fing er an, systematisch die Tapete herunterzuschälen.

In der Kochnische leerten sie sämtliche Lebensmittel auf den Boden und durchsiebten das Durcheinander gründlich mit den Fingern. Masahiro schnüffelte am Tee, und Nick passierte ihn durch ein Sieb. Auch das Papier auf den Regalen war verdächtig; Zucker, Salz, Zimt und Sojasauce – nichts entging ihrer unerschöpflichen Aufmerksamkeit.

Im Badezimmer schraubte Nick nicht nur das Abflußsieb im Spülbecken und in der Badewanne ab, sondern zog auch den dicken Schleim, der sich darunter angesammelt hatte, heraus. Beim Säubern seiner Finger in Zeitungspapier stellte er fest, daß er schwarzes Haar geborgen hatte.

Sie hatten verschiedene Techniken. Nick war grob, aber gründlich. Masahiro behandelte selbst die stabilsten Gegenstände wie Glas. Aber schließlich wurden sie fertig. Kein Staubkorn in dieser Wohnung, das nicht untersucht, keine glatte Fläche, die für selbstverständlich erachtet worden wäre, doch gefunden hatten sie nichts. Nach Stunden hörten sie erschöpft und ohne Ergebnis auf

»Er fühlte sich so sicher«, flüsterte Nick. »So verflucht sicher.« Er schloß die Augen und lehnte sich gegen die Wand, von der die Tapete in Fetzen hing. »Ich bin noch da, du Schweinehund!« schrie er.

Als er die Augen wieder aufmachte, fiel sein Blick auf eine schmutzige *Futon*-Matratze. Vor Stunden schon hatte er sie aufgerissen und ausgenommen. Etwas zog seine Aufmerksamkeit auf sich – ein Glitzern. Er ging näher heran und sah es genau an. Es waren nur Pailletten. Er hatte sie am Anfang gesehen, hatte aber nichts damit anfangen können. Jetzt vielleicht doch. Minutenlang starrte er sie an.

»Nick, hier finden wir nichts mehr. Vielleicht sollten wir...«

Nick faßte die Pailletten an. Sie blieben an seiner feuchten Handfläche kleben.

»Masa, schauen Sie mal.« Er hielt die Hand auf.

Masahiro sah hin. »Ja, Pailletten. Von einem Damenkleid vermutlich.«

»Was für einer Dame?«

Masahiro zuckte mit den Schultern, weil er nicht verstand, worauf Nick hinauswollte. »Könnten alle möglichen Damen sein. Pailletten sind bei einer bestimmten Art Damen sehr beliebt.«

»Schwarzweiß«, stellte Nick fest. »Im Miyako arbeitet eine Hostess, die ein Kleid mit schwarzen und weißen Pailletten hat. Sie war gestern nacht mit Sato zusammen.«

»Sato hat viele Frauen.«

»Aber diese hatte in der Nacht davor auch Blut auf ihren Pailletten.«

»Ja. Unsere Männer haben sie verhört. Mehr können wir von ihr nicht mehr erfahren.«

»Wir könnten sie beschatten. Sie arbeitet im Club. Aber wohin geht sie danach? Vielleicht besucht sie ihr Freundchen Sato, wie?«

»Haben Sie sie denn zusammen gesehen?« fragte Masahiro taktvoll, aber zweifelnd.

»Das nicht. Aber sie war hier. Diese Pailletten stammen von ihrem Arsch.«

»Vielleicht. Vielleicht aber auch vom Arsch einer anderen Dame.«

»Haben Sie eine bessere Idee?«

Masahiro wirkte nachdenklich. »Nein, Nick.«

»Dann los.«

Zu ihrer Überraschung war es draußen dunkel.

»Darf ich Sie mit Ihrer Erlaubnis zu einem *Teriyaki* einladen?« fragte Masahiro fast schüchtern.

»Ich sag Ihnen mal was. Gehen wir zu McDonald's. Auf meine Rechnung«, konterte Nick.

Masahiro nickte gedankenverloren. »Sie haben in bezug auf Mahlzeiten kein Vertrauen zu mir. Ich kann es Ihnen nicht verdenken.«

»Ach was, Sie wollen *Teriyaki*. Dann probiere ich es in Teufels Namen.«

»Dieses Mal führe ich Sie in ein sehr gutes Restaurant.«

»Aber ich zahle«, stimmte Nick zu. Er wußte nicht, warum er sich jetzt auf einmal mit diesem Kerl verstand. War es wegen Charlie? Oder war es ihm einfach scheißegal, was er aß? Auch das wegen Charlie.

Masahiro hielt Wort. Er fuhr zu einem Restaurant in einem ruhigeren Viertel. Ein köstlicher Geruch kam aus der Küche. Der Eigentümer persönlich gab ihnen die Ehre und ließ die Speisen elegant servieren. Fleisch und Huhn waren saftig, die Saucen kräftig und schmackhaft. Der Eigentümer besorgte Nick sogar eine Gabel.

Als sie gingen, verneigte sich der Eigentümer vor ihnen, und Masahiro erwiderte die Verneigung. Anschließend taten sie dasselbe noch einmal. Nick wartete, bis es vorüber war, schüttelte dann dem Eigentümer die Hand und sagte: »Auf Wiedersehen.« Zu Masahiro gewandt, bat er: »Sagen Sie ihm, daß es hervorragend war.« Lächelnd übermittelte Masahiro die Botschaft, was erneut eine Serie von gegenseitigen Verneigungen und *Sayonaras* auslöste.

Draußen regnete es. In Masahiros winzigem alten Toyota fuhren sie zum Club Miyako. Dort warteten sie im engen, doch wohlig warmen Wagen bis zur Sperrstunde. Die ganze Zeit über hingen Nicks Knie irgendwo über den Ohren.

Endlich rollten Taxis heran. In langen Schlangen reihten sie sich vor dem Randstein auf. Der Türsteher wartete zwischen dem Eingang und den Taxis und hielt einen Regenschirm über Mädchen und Kunden, damit sie trokken in die Taxis steigen konnten. Norie kam Arm in Arm mit einer Gruppe Betrunkener heraus. Ihr Kichern hallte über die ganze Straße. Nick und Masahiro saßen da und starrten durch den Regen auf den Eingang.

»Das ist sie«, rief Nick plötzlich. Das Paillettenkleid war gegen ein seidenes vertauscht worden, aber es handelte sich um dieselbe junge Frau. Sie verließ den Club mit zwei anderen Hostessen zusammen. Unter der Markise blieben sie stehen und wünschten sich eine gute Nacht.

Masahiro ließ den eigentümlichen Motor an. Er bockte, hustete, lief endlich und schnurrte, gelegentlich von einem Schluckauf unterbrochen. Sie warteten.

»Schon gut, gute Nacht, tschüs, tschüs...«, brummte Nick ungeduldig, die Augen auf das Mädchen geheftet. »Jetzt spring endlich in dein Taxi, Süße, und bring mich zu deinem Meister.«

Endlich stieg sie in das wartende Taxi, das sofort losfuhr. Der Regen behinderte die Sicht derart, daß sie näher auffahren mußten, als ihnen lieb sein konnte. Außerdem raste der Taxifahrer wie ein Henker. Obwohl Masahiro vorsichtiger und bedächtiger fuhr, kam der klapprige, kleine Toyota ins Schlittern, wenn sie auf der vom Regen glitschigen Spur abbogen. Sie fielen zurück, und es wurde immer schwerer, das Taxi in dem strömenden Regen und dem selbst zu dieser Stunde lebhaften Verkehr nicht aus den Augen zu verlieren.

»Schneller!« drängte Nick. »Die fahren uns davon. Reden Sie dem Motor gut zu.«

Masahiros zusammengebissenen Zähnen entwich ein Zischen – Konzentration und offensichtlich auch Zustimmung. Er drückte aufs Gas, meinte aber: »Wie können Sie sich so sicher sein? Das könnte doch das Kleid von irgendeinem Mädchen sein, Nick, wissen Sie das? Wenn Sie mich fragen, dann ist diese Jagd für den Hund.«

»Die Katz«, verbesserte ihn Nick. »Verstehen Sie, manchmal muß man den Kopf vergessen und auf den Bauch hören.«

Masahiro dachte darüber nach und bremste automatisch, als eine Ampel auf Gelb schaltete. »Los, los!« drängte ihn Nick. »Über die Ampel! Schnell!«

Der Unterinspektor trat das Gaspedal bis zum Boden durch und raste über die Kreuzung. Links und rechts von ihnen quietschten die Reifen. Erstaunte Fahrer, die gerade noch bremsen konnten, veranstalteten ein wildes Hupkonzert. Das verstieß doch gegen alle Regeln! Doch Masahiro war sichtlich zufrieden mit sich. Einmal verriet sein

Gesicht seine Gefühle: Der Schreibtischtäter war Feuer und Flamme und vom eigenen Wagemut ganz hingerissen.

»Bauch«, hörte ihn Nick wiederholt vor sich hinflüstern, damit er das Neugelernte nie wieder vergaß. Das Taxi verloren sie nicht noch einmal. Zwei Kurven nahm die alte Klapperkiste auf nur zwei Rädern, aber sie blieben dran. Vom Vergnügungsviertel kamen sie zu einem breiten, eleganten Boulevard und in ein ruhiges Wohngebiet. Die Häuser hier waren zurückgesetzt und voneinander durch große Rasenflächen, beschnittene Bäume und hohe Mauern getrennt.

Das Taxi hielt auf der halbkreisförmigen Auffahrt zu einem feudalen Haus im japanischen Stil. Es war sehr groß, aber schlicht. Undurchsichtige *Shoji*-Jalousien ließen das Licht, aber nicht die Welt hinein.

Masahiro parkte ein paar Meter vor dem Einfahrtstor. Den Motor stellte er nicht ab. Nick lugte hinauf zur Villa, deren Konturen sich im Helldunkel gelegentlicher Blitzstrahlen gegen die schwarze Nacht abzeichneten.

»Sato ist da drinnen«, sagte Nick leise. Er spürte das Adrenalin im Blut hochsteigen und durch den Körper strömen. Er war sich ganz sicher.

»Wenn das stimmt«, meinte Masahiro, »dann ist er bereits tot.«

»Was? Wovon reden Sie?« kam es wie aus der Pistole geschossen zurück.

»Das ist Sugais Haus.«

Nick sperrte die Augen weit auf. Aber sogleich hatte er die Nachricht verdaut und nickte aufgeregt. »Alles klar«, sagte er nachdenklich. »Na ja... die vögelt ja mit jedem außer dem Christkind. Das ist ja großartig.«

Masahiro kombinierte schnell. »Satos Augen und Ohren?«

Sein Begleiter nickte.

»Großartig«, meinte Masahiro lächelnd. In Erwartung einer langen Nacht lehnte er sich zurück. Nick rutschte auf dem engen Sitz hin und her. Vergeblich suchte er eine bequeme Stellung. Die Fenster waren innen angelaufen und außen vom Regen verschmiert. Der Wagen war vom Zigarettenrauch der letzten Stunden vollkommen verqualmt. Und es sollten noch mehr werden.

19

Um diese Zeit war hier kein Verkehr. Die Spitzenverdiener, die in diesen Häusern lebten, hatten die Besäufnisse und Verbrüderungen mit ihren Kollegen nicht mehr nötig. Sie waren zu Toppositionen aufgestiegen und hatten sich ihren Schlaf redlich verdient. Die dichten Hecken, dicken Mauern und Reihen sauber gestutzter Bäume garantierten den Privilegierten Ruhe in ihren Villen. Das hieß auch, daß so bald keiner einen auf der Straße wartenden Wagen hören würde.

»Musik?« schlug Masahiro vor. Trotz Nicks hochgezogener Augenbrauen griff er nach seiner Aktentasche auf dem Rücksitz. Er ließ sie aufschnappen und zeigte Nick sein Lager ordentlich aufgereihter Kassetten.

»Japanische Dudelsäcke? Nein danke.«

Masahiro lächelte. Er zog eine Kassette heraus und schob sie in den Kassettenrecorder. Alsbald erklang Sam Cookes »You Send Me«.

»Der heilige Sam!« rief Nick. »Masa, Sie stecken voller Überraschungen.« Träge schaute er in die Aktentasche auf Masahiros Schoß. Neben den Kassetten enthielt sie eine in ihrem Halfter festgeschnallte 38er Pistole, ein paar Walkie-Talkies und ein sauberes Hemd.

»Die sind uns vielleicht noch von Nutzen«, meinte er und zog eines von den Handfunkgeräten heraus und steckte es in die Jackettasche. Dann deutete er auf die Pistole. »Keiner wird Ihnen soviel Zeit lassen, das Ding da herauszuzerren«, erklärte er Masahiro.

»In achtundzwanzig Jahren mußte ich sie nie benutzen«, sagte Masahiro. »Und Sie?«

»Ich habe mit Morden in Süd-Brooklyn zu tun«, entgegnete Nick. »Sogar die Nonnen tragen Pistolen.«

Masahiro konnte es nicht glauben. »Haben Sie auf viele Menschen geschossen?« fragte er.

Nick schüttelte den Kopf. »Ich habe nur zurückgeschossen.«

»Und was ist geschehen?«

Nick zuckte mit den Schultern. »Sie haben nicht getroffen.« Er veränderte seine Stellung. Masahiro wollte gerade seine Tasche zuschnappen lassen, doch Nick legte eine Hand auf die seine. »Tun Sie mir einen Gefallen«, bat er. »Tragen Sie sie.«

Masahiro sah bestürzt aus.

»Wir arbeiten jetzt doch nicht mit Akten und Registern«, bedeutete ihm Nick nicht unfreundlich.

Masahiro nahm das Halfter heraus und schnallte es an seinem Gürtel fest. »Wissen Sie, Nick, ich war schon mal in brenzligen Situationen«, sagte er.

»Ja?«

»O ja. Als Marilyn Monroe mit DiMaggio-san hierherkam, war ich mit für die Bewachung zuständig. Sehr anspruchsvoll.«

Nick drehte sich auf seinem Sitz herum. Das interessierte ihn. »Ach ja? Wie sah sie denn aus?« wollte er wissen.

»Ach... blond.« Masahiro wand sich hilflos. »Sehr sexy«, versicherte er Nick. Dann fiel er in sich zusammen, beschämt angesichts seiner Übertreibung. »Eigentlich half ich nur, die Massen zurückzudrängen. Nichts Besonderes, ehrlich gesagt...«

»Ach wissen Sie, solche Massen können manchmal ganz schön gefährlich werden«, munterte Nick ihn auf.

Einige Minuten lang hörten sie schweigend Sam Cooke. Dann sagte Masahiro sanft: »Diese paar Tage waren sehr interessant für mich, Nick.«

Bevor Nick antworten konnte, sahen sie Scheinwerfer

von Sugais Haus kommen. Eine dunkle Hochglanzlimousine glitt über die Auffahrt. Nick gab Masahiro einen Ellbogenstoß. »Nach Hause, James«, sagte er.

Wie ein Krokodil in seinem Element schlängelte sich die Limousine über die vor Nässe glänzenden Straßen zur Stadtautobahn. Der klapprige alte Toyota hielt brav mit. Irgendwo hatte Masahiro in dieser Nacht seine übliche Vorsicht abgeworfen. Nick war klar, daß der Unterinspektor diese Jagd endlich in vollen Zügen genoß. Als sie von der Auffahrt auf die Stadtautobahn abbogen und die Geschwindigkeit verdoppelten, hatte Masahiro den Fuß auf dem Gaspedal und ein Lächeln auf dem Gesicht.

Nick versuchte, sich die Situation klarzumachen. Morgens um drei kommt sie mit dem Taxi; eine Stunde später fährt die Edelkutsche los – so wie es aussieht, sitzt sie drin. Wohin jetzt? Zu Sato heim? Vielleicht. Vielleicht auch nicht.

»'ne hübsche Kutsche«, meinte Nick. »Vielleicht schickt er sie einem zum Geburtstag.«

»In der japanischen Tradition wird der Geburtstag nicht gefeiert«, erklärte ihm Masahiro. Hektisch rasten die Scheibenwischer hin und her, doch konnten sie die Sturzbäche nicht schnell genug beseitigen, um für ungetrübte Sicht zu sorgen.

»Vielleicht sehen Sie noch, wie sie's einem besorgt, Masa«, meinte Nick. »Fahren Sie zu.«

Was sollte das schon wieder heißen? Masahiro grübelte, fuhr aber konzentriert weiter. Als die Limousine in der Nähe des Hafens eine Ausfahrt nahm, kam der Toyota ins Schleudern und fing sich nur knapp vor der Leitplanke. Trotzdem nahm Masahiro den Fuß nicht vom Gas und ließ die Beute nicht mehr aus den Augen. Um den Fischmarkt zu durchqueren, fuhr die Limousine langsamer. Dort herrschte bereits rege Betriebsamkeit. Fischer und Händler schleppten Körbe oder Fässer mit ihrem zuckenden und zappelnden Fang herbei und schrien einander Preise zu, als seien sie an der größten Börse der Welt. Der Boden war überschwemmt von Regenwasser, Schuppen und einigen toten Fischen, die herausgefallen waren. Schließlich hielt die Limousine an, und die aufregende junge Hostess stieg aus.

Bevor Masahiro auf dem glitschigen Pflaster bremsen konnte, hatte Nick die Tür aufgerissen, war aus dem Wagen gesprungen und hastete dem Mädchen nach, das zwischen den Ständen in das Labyrinth des Marktes vordrang.

»Bleiben wir in Kontakt«, rief er und riß im Laufen das Handfunkgerät heraus. »Masa, können Sie mich verstehen?«

»Ja, Nick.«

»Sie bleibt vor einem Stand stehen und unterhält sich mit einem alten Mann. Sie kennen sich.«

»Ich kann mir nicht vorstellen, daß Sato sich als Fischhändler verkleiden würde«, sagte Masahiro. »Das bedeutet vielleicht, daß sie oft hierherkommt.«

»Er bietet ihr einen Fisch an. Pfui Teufel.«

»Nimmt sie ihn?«

»Warten Sie. Nein. Heute nicht. Sie dankt ihm sehr possierlich und – okay. Es geht weiter. Sie läuft schon. Und ich auch.«

Die junge Frau wühlte sich durch ein Meer von Arbeitern, die bereits alle von schäumendem Trockeneis bespritzt waren. Nick kam ihr vernünftigerweise nicht zu nahe. Ihm dämmerte allmählich, daß Masahiro nicht so auffallen würde. Aber er hielt sich zurück. Außerdem wimmelte es auf dem Markt von Menschen, die hier kauften, verkauften, feilschten, und von zappelnden und zuckenden Fischen. Auch Touristen fehlten nicht. Sie sahen zu und schossen Fotos. Niemand achtete sonderlich auf den großgewachsenen Amerikaner mittleren Alters mit dem sandfarbenen Haar, den Blue Jeans und der Lederjacke, der, die Hände in den Taschen, in die Geschäfte hinein- und wieder herausschlenderte und sich immer wieder die hübschen Säulen ansah.

Die junge Frau verließ den Markt, überquerte eine Straße und verschwand in einem Mietshaus. Es war weder elegant noch heruntergekommen. Ein verschlafener Hausmeister machte ihr auf ihr Klingeln hin auf. Nach zwei Minuten ging im dritten Stock ein Licht an.

Nick zog das Funkgerät heraus. »Masa, hören Sie?«

»Ich höre, Nick.«

»Ich hab sie. Ich bin auf der anderen Seite vom Markt. Sie ist in ein Gebäude auf der anderen Straßenseite gegangen. Warum fahren Sie nicht her?«

»Okay. Bin gleich da.«

Er mußte um den ganzen Fischmarkt herumfahren. Doch jetzt war er so tollkühn, daß ihm geradezu Flügel wuchsen. Nach wenigen Minuten kam er angeschossen und parkte in einer Pfütze direkt vor Nick. Er wartete, doch Nick weigerte sich, sich noch einmal in diese Sardinenbüchse zu zwängen und dort wieder endlos zu warten. Er bedeutete Masahiro auszusteigen und zeigte auf einen *Soba*-Imbiß. Masahiro ließ sich nicht lange bitten. Er sprang ins Freie, sperrte ab und folgte Nick in das warme, trockene, hell erleuchtete Café. Sie setzten sich an einen Tisch, von dem aus sie das Fenster im dritten Stock im Auge behalten konnten. Einmal sahen sie ihre Silhouette hinter der Jalousie vorbeihuschen.

Der *Soba*-Imbiß war recht groß und tadellos sauber. Der geflieste Boden und die Resopaltheke wurden in einem fort gewischt. Es waren viele Gäste da. Sie alle schaufelten aus dicht unter den Mund gehaltenen Schalen die Nudeln in sich hinein. Das allseitige zufriedene Schlürfen mußte der Inhaberin behagen, galt es doch als Kompliment für den Koch. Schale um Schale teilte sie aus und nickte trotz der fehlenden Vorderzähne fröhlich lächelnd.

Masahiro bestellte für sie beide. »Mögen Sie *Soba*?« fragte er Nick.

Nick zuckte mit den Schultern. »Ich habe noch keine Nudel bis in den Mund gebracht. Charlie hat es allerdings irgendwie geschafft.«

»Soll ich Ihnen zeigen, wie man die Eßstäbchen hält?«

»Okay.«

Geduldig steckte Masahiro Nick die Stäbchen zwischen die Finger und erklärte ihm, wie man das untere zum Abstützen hielt und mit dem oberen alle Bewegungen ausführte. Dann brachte die Inhaberin ihre dampfenden Nudelschalen und stellte sich neben sie, um zu sehen, wie Nick sich anstellen würde.

»Möchten Sie etwas Pfeffer?« fragte Masahiro.

»Ach ja, bitte.« Großzügig verstreute Nick das scharfe Gewürz.

Masahiro schlürfte laut. »Gut, wie?« Er strahlte.

Nick hielt die Stäbchen, wie er es soeben gelernt hatte. Schüchtern griff die alte Frau ein, damit er sie im richtigen Winkel hielt. Dann strahlte sie ihn aufmunternd an. Er hob die Schale mit der anderen Hand hoch. Wieder nickte die alte Frau, und Nick versuchte, die Nudeln so in den Mund zu schieben, wie es alle anderen machten. Das schlüpfrige Zeug rutschte aber wieder von den Stäbchen herunter, ein Teil in die Schale zurück, ein Teil auf den Tisch. Die alte Frau wischte den Tisch mit ihrem Handtuch ab. Dann nahm sie Nicks Hand sanft in die ihre und zeigte ihm, wie es gemacht wurde. Er strengte sich an. Über den Tisch lächelte ihm Masahiro aufmunternd zu. Als auch die alte Frau nickte, wagte Nick es noch einmal. Er brachte die Nudeln bis knapp vor den Mund, als sie ihm erneut herunterfielen.

Die Frau lachte. Auch Nick prustete los.

Sie sagte etwas auf japanisch. Er verstand genau, was sie meinte: »So hält man die Stäbchen. Versuchen Sie es noch einmal.«

»Danke«, sagte er. Und dann fügte er fast schüchtern in ihrer Sprache hinzu: *»Domo arigato.«*

Masahiro grinste glücklich. »Große Kanone aus Amerika.«

Von der alten Frau ermutigt, versuchte es Nick wieder und noch einmal, bis er schließlich einen Bissen in den

Mund bekam, und plötzlich hatte er den Bogen raus. Er fing sogar an, diese Schlürfgeräusche von sich zu geben. Irgendwie stellten sie sich ganz von selbst ein. Vor Stolz strahlend ging die alte Frau zur Theke. Sie kam mit zwei Gläsern gekühltem Bier zurück, die sie vor ihnen abstellte. Dann ließ sie sie allein.

»Nick-san«, sagte Masahiro zögernd. »Da ist etwas... vielleicht sollte ich es nicht fragen.«

»Was denn?« Nick stopfte das vorzügliche *Soba* in sich hinein und spülte es mit einem Schluck Bier hinunter. »Sie können mich alles fragen, was Sie wollen. Das geht in Ordnung. Was wollen Sie denn wissen?«

Auch Masahiro genehmigte sich einen Schluck Bier. Dann fing er an: »Diese Sachen... diese beunruhigenden Dinge, die ich über New York und Sie gehört habe...«

Der Amerikaner nickte. »Zwei Kollegen, mit denen ich mal zusammengearbeitet habe, haben Rauschgiftdealern Geld weggenommen«, antwortete er mit belegter Stimme.

»Sie haben gestohlen?« Masahiro war entsetzt.

Nick zuckte mit den Schultern. »Sie haben Geldmittel freigesetzt.«

»Diebstahl ist Diebstahl«, sagte Masahiro streng. »Es gibt keine Grauzone.«

»Hören Sie, Masa. New York ist eine riesige gottverdammte Grauzone. Die Ärsche sind ja in den Knast gekommen. Es ist ja nicht so, als ob jemandem was passiert wäre.«

»Es entehrt alle Polizisten«, beharrte Masahiro. Er sah Nick zu, wie er die letzte Nudel aufspießte, nachdem er jetzt nur noch jeden dritten Happen fallen ließ. Nach einer Pause fragte er: »Haben Sie Geld genommen, Nick?«

Nick stellte die Schale ab. Er sah über den Tisch auf seinen Partner. Irgendwie war ihm klar, daß es keinen Zweck hatte, Masahiro anzulügen.

»Yeah«, sagte er schließlich. »Ich habe Geld genommen. Darauf bin ich nicht stolz. Okay. Sie müssen wissen, daß ich in Scheidung lebe. Ich habe Kinder und laufend Rechnungen. Da gibt es keinen Ausweg.«

Er fühlte sich beschissen, war aber froh, daß es heraus war. Masahiro betrachtete ihn mit unveränderter Miene. »Wußte Charlie davon?« fragte er.

Nick brauchte nicht zu antworten.

»Er war Polizist, Nick«, fuhr Masahiro fort. »Wenn Sie stehlen, entehren Sie ihn, ob er nun tot ist oder am Leben. Und sich selbst. Und mich.«

Nick sah ihm in die Augen. Schweigend saßen die zwei Männer einander gegenüber. Nick wollte es mit einem Lachen abtun, konnte es aber nicht. Er nahm einen Schluck Bier. Als er das Glas abstellte, füllte Masahiro für ihn nach. Nick bot Masahiro eine Zigarette an. Jeder nahm sich eine, und Masahiro zündete beide mit seinem Feuerzeug mit den Initialen NYPD an.

20

Während Masahiro an den Briefkästen das Namensschild für das Apartment im dritten Stock vorne suchte, stand Nick Wache. Die Schauer hatten nachgelassen, so daß der Tag jenseits des Flusses über einem eisigen Nieselregen anbrach. Masahiro kam mit hochgeschlagenem Kragen zurück. Seine Haare klebten über der Stirn.

»Das ganze Stockwerk muß ihr gehören. Nur ein Name: Miyuki Haroshi.«

»Das ist ein Frauenname?« fragte Nick skeptisch.

»Weiblich, ja.«

Bevor er einen Vortrag über die japanische Namenskunde zu hören bekam, zerrte Nick Masahiro zum Wagen, und sie kletterten hinein.

»Vielleicht können Sie eine Runde schlafen«, schlug er Masahiro vor.

»Nein, nein, Sie zuerst, Nick. Bitte.«

»Soll das ein Witz sein? Ich kann in dem Puppenwagen nicht einmal anständig sitzen. Wie sollte ich mich dann für ein Nickerchen ausstrecken. Außerdem bin ich gar nicht müde. Pennen Sie ruhig, Masa. Ich halte derweilen nach Miyuki Ausschau.«

Das leuchtete Masahiro ein. Er nickte, breitete ein sauberes, weißes Taschentuch über dem Kopf aus, legte den Kopf zurück und fing fast unverzüglich an zu schnarchen. Nick sah zu, wie der Fischmarkt und die Straße sich mit dem Tageslicht veränderten. Nach dem frühmorgendlichen Treiben kam der Stoßverkehr mit den Fabrikarbeitern. Hinter den Fenstern der Mietshäuser regten sich allmählich die Angestellten und Beamten. Lichter gingen an, Jalousien wurden hochgezogen, und als die Sonne vollends aufgegangen war, gingen die Lichter wieder aus. Menschen auf dem Weg zur Arbeit kamen aus den Häusern zunächst getröpfelt, und schließlich strömten sie heraus. Nick versuchte einige Aerobic-Übungen zu machen, aber er konnte nicht einmal den Nacken strecken, ohne mit dem Kopf ans Dach zu stoßen. Beide Füße waren ihm eingeschlafen. Die Aussicht ging ihm auch langsam auf die Nerven.

Und dann kam sie aus ihrem Haus – ein hinreißender Traum in Seide vom Modeschöpfer: eine hautenge schwarze Seidenhose und ein dazu passendes, die Figur betonendes Jackett. Nick stieß Masahiro an, der sofort hellwach war. Sie starrten sie an, während sie ein Taxi heranwinkte. Als sie eingestiegen war, lief auch der Motor des alten Toyota.

»Sehr hübsch, was?« meinte Nick. »Keine Paillette zu sehen. Ist wohl auf dem Weg zur Morgenmesse.«

Sie fuhren hinter ihr los.

Das Taxi führte sie über den Fluß und eine Uferstraße entlang zu einem vornehmen Einkaufsviertel. Vor einem Kaufhaus, in dessen Fenster französische Kleider, englisches Silber und russischer Kaviar ausgestellt waren, hielt es an. Miyuki bezahlte und verschwand im Kaufhaus. In dieser Straße konnte kein Auto länger stehen bleiben. »Ich gehe mit rein, Masa«, sagte Nick. »Parken Sie den Wagen so schnell wie möglich und kommen Sie nach. Wir wechseln uns ab, dann merkt sie nichts.« Er sprang aus dem Wagen und lief in das noble Kaufhaus. Unwillkürlich strich er seine Haare hinten glatt. Mit einem Schlag kam er sich zu groß und schlampig vor. Alle Leute hier sahen genauso todschick aus wie Miyuki. Er markierte einen trotteligen Touristen und blieb so weit hinter ihr zurück, wie er es für vertretbar hielt. Er betete zu Gott, daß er nicht in so einer dämlichen Abteilung für Dessous herumschleichen mußte.

Die Rolltreppe hinauf, immer ein Stockwerk hinter ihr, ließ er sie nicht aus den Augen. Unauffällig folgte er ihr in den dritten Stock, wo sie mit einer Verkäuferin ein Gespräch begann, die selber schön genug war, um als Modell zu arbeiten. Nach ein paar Minuten setzte sie sich auf ein elegant gepolstertes Sofa. Nick blieb hinter einer Art Säule stehen, in der Hoffnung, er sehe so aus, als warte er auf seine Frau. Die Verkäuferin entpuppte sich tatsächlich als Modell. Sie erschien jetzt in einem anderen Kleid – einem Abendkleid, wie Nick annahm – und schritt langsam mit vielen Drehungen hin und her, damit Miyuki es genau in Augenschein nehmen konnte. Nach einem weiteren Gespräch verschwand das Mädchen erneut, um wenig später in einem anderen Kostüm zu erscheinen. Nick gähnte.

Neben sich hörte Nick ein Keuchen. Es war Masahiro, der offenbar den ganzen Weg vom Parkplatz bis hierher gerannt war. »Der Wagen steht in der Tiefgarage. Zweihundert Yen pro Stunde. Ich weiß gar nicht, ob ich das Geld jemals zurückerstattet bekomme. Und wir wissen immer noch nicht, ob sie das Mädchen ist, das uns zu Sato führen kann.« Masahiro schnaufte nach seiner Anstrengung wie ein Walroß.

»Der ganze Wagen ist doch keine zweihundert Yen

wert«, meinte Nick. »Ich gehe jetzt zur Straße hinunter, um sie abzupassen, wenn sie rauskommt. Geben Sie mir ein Zeichen, ob ich hinterher soll oder ob Sie weitermachen. Einverstanden?«

»Einverstanden.«

Nick fuhr die Rolltreppe hinunter und trat ins Tageslicht. Wie durch ein Wunder war die Sonne herausgekommen. Er bog links ein, ging bis zum Ende des kurzen Blocks und bezog in einer Nische nahe der Ecke Stellung. Eine Frau, die von einem bunten Karren handbemalte Halstücher verkaufte, beäugte ihn argwöhnisch. Nick lehnte sich gegen die Wand und zündete eine Zigarette an. Sein Blick blieb auf den Kaufhauseingang gerichtet.

Fast eine Stunde verstrich, ehe sie wieder heraustrat. In der Hand hatte sie eine Einkaufstasche, auf der die schikken Farben des Kaufhauses prangten. Sie schlug Nicks Richtung ein. Der schaute auf Masahiro, der ihr dicht folgte. Masahiro gab ein Zeichen. Er drehte die Handfläche nach außen, hielt sie hoch und schob sie in Nicks Richtung: bleib zurück. Nick blieb zurück und sah in äußerster Verwirrung, wie sich auch Masahiro zurückfallen ließ, während Miyuki die Straße überquerte und auf der anderen Seite inmitten der vielen Einkaufslustigen und Spaziergänger weiterlief. Mit schnellen Schritten kam Masahiro über die Straße auf Nick zu. Auf seinem Gesicht spiegelte sich Zorn.

»Was zum Teufel ist denn los?« rief Nick. »Warum haben Sie sie entkommen lassen?«

»Nein! Ich habe Ihnen gedeutet, Sie sollen herkommen und für mich übernehmen. Haben Sie meine Hand nicht gesehen? Ich habe so gemacht...« Er schob Nick noch einmal die nach außen gedrehte Handfläche entgegen.

»In Amerika heißt das: ›laß es‹, Meister!« rief Nick.

Masahiro richtete sich zu seiner vollen Größe auf. »In Japan heißt das: ›komm her‹. Muß ich Sie darauf aufmerksam machen, in welchem Land Sie sind? Sie sehen also, ich habe korrekt gehandelt.«

Sie stierten einander frustriert und erschöpft an. »Sie Meister«, äffte ihn Masahiro angewidert nach.

Nick wandte sich ab. »So kann ich nicht arbeiten, Mann«, sagte er.

»Hey, Arsch mit Ohren, sag ich, Conklin«, schreckte ihn Masahiro plötzlich auf. Nick fuhr herum. Da war sie wieder. Sie kam etwa auf halber Höhe der Straße aus einer Boutique heraus. In ihrem eleganten schwarzen Ensemble hob sie sich einen Moment lang von der Menge ab. Nick und Masahiro verständigten sich mit Blicken, und Nick machte sich auf den Weg.

Er blieb knapp zwanzig Meter hinter ihr. Sie ließ sich Zeit, sah sich immer wieder die Schaufensterauslagen an. Masahiro eilte an Nick und sogar an Miyuki vorbei – ein Mann, der sein Ziel kannte. Er überquerte die Straße und ging etwa zwanzig Meter weiter. Dann blieb er stehen, um sich eine Zigarette anzuzünden und die Dekoration eines Buchladens zu betrachten.

Miyuki wartete auf Grün. Während sie über die Straße ging, nahm Masahiro wieder die Beschattung auf. Nick schlenderte weiter geradeaus. Die zwei Cops arbeiteten in perfekter Abstimmung zusammen.

Als sie in eine Bank ging, gab Masahiro ein Zeichen. Diesmal verstand Nick die Geste des Japaners. Sie bedeutete: ›bleib zurück«. Nur hätte man in Amerika genau das Gegenteil verstanden. Nick blieb stehen. Masahiro verschwand eilig im Innern, während Nick die Tür nicht aus den Augen ließ.

Drinnen verlor Masahiro das Mädchen. Sie ging mit einem Angestellten die Treppe zu den Schließfächern hinunter. Dorthin konnte er ihr unmöglich ohne Grund folgen, wenn er nicht sein Inkognito aufgeben wollte. Er wartete und starrte auf die Treppe. Es war ein ständiges Kommen und Gehen, aber sie schien verschwunden zu sein. Er fragte sich schon, ob es nicht vielleicht einen zweiten Ausgang gab, da sah er sie die Treppe heraufkommen. Jetzt trug sie jedoch einen bis zu den Knöcheln reichenden Mantel und ganz andere Sachen. Stöckelschuhe, bedrucktes Kleid und Mantel. Was war mit der pechschwarzen Hose und dem Jackett geschehen? Masahiro ging wohl zu Recht davon aus, daß es im Gewölbe der Bank keine Umkleidekabine für Frauen gab, jetzt aber hatte er für Spekulationen keine Zeit. Er folgte ihr bis zur Eingangstür und gab Nick ein Zeichen. Verblüfft registrierte Nick die neue Ausstattung, und beide Männer hefteten sich wieder an ihre Fersen.

Miyuki rannte mitten über die Geschäftsstraße. Den dichten Verkehr und das wütende Hupkonzert ignorierte sie einfach. Sie sah ein Taxi und winkte es heran. Der Fahrer mußte sich blitzschnell entscheiden, ob er stoppen oder sie überfahren sollte. Das Taxi hielt an, und ein Mann stieg aus. In ihrer Eile wegzukommen, streifte Miyuki den Mann, sagte aber nichts und stieg rasch ein.

Masahiro hob die Hand, um ein anderes Taxi anzuhalten, doch Nick fiel ihm in den Arm. »Schauen Sie – der Typ, der aus dem Taxi gestiegen ist...«, raunte er. Dieser Mann kletterte soeben in ein anderes Taxi.

»Die haben nur was ausgetauscht«, meinte Nick. Masahiro sah verblüfft drein. »Ich habe den Typen erkannt«, fuhr Nick fort. »Das ist einer von denen, die uns am Flughafen reingelegt haben.«

Das Taxi vor ihnen fuhr mit dem Mann, der sich Nashida genannt hatte, los.

»Was haben die nur ausgetauscht?« rätselte Masahiro. »Als sie unten bei den Schließfächern war, hat sie irgend etwas geholt. Sie muß es ihm gerade gegeben haben.«

»Und sie hat sich umgezogen, um uns abzuschütteln«, schloß Nick. »Sagen Sie dem Fahrer, daß ich ihn mit bloßen Händen erwürge, wenn er sich abschütteln läßt.«

»Ich glaube nicht, daß uns das weiterhelfen würde, Nick«, erwiderte Masahiro. »Wenn es Ihnen nichts ausmacht, werde ich es nicht übersetzen.«

»Wir brauchen nur die Scheißkerle nicht zu verlieren«, brummte Nick.

»Nun, das werde ich dem Fahrer vielleicht auseinandersetzen«, meinte Masahiro und beugte sich vor. Was er ihm auch sagte, es wirkte. Die zwei Taxis fuhren praktisch Stoßstange an Stoßstange, aber so schlichen in dem dichten Verkehr alle Wagen dahin.

Sie krochen bis zu dem Viertel, in dem die Schwerindustrie ansässig war. Laster und Zementmischer verstopften jetzt die Straßen, die Taxen und der Individualverkehr nahmen etwas ab. Fabriken, Abfertigungshallen, riesige Vorratstanks und großzügige Parkflächen bestimmten das Bild. Hätte es nicht überall Schilder mit den japanischen Schriftzeichen gegeben, man hätte meinen können, man sei in New Jersey. Langsam schlichen sie durch den Stau, immer hinter dem Taxi mit dem Typen, der sich Nashida genannt hatte.

An der Einfahrt zu einer gewaltigen, betriebsamen Stahlfabrik bog das Taxi ab. Autos und Lastwagen strömten durch die weit offenen Tore hinein und heraus. Niemand achtete darauf, daß die zwei Taxen sich zu den anderen Fahrzeugen gesellten und auf die Arbeiter zufuhren, die unaufhörlich in alle Himmelsrichtungen schwirrten.

»Hier stehenbleiben«, rief Nick plötzlich. Sie waren auf einer Fläche zwischen mehreren Wellblechschuppen. Dampfschlote, Rohre, Gleise und komplizierte Förderbänder wanden sich durch die Gebäude und über das Gelände dazwischen. Von jetzt an wäre es leichter, zu Fuß weiterzugehen, um zu sehen, ohne gesehen zu werden. Masahiro bezahlte den Fahrer eilig, und sie spurteten in die Richtung des anderen Taxis.

Sie sahen es gleichzeitig. Es parkte gerade vor einem der fensterlosen Kolosse von Gebäuden. In Zickzacklinie rannten Nick und Masahiro über den Vorplatz, duckten sich unter gigantischen Kohleförderbändern, machten einen Bogen um Entlüftungsschächte und gingen immer wieder in Deckung. Sie sahen Nashida aus dem Taxi steigen und links zwischen zwei hoch emporragenden

Schmelzöfen hindurchgehen. Die Hitze hatte ihn wohl mit der Wucht eines Orkans getroffen. In einer Entfernung von knapp fünfzig Metern kam es den zwei Polizisten so vor, als sei einer in durchsichtigen Wackelpudding getaucht worden und renne, was das Zeug hielt. Die Luft flimmerte in der Hitze, so daß alles in ihr verzerrt aussah. Doch Nashida hastete weiter bis zu dem Gebäude, in dem sich einer der Schmelzöfen befand. Dort führte eine Treppe nach oben zu einem Raum hinter einer Glaswand, einer Kantine. Niemand war dort zu sehen, doch Nashida erklomm die Treppe und trat durch eine unverschlossene Tür ein.

Nick erspähte weiter oben einen Steg, der über dem Gebäude verlief. Wenn ein Weg dorthinführte, hatten sie vielleicht einen guten Blick durch das Glasdach der Kantine.

Der Schmelzofen spuckte unablässig Feuer. Seine Außenwände waren zu heiß, als daß man sie berühren hätte können. Selbst an der Rückseite war die Hitze fast unerträglich, als sie dort eine Feuerleiter hinaufkletterten, deren Stahlsprossen an zwei geradlinig von oben nach unten verlaufenden Eisenstangen festgenietet waren. Wenn man die Stangen anfaßte, verbrannte man sich die Hände. Man kam nur hinauf, indem man sich an den Sprossen festhielt. Masahiro rutschte aus, konnte sich aber mit den Händen festhalten und, angefeuert von Nick, der über ihm kletterte, wieder Halt an der senkrechten Mauer finden. Damals, und auch später, erwähnte er nie, daß seine Hände verbrannt und mit Blasen übersät waren.

Sie erreichten das Dach und sprangen auf den schmalen Steg. Unter ihnen toste der Schmelzofen. Die Hitze erinnerte an eine schwedische Sauna in der Sahara. So etwas Schlimmes hatte weder Nick noch Masahiro je erlebt. Sie liefen, so schnell es ihnen die geländerlose Konstruktion erlaubte. Endlich ließen sie das Feuer hinter sich und kamen zu Räumen, die ganz nach Büros aussahen. Sie schwitzten so sehr, daß sie fürchteten, die Arbeiter würden nachschauen, ob es wieder regnete. Ein gigantischer Hebekran kam ihnen immer wieder gefährlich nahe. Der Kranführer winkte ihnen zu und fuhr mit seiner Arbeit fort. Er nahm wohl an, daß sie eine Sondererlaubnis hatten. Masahiro antwortete mit seinem gnädigsten Kopfnicken, und sie tasteten sich weiter vor, bis sie direkt über der Kantine standen.

Lange Metalltische und harte Plastikstühle standen in mehreren Reihen zusammen, damit es die Arbeiter möglichst unbequem hatten. Bis auf einen waren alle Tische leer. Dort, in der Mitte des Raums, saß Sato an dem einen Ende und Sugai am anderen. Sie starrten einander grimmig an. Dazwischen saß ein Vermittler. Nashida stand bei Sato. Offensichtlich hatte er seinem Boß soeben einen Umschlag gereicht, den Sato vor der Brust hielt. Zwei von Sugais Leutnants und Satos Adjutant bewachten zugleich einander und die Tür.

Nick und Masahiro konnten sehen, wie sie sprachen, doch durch das Glas ließ sich kein Wort vernehmen, zumal der Schmelzofen in einem fort prasselte und donnerte.

»*Banzai*«, sagte Nick. »Suchen Sie ein Telefon, Partner.«

Masahiro nickte und trat über die heiße Leiter den Rückweg an.

21

Von oben konnte Nick sehen, wie Sato und Sugai jeder einen Hundertdollarschein vor sich auf den Tisch legten. Der eine zeigte den Kopf, der andere die Zahl. Ohne einander aus den Augen zu lassen, drehten die zwei Männer dann die Scheine um. Die Rückseite war weiß.

Nacheinander sprach der Vermittler mit ihnen. Sato und Sugai grunzten ihre Zustimmung.

Nick begriff. Jeder hatte eine Druckplatte und konnte solange kein Falschgeld pressen, als er nicht die andere in seinen Besitz brachte. Sato mußte seinen ehemaligen Gönner hintergangen haben. Mit der Hälfte hätte er sich jedoch kaum zufriedengegeben. Ihm wiederum hatte der Kerl einen Strich durch die Rechnung gemacht, dem er im Scalari's die Kehle aufgeschlitzt und damit allen den Appetit verdorben hatte.

Unter Nicks gefährlichem Stehplatz heizte sich die Atmosphäre auf. Die zwei Feldherren beschuldigten sich gegenseitig. Das ging anscheinend nicht ohne Beleidigungen ab. Immer wieder machte einer der bewaffneten Gorillas bedrohlich einen Schritt nach vorne, wurde aber sofort von seinem Boß oder vom Vermittler zurückbeordert. Sato wirkte ruhiger, schien die Situation eher im Griff zu haben als sein Feind. Vielleicht war das aber auch eine Frage der Persönlichkeit. Nick, der ja ausschließlich auf seine Beobachtungen angewiesen war, merkte allmählich, daß in Japan unter der friedfertigen Mimik genauso viele persönliche Gefühle lagen wie in Brooklyn oder überall sonst auf der Welt. Die Unterschiede ließen sich hier schwerer erkennen, weil man sie nicht zur Schau trug – aber vielleicht war das am Ende gar nicht einmal so schlecht.

Sugai, der Ältere, der vernarbte Pate, schäumte vor Wut. Sato hatte nicht nur das Nest verlassen, sondern machte ihm auch noch den Rang streitig.

Sato antwortete auf die Anschuldigung. Sodann schien er mit einer leichten Verneigung vor dem Vermittler etwas Versöhnliches zu sagen. Eine Entschuldigung etwa? Nick konnte es sich nicht vorstellen. Gerade seine Arroganz machte Sato zum kaltblütigen Mörder. Nie im Leben würde so einer sich entschuldigen. Eher verlangte er wohl Respekt und den gleichen Rang. Er hatte bewiesen, wie hart er spielen konnte. Jetzt wollte er nicht mehr den Balljungen machen.

Was er auch sagte, Sugai wurde nur noch erboster. Der

Ältere sprang unvermittelt auf, daß der Stuhl hinter ihm umfiel und ging mit großen Schritten zu Sato. Unversehens peitschte seine Hand über dessen Gesicht. Sofort bildete sich dort ein roter Striemen, doch Sato zuckte nicht mit der Wimper. Er spuckte nur ein Wort aus, und Nick wußte sofort, was es war.

Sugai verließ den Raum. Seine Leutnants machten ihm ehrerbietig Platz und folgten ihm dann. Sato blickte den Vermittler an, als wolle er sagen: Ich hab's ja gleich gesagt. Er nahm seinen wertlosen Geldschein, schob ihn in die Tasche und ging, begleitet von seinen Männern.

Nick balancierte über einen Stahlbalken auf den Kran zu. Von dessen beweglicher Plattform führte eine Notleiter nach unten. Um sie zu erreichen, mußte er springen, schätzte aber die Entfernung falsch ein und konnte sich gerade noch an der Kante der Plattform festhalten. Da hing er nun, hundert Meter über dem riesigen Bottich voll brodelndem Stahl.

Dem Erfinder der Klimmzüge und seinem täglichen Training verdankte er es, daß er sich noch einmal hochziehen und auf die Plattform retten konnte.

Unter ihm liefen drei winzige Gestalten, Sato, Nashida und Satos Stellvertreter, über die Gleise, vorbei an einem ungeheuren Schmelztiegel, der auf die nächste Ladung siedenden Abfalls wartete.

Dann senkte die Plattform sich langsam. Nick klammerte sich an die Leiter. Um ihn herum regnete es weißglühende Metallteile. Auch auf festem Boden mußte er dann den Kopf einziehen, als er durch eine enge Gasse von Stahlträgern rannte, von denen es wie Wachs herabtropfte. Es roch nach versengtem Metall – oder war es Stoff? Brannten am Ende seine Kleider? Und plötzlich lag der ganze Spuk hinter ihm. An einer Ecke blieb er stehen, schüttelte sich und wischte glühende Teilchen von seinen Kleidern.

Vorsichtig lugte er um die Ecke und zog sich sofort wieder zurück. Sato und seine Helfershelfer bestiegen soeben ihre Motorräder. Der Ausgang lag noch gut zweihundert Meter vor ihnen, aber den würden sie in Sekunden erreichen, zumal die Motoren schon aufheulten.

Nick schaute um sich. Aus irgendeiner Richtung mußte doch Hilfe kommen. Noch einmal konnte er Sato nicht entkommen lassen. Wo zum Teufel war nur die Polizei von Osaka, wenn man sie brauchte? Wie lange dauerte es denn noch, bis Masahiro hier ein Telefon fand, verflucht noch mal.

Noch eine Sekunde, und es war zu spät. Nick rannte los und hoffte nur, sie würden ihn nicht sehen oder hören. Nur wenn er sie überraschte, hatte er eine kleine Chance. Er sprang ihnen in den Weg.

»Hände hoch, aber dalli!« brüllte er.

Die Reaktion kam sofort. Die drei Maschinen starteten in drei verschiedene Richtungen. Nick schoß auf Sato.

»Nur weil es dir so passen würde, sterbe ich noch lange nicht!« schrie Sato über das Motorendröhnen im Schatten des Hochofens. »Du bist fällig, Conklin!«

Dann rief er seinen Leuten etwas auf japanisch zu. Sofort machten sie einen großen Bogen um den Schmelzofen, um Nick in die Zange zu nehmen. Im Moment konnte er keinen sehen. Dafür hörte er Sato um so lauter und deutlicher.

»Wieviel willst du denn, Conklin?« höhnte der Verbrecher. »Fünfzig? Hunderttausend? Es wäre ja nicht das erste Mal.«

Nick zielte in die Richtung, aus der die Stimme kam.

Nashida und der Stellvertreter schrieen einander etwas zu. Sie zielten auf Nick.

»Ich bin nahe, Conklin«, ertönte wieder Satos Stimme. »Fast so nahe wie gestern, als du Charlie hast draufgehen lassen.«

»NICK!«

Das war Masahiro. Instinktiv reagierte Nick und warf sich zu Boden. Ein Schuß donnerte los und prallte von einem Stahlträger an genau der Stelle ab, vor der soeben noch Nicks Kopf gewesen war. Im Fallen sah Nick einen Schatten über sich und feuerte in der verzweifelten Hoffnung, daß es nicht Masahiro war. Ein Motorrad schlingerte vorbei, während sein Fahrer als regungsloser Klumpen herunterstürzte. Die Maschine raste mit einem Heulen gegen eine Wand, tat einen letzten Seufzer und fiel um. Noch einmal knirschte das Metall, jaulte der Motor, dann war Stille. Satos Stellvertreter war regungslos liegengeblieben.

Masahiro eilte zu Nick. »Es tut mir leid, Nick. Alles in Ordnung?«

»Der Schuß, der mir fast den Kopf weggeblasen hätte, kam der von Ihnen?«

Masahiro errötete. Er starrte auf die Kerbe, die seine Kugel in den Stahlträger geschlagen hatte. »Ich habe ihn verfehlt, aber Sie haben ihn erwischt, Nick.«

»Masa«, erklärte Nick mit ernster Stimme. »Wenn Sie mich erschießen, dann bringe ich Sie um.«

Schwere Maschinen donnerten hinter ihnen los. Nick und Masahiro wirbelten herum. Sato und Nashida jagten über den Hindernisparcours an den Rohren, Gleisen und Förderbändern vorbei. Erst schoß Sato auf Nick, dann feuerte Nashida ein paarmal, doch die Stahlträger bekamen das meiste ab.

»Hinterher!« brüllte Nick.

Masahiro sprintete über Rohre und herumliegendes Werkzeug hinweg und sah Nashida zwischen zwei weit auseinanderstehenden Schmelztiegeln durchrasen – ein leichter Schuß, wenn man in Übung war. Masahiro zielte, drückte ab, verfehlte. Die Kugel prallte von einem Tiegel gegen einen Stahlträger und von dort wie ein brillant ausgeführter Billardstoß gegen Nashidas Handgelenk.

Mit einem gellenden Schrei flog Satos Leutnant von der Maschine, überschlug sich in der Luft und landete auf den glühenden Platten. Von Nicks Warte aus – und später sollte Masahiro das bestätigen – schien es so, als explodiere Nashida in dem sechshundert Grad heißen Dampf.

Nick wartete nicht erst auf den Totenschein. Er sprang auf eine Lore und von dort auf die nächste und so immer weiter. Natürlich gab er dort oben eine Zielscheibe für Sato ab, aber nur so konnte er ihn aus der Reserve locken. Und plötzlich war es so weit. Auf seiner Maschine donnerte er zum Ausgang auf der anderen Seite. Nick zielte, hatte seinen Kopf im Visier, doch er schoß nicht.

Er konnte nicht schießen, weil in diesem Augenblick andere Motorradfahrer Sato verdeckten. Es waren an die zehn oder zwölf, alle in schwarzer Montur, alle auf schwarzen Maschinen, alle schirmten Sato ab, der in ihrer Mitte lässig davonbrauste.

Sirenen kamen näher, erreichten das Gelände, heulten vor allen Eingängen. In hilfloser Wut mußte Nick zusehen, wie Polizeiwagen anhielten und die Motorräder lokker an ihnen vorbei zum Ausgang knattern ließen. Auf der Straße übernahm Sato dann die Führung des Rudels, drückte aufs Gas und war verschwunden.

Nick rannte zur Tür. Er brüllte, was das Zeug hielt, und hatte ernsthaft vor, jeden einzelnen Bullen hier abzuknallen, weil sie Sato direkt unter ihrer Nase einfach hatten abdampfen lassen.

Aus dem Nichts traf ihn ein Stoß in die Seite, daß er kopfüber auf den Betonboden stürzte. Dann fand sich Nick einem Revolverlauf gegenüber. Ein junger uniformierter Japaner, der so grimmig dreinsah, als habe er es daheim vor dem Spiegel geübt, hielt die Waffe wenige Zentimeter vor Nicks Stirn. Plötzlich wurden ihm die Arme nach hinten gerissen und ein anderer junger Krieger legte ihm Handschellen an. Japanische Handschellen sind für schmalere Gelenke gemacht. Folglich schnitten sie tief in Nicks Fleisch.

»Herrgott!« schrie er. »Ich bin doch auf eurer Seite-...hört mir doch zu, um Himmels willen!«

Teilnahmslos rissen ihn die Beamten hoch. Halb stießen sie ihn, halb zerrten sie ihn zum Eingangstor, an dem Polizeipräsident Ohashi wartete. Nick, der am ganzen

Körper schwitzte und vor Dreck starrte, japste nach Luft und taumelte, doch er hatte es eiliger als sie und konnte sich auf den Füßen halten.

Sobald er Ohashi erblickte, brüllte er los: »Wenn sich Ihre Leute verteilen, können sie ihn noch erwischen!«

Ohashi stand ungerührt da und schwieg. Nick explodierte fast. »Machen Sie diese verfluchten Handschellen ab!« brüllte er.

Schließlich bellte Ohashi Nicks Wächtern einen Befehl auf japanisch zu. Anstatt ihn jedoch zu befreien, stießen sie ihn auf einen Polizeiwagen zu.

»Was zum Teufel macht ihr?« heulte Nick.

In fließendem Englisch erklärte ihm Ohashi: »Wir setzen Sie in ein Flugzeug nach New York. Nonstop. Wenn Sie zurückkommen, werden Sie verhaftet.«

Masahiro stand betreten daneben.

»Mein Gott, Masa, sagen Sie doch was«, flehte Nick.

Masahiro wollte den Mund aufmachen, doch Ohashi brachte ihn mit einem Wort zum Schweigen. Dann wandte sich der Polizeichef ab und kümmerte sich um andere Aufgaben, als ob Masahiro gar nicht existierte, von Nick Conklin ganz zu schweigen.

Sie fuhren ihn direkt zum Flughafen, an dem alles seinen Anfang genommen hatte. Der Abend brach an, und in der Ferne wurde es Nacht. Als sie vor der Abflughalle parkten, vergewisserten sich die Cops per Funk zunächst über das Tor, den Flug und die Sicherheitsmaßnahmen. Dann stiegen sie aus. Während sie ihn durch die Halle zum Tor stießen, hielt er über die Menge hinweg verzweifelt nach einem Fluchtweg Ausschau. Wo waren die falschen Bullen, wenn man sie brauchte?

Sie brachten ihn durch das Tor und die Gangway hinauf ins Flugzeug. Dort führten die Cops ein angeregtes Gespräch mit den Stewardessen. Nick sah sich währenddessen im Flugzeug um. Es war eine randvoll besetzte 747. Ein paar Gesichter sahen ihn ohne Emotion an. Einer der Cops reichte der Flugbegleiterin einige Dokumente, dann wurde Nick zu einem Sitz in der Mitte, direkt gegenüber der Küche geführt. Vermutlich sollten ihn die Stewardessen im Auge behalten, falls er auf die Idee kam, das Flugzeug zu entführen oder in einer Höhe von zehntausend Metern herauszuspringen.

Alle in der unmittelbaren Umgebung musterten ihn sichtlich angeekelt. Er war hier nicht nur der einzige *Gaigin*, er starrte auch noch vor Schmutz und Ruß. Einige glotzten ihn offen an, andere warfen von der Seite verstohlene Blicke auf Nick und sahen sofort weg, wenn Nick sie anschaute. Es half nicht unbedingt, daß der Cop vor ihm stand, als hätte er den Auftrag, ihn beim geringsten Widerstand zu erschießen und nur auf die Gelegenheit wartete.

Eine Stewardeß erklärte seinem Wächter schließlich, daß er jetzt aussteigen müsse. Der Cop nahm Nick die Handschellen ab, reichte ihm seinen Paß, sagte noch etwas vermutlich wenig Schmeichelhaftes und ging. Nick sah zu, wie die Stewardessen die Türen verriegelten. Die Endgültigkeit des Geräuschs lag wie ein zentnerschwerer Zementblock auf seiner Brust. Einen Ausweg gab es nicht mehr. Er war auf dem Heimweg. Versagen und Schande waren sein Gepäck. Zu Hause erwartete ihn diese verfluchte Aufsichtsbehörde.

Aus dem Lautsprecher tönte die übliche faszinierende Information über die Maschine und den Flug, über die Schwimmwesten, wenn es auf Tauchstation ging – natürlich alles auf japanisch. Eine Stewardeß kam mit einem Bündel Banknoten den Gang herunter und sammelte Geld für die Benutzung der Kopfhörer.

Nick sah zum Fenster hinaus. Das Gepäck wurde direkt unter ihm eingeladen. Koffer, Taschen, Kartons – und Charlie Vincents Sarg. Er schaute zu, wie vier Arbeiter sich damit abmühten, ihn in den Flugzeugbauch zu wuchten. Der Gepäcklaster fuhr schließlich davon. Die Ladeluke wurde zugeschlagen und versiegelt. Wieder klang der Knall so endgültig.

Die Zeitschriften im Netz über ihm waren alle japanisch. Draußen in der Dunkelheit schwirrten immer noch Servicewagen um das Flugzeug. Nick sah zur Küche hinüber.

Dort räumte ein Steward eifrig mit Lebensmitteln beladene Tabletts von einem kleinen Aufzug ab. Gegenüber der Küche war eine Ausstiegsluke, aber wenn Nick sie zu entriegeln versuchte, würde er sofort einen Alarm auslösen. Der junge Mann war jetzt mit dem Abräumen fertig und schickte den Aufzug mit einem Knopfdruck nach unten. Dann schob er den Tablettwagen mit seiner ganzen Ladung in einen Kühlbehälter und ging in Richtung Cockpit.

Nick blickte wieder zum Fenster. Vom Laster wurden die letzten Lebensmittel ins Flugzeuginnere geladen. Mit einem schnellen Blick auf den Gang überzeugte sich Nick davon, daß alle Flugbegleiter Gepäck im Netz oben verstauten, Kopfhörer verteilten, Kissen aufschüttelten, nervöse Passagiere beruhigten oder Fragen beantworteten.

Blitzschnell stand Nick auf und huschte in die Küche. Mit einem Knopfdruck forderte er den Aufzug an, der auch gleich kam. Niemand sah, wie Nick sich hineinzwängte, auf den Abwärts-Knopf drückte und die Tür zuzog.

Unten auf der Ladefläche, öffnete sich die Tür automatisch. Zwei Zulieferer waren damit beschäftigt, Tabletts und Kartons ins Flugzeug zu schieben. Ein Mann stand am anderen Ende der Ladeluke mit dem Rücken zu Nick. Der Amerikaner wartete zusammengekauert im schwarzen Flugzeugbauch, bis alle drei auf den Boden gesprungen und in ihren Laster geklettert waren.

Sofort rannte Nick zur Luke und schwang sich hinunter auf den Asphalt. Dann kauerte er sich hinter das riesige Rad der 747 und betete, daß ihn niemand gesehen hatte. Der Zulieferwagen fuhr davon.

Als die Düsen losdonnerten, weil der Pilot sie kurz testen mußte, meinte Nick, er müßte den Rest des Lebens taub bleiben.

Tief gebückt lief er im Schatten auf die Abfertigungshalle

zu, in der langsam die Lichter ausgingen. Anscheinend war sie in der Nacht geschlossen. Hinter ihm rollte die 747 langsam zur Startbahn.

22

Nick durfte sich auf keinen Fall von einem Nachtwächter erwischen lassen. Dicht an der Wand entlang huschte er weiter. Sein Ziel war die Hauptstraße abseits der Lichter und der Menschenmassen der großen Abfertigungshalle. In tiefer Dunkelheit mußte er dann am Straßenrand mehrere Kilometer laufen. Als Orientierung dienten ihm die Scheinwerferlichter der Autos, sie durften ihn aber nicht erfassen. Schließlich entdeckte er eine Telefonzelle.

Er führte sein Gespräch und wartete in der Zelle, während draußen der Nebel sich in strömenden Regen verwandelte. Lebensmittelautomaten standen nicht weit von ihm, aber alles sah nach getrocknetem Fisch aus. Also unterdrückte er lieber den nagenden Hunger und hoffte nur, daß keine Autos hier anhielten, solange er nicht hinauskonnte. Nebelschleier verhüllten die schmale, zweispurige, an beiden Seiten von einem Gitterzaun gesäumte Straße.

Der Regen prasselte jetzt herab. Nick vermochte kaum die Scheinwerfer eines langsam in Richtung Flughafen fahrenden Wagens zu erkennen. Mit Fernlicht und dröhnender Hupe donnerte ein Lieferwagen vorbei. Wasser spritzte nach allen Seiten. Der Wagen kam unter einer Laterne zum Stehen. Nick hatte sie als Orientierungspunkt angegeben. Im Wagen rührte sich nichts. Mit fest zusammengedrückten Daumen lief Nick auf ihn zu.

Die Beifahrertür ging auf. Hinter dem Steuer saß die aufregendste Blondine, von der Nick je geträumt hatte. Tropfnaß kletterte er hinein. Es kostete ihn einige Mühe, sie nicht zu küssen.

»Ich war mir nicht sicher, ob du kommen würdest«, sagte er zu Joyce.

Sie gab keine Antwort. Statt dessen legte sie den Gang ein, wendete den Wagen und schlug die Richtung zur Innenstadt ein.

»Danke«, sagte Nick.

Sie gab soviel Gas, wie der kleine Sedan erlaubte. Die Kupplung bereitete ihr Mühe. Zu Nicks Überraschung und auch Bestürzung sah sie anscheinend keine Notwendigkeit für ein Gespräch. War sie sauer? Aber sie hatte ihn ja abgeholt. Mit dem durchnäßten Ärmel wischte er sich die Regentropfen aus dem Gesicht.

»Ich muß Matsumoto auftreiben und mir dann Sugai vorknöpfen...«

»Nur nichts überstürzen«, fiel ihm Joyce ins Wort. »Du hattest Glück, daß ich überhaupt den Hörer abgenommen habe.«

Das stimmte. Sie schuldete ihm nichts, weniger als nichts. Tatsächlich war es genau anders herum. Und sie riskierte noch ihren Kopf.

»Es tut mir leid«, sagte er sanft. Er meinte es so. »Ich bin dir wirklich sehr dankbar. Du kannst mich ja in der Stadt an irgendeiner Ecke absetzen.«

Von der Seite warf ihm Joyce einen schnellen Blick zu. Er war nicht direkt unfreundlich gemeint. »Die schnappen dich sofort«, sagte sie. Sie beugte sich nach vorne und wischte mit einem verschmierten Lappen die Windschutzscheibe ab. Dann warf sie ihn in seinen Schoß.

»Du kannst machen, was du willst, wenn wir dort sind. Bis dahin fährst du aber mit mir.«

Nick konnte sich noch nichts darunter vorstellen. »Wo willst du hin?« fragte er vorsichtig.

»An einen Ort, wo du sicher bist!«

Nick lehnte den Kopf zurück. Die Stütze war aber so niedrig, daß sein Kopf ganz nach hinten fiel und er auf das Dach wenige Zentimeter über seiner Nase schaute. Mit einem Seufzer schloß er die Augen. Jede Diskussion mit ihr war zwecklos. Vielleicht tat ihm ein bißchen Ruhe ganz gut. In der Zeit konnte er sich alles Weitere überlegen.

Dann betrachtete er ihr Profil, bis sie ihm sagte, daß er sie damit ganz verrückt mache. Also richtete er den Blick auf die Lichter Osakas, die immer näher kamen, immer heller wurden, bis schließlich um sie herum alles erleuchtet war.

Der Ort hieß Liebeshotel. Es war weitaus eleganter, als sein Name erahnen ließ. An einem beleuchteten Wasserbecken vorbei führte eine Auffahrt zur Halle, in der gedämpftes Licht und sanfte Musik zusammen mit dem rhythmischen Plätschern eines kleinen Wasserfalls angespannte Nerven sofort beruhigten. Am Empfangspult verhandelte ein junges Pärchen mit dem gutgekleideten Portier.

»Was darf es sein?« fragte Joyce ihren Landsmann. »Jedes Zimmer hat seine Spezialität. Wie wär's mit einem Mädchenpensionat? Nein? Paris bei Nacht? Oder willst du dich von Lianen schwingen?«

»Die haben Tarzan?« fragte Nick mißtrauisch. Wollte sie ihn auf den Arm nehmen?

Er konnte seinen Augen kaum trauen, als sie dann ins Zimmer traten. Von der Decke und von hübschen, sehr echt aussehenden Plastikbäumen hingen tatsächlich Lianen herab. Ausgestopfte Tiere lugten hinter den Blättern hervor oder baumelten an den Ästen. Es war komisch und absurd zugleich. Nick konnte nur raten, was sich hier sonst abspielten mochte.

»Die zerreißen sich ja direkt, um die Kunden glücklich zu machen«, meinte er. »In New York kriegt man bestenfalls ein Handtuch.«

Lächelnd schüttelte Joyce den Kopf. »Ehepaare kommen hierher. Sie brauchen ein bißchen Fantasie und Abgeschiedenheit. In diesem Land sind die Wände dünn...«

Nick zuckte die Achseln. »Komisches Völkchen.«

Joyce lud ihre Umhängetasche auf dem Bett ab. »Und bei euch ist die Welt immer sinnvoll, oder was?« Die Frage klang gröber, als sie gemeint war. Gegen ihr besseres Wissen mochte sie ihn. Mehr als das sogar, wie Nick ahnte. Sie wühlte in ihrer Tasche und brachte eine zugedeckte *Bento*-Schüssel und eine Handvoll Yen hervor. »Da hast du ein bißchen zum Essen und etwas Geld«, sagte sie und reichte ihm die Sachen. »Du kannst das Zimmer bis morgen früh haben.«

»Mir ist klar, daß du damit einiges riskierst. Das ... weiß ich zu schätzen.« Seine Worte kamen Nick dumm und unzureichend vor.

Joyce knöpfte ihren Mantel zu. Sie ging wieder.

»Was ist mit Sugai?« fragte Nick. »Finde ich ihn im Club?«

»Nein«, antwortete Joyce.

Lange sah sie ihm in die Augen. Dann – erneut wider besseres Wissen – zog sie Papier und einen Stift aus der Tasche und schrieb eine Adresse auf. Sie reichte ihm den Zettel. »Du suchst Sugai. Dort wirst du ihn finden. Er ist ein leidenschaftlicher Golfer und spielt dort dreimal die Woche.«

Dann suchte sie Matsumoto Masahiros Adresse im Telefonbuch heraus und schrieb sie auf englisch und japanisch ab.

Als sie endgültig gehen wollte, faßte Nick sie am Arm. »Weißt du, du willst mich immer los sein. Aber dann bist du doch da. Vielleicht sollten wir das bei Gelegenheit bereden.«

»Da gibt's nichts zu bereden. Du bist ein sturer, dickköpfiger Amerikaner, der sich vielleicht das Richtige in den Kopf gesetzt hat, aber blindlings in den eigenen Tod läuft.« Sie machte zwei Schritte zur Tür.

Grinsend umfaßte Nick eine Liane. »Das Zimmer ist ja bis morgen früh bezahlt«, erinnerte er sie.

Sie drehte sich um. Mit einer Kopfbewegung zu den Lianen und einem kleinen ausgestopften Krokodil auf

Sugai (Tomisaburo Wakayama, Mitte) hofft, mit Nicks Hilfe seinen Erzfeind Sato zu erledigen.

Als Sugai von Sato (Yusaku Matsuda, links) die Druckplatte in Empfang nimmt, greift dieser ihn an.

Links: Nick (Michael Douglas) überrascht Sato bei seiner Unterredung mit Sugai.

Rechts: Masahiro (Ken Takakura) gibt Nick Rückendeckung.

Unten: Sato (Yusaku Matsuda) versucht, mit einem Motorrad zu fliehen.

Nick (Michael Douglas, rechts) kann Sato (Yusaku Matsuda) überwältigen.

Masahiro (Ken Takakura, Mitte) und Nick (Michael Douglas, links) werden vom Polizeipräsidenten Ohashi (Shigeru Koyama) ausgezeichnet.

dem Bett meinte sie: »Es ist der richtige Ort, aber der falsche Zeitpunkt. Ich sage dir Bescheid, wann – wenn überhaupt.«

Sie schmiegte sich in seine Arme und küßte ihn. Es wurde ein zärtlicher, leidenschaftlicher langer Kuß. Er war erstaunt, aber reagierte auf die einzig mögliche Weise.

»Du hast mal gesagt, du wolltest keinen Ärger mehr machen«, sagte sie schließlich und streichelte zärtlich sein Gesicht. Mit einem Schlag verstand er, was sie meinte. Sie glaubte nicht, daß er noch recht lang leben würde.

»Auf Wiedersehen, Nick.«

Sie verschwand durch die Tür, die sie leise hinter sich zuzog.

»Phantastisch«, seufzte Nick laut.

Er war so hungrig, daß er bis auf den rohen Ingwer das ganze *Bento* verschlag. Daß er die Stäbchen auf einmal so geschickt handhabte, verblüffte ihn. Mit Auftritten in der Öffentlichkeit wollte er aber lieber noch etwas warten, denn immer ging es ohne Zuhilfenahme der Finger nicht ab. In der winzigen Kabine duschte er sich anschließend eine halbe Stunde lang, bis er endlich das Gefühl hatte, einigermaßen sauber zu sein. Dann fiel er auf das Dschungelbett und schlief sofort wie ein Stein. Selbst als Joyce kurz zurückkam und frische Wäsche an einen Baum hängte, wurde er nicht wach.

Zum ersten Mal seit langem fühlte er sich nach dem Erwachen Stunden später wieder ganz er selbst. Beim Verlassen des Hotels kam er sich allerdings ein bißchen dumm vor. Er winkte ein Taxi heran und zeigte dem Fahrer den Zettel mit Masahiros Adresse.

Endlose Reihen von gleichförmigen, sauberen, aber etwas älteren Hochhäusern zeichneten das Viertel aus. Die winzigen Balkone waren voll von Wäsche, Vogelkäfigen, echten und künstlichen Pflanzen und Blumen. Um in Masahiros Haus zu gelangen, mußte Nick über einen Haufen Fahrräder steigen. Innen drang von überall lebendiges, fröhliches Familienleben an seine Ohren. Mit Hilfe von Joyce' Zettel fand Nick die Tür mit der richtigen Nummer. Er klopfte.

Die Tür ging einen Spaltbreit auf. Ein Paar stahlgraue Augen sah heraus. Ein junger muskulöser Mann in Anzug und Krawatte starrte den *Gaigin* vor seiner Tür erbost an.

»*Konichi-wa*«, stotterte Nick. »Matsumoto Masahiro?« Oder hatte er es verkehrt herum gesagt?

Der junge Mann gab keine Antwort, trat aber beiseite, damit Nick hereinkommen konnte. Das Empfangszimmer war so winzig und trist, daß Nicks Bude in Queens im Vergleich dazu wie ein Palast aussah. Aus einem Fernsehapparat dröhnte eine unsägliche Show. Der junge Mann achtete weder auf Nick noch auf den Fernseher, sondern verschwand in einer Kochnische, wo er alsbald mit Töpfen und Pfannen herumklapperte.

Nick wartete. Nichts. Zwischen den Hihahos aus dem Fernseher konnte er Musikfetzen aus einem anderen Zimmer hören. Er ging zur Tür und schaute hinein. Es war ein winziges Schlafzimmer. Hinter einer Matratze auf dem Boden stand ein niedriges Pult an der Wand. Masahiro saß auf den Fersen davor. Sein Rücken war Nick zugewandt. Mit zarten Strichen machte er kalligraphische Übungen auf einer Rolle Reispapier. Auf dem Pult standen ein Tintenfaß, ein Glas mit Pinseln verschiedener Stärke sowie eine halbvolle Flasche *Suntory*. Aus der Stereoanlage kam ein Streichquartett.

»Masa«, sagte Nick leise.

Masahiro drehte sich um. Offenkundig hielt er Nick für ein Gespenst. »Das ist nicht möglich. Sie sind weg«, rief er.

Mit einem Schlag wirkte Masahiro auf Nick klein, verletzlich und gebrochen. Mit sanfter Stimme und reuigem Lächeln sagte er zu ihm: »Sie kennen mich doch. Ich kann allein gar nicht weiterkommen. Ich bin wegen Ihnen zurückgekommen. Ich brauche Ihre Hilfe.«

Masahiro schaltete die Musik aus. Der ordinäre Lärm

der Fernsehshow drang jetzt in das Zimmer. Masahiro wandte sich wieder seiner Arbeit zu.

»Es wäre besser gewesen, Sie wären nicht gekommen«, sagte er. »Es tut mir leid.«

Der junge Mann trat ein. Auf einem Tablett trug er eine Teekanne und eine Schale voll dampfender Suppe. Er sah Nick an.

»Sie haben ihm genug angetan«, rief er in seinem Schulenglisch mit starkem Akzent. Dann wandte er sich an seinen Vater, und seine Stimme wurde sanfter, als er ihm in der eigenen Sprache Tee anbot.

Masahiro wies seinen Sohn scharf zurecht. Der stellte das Tablett wortlos ab und verließ das Zimmer.

»Entschuldigen Sie bitte meinen Sohn. Er ist gekommen, um mich zu trösten. Aber er zeigt mir nur seine Enttäuschung.«

Nick hörte die Haustür zuknallen. Ihm entging nicht, wie Masahiro unwillkürlich zusammenzuckte, fast als hätte ihn ein Schuß getroffen.

»Sie haben mir nie von einem Sohn erzählt.«

»Das ist auch egal.« Masahiro schüttelte den Kopf, wie um sich des Themas zu entledigen. Aus müden Augen blickte er Nick an. »Ich bin entlassen worden, Nick. Ich bin nicht mehr Unterinspektor.«

Nick setzte sich auf die *Tatami*-Matte. Den Kopf lehnte er gegen die Wand und versuchte zu begreifen, was das für den Japaner bedeuten mußte. »Mein Gott, das tut mir leid«, stammelte er.

»Ich wußte, was ich tat. Ich verdiene die Schande.«

Nick schüttelte den Kopf. »Es ist nicht vorüber. Ich möchte Sugai benutzen, um an Sato heranzukommen. Noch können wir ihn erwischen. Sie und ich.«

»Ich kann Ihnen nicht helfen«, erwiderte Masahiro traurig. »Schauen Sie mich nur an.«

Nick stand auf. »Wir können alles in Ordnung bringen«, rief er energisch.

»Ich bin nicht wie Sie. Einen Moment lang hielt ich mich

dafür.« Masahiro steckte in einer gefährlichen Depression. Jetzt mußte er vorsichtig, aber auf keinen Fall mit Samthandschuhen angefaßt werden.

Nick fiel ein Buddhaaltar in einer Ecke ins Auge. Darauf standen ein altes Foto von einer Frau im Kimono, einige heruntergebrannte Räucherstäbchen und Charlies Feuerzeug.

»Sie haben nichts falsch gemacht«, rief Nick. »Im Gegenteil, Sie waren sehr tapfer!«

»Es war umsonst.«

»Masa.«

»Ich habe nicht nur eine Stellung verloren, Nick. Ich habe alles verloren. Ich war in einer Gruppe. Die wollen mich jetzt nicht mehr haben.«

Nick seufzte. »Was wollen Sie denn nun machen?«

»Ich bin nichts«, erklärte ihm Masahiro.

»Das liegt bei Ihnen«, erwiderte Nick. »Hören Sie, ich bin noch schlimmer dran als Sie. Ihre Cops fahnden nach mir. Ich bin abgeschoben worden und treibe mich immer noch hier herum. Wenn ich nach Hause komme, zieht man mir die Haut bei lebendigem Leibe ab und hängt mich an die Leine zum Trocknen. Sehen Sie mich etwa klein beigeben?«

Masahiro versuchte ein Lächeln, vergeblich. »Gehen Sie nur«, sagte er.

»Sie graben sich doch hier richtig ein«, rief Nick.

»Gehen Sie.« Masahiro sah ihn nicht an. Nick blieb einen Augenblick stehen, aber es gab nichts mehr zu sagen. Er drehte sich um und ging. Im Empfangszimmer dröhnte die idiotische Fernsehshow hysterisch vor sich hin.

23

Sugais Adresse, die Joyce ihm gegeben hatte, entpuppte sich als Golfplatz am Stadtrand. Die ganze lange Fahrt über brummelte und murrte der Taxifahrer vor sich hin. Am Ende verlangte er weitaus mehr, als auf dem Zähler stand. Entweder verlangte man hier einen Aufschlag für Transporte abseits der üblichen Routen, oder der Kerl war ein *Gonif* – was nicht japanisch war, sondern in Brooklyn soviel bedeutete wie »Dieb«. Nick bezahlte mit dem Geld, das ihm Joyce klugerweise zugesteckt hatte. Wenn er sich hier so, wie er hoffte, aus der Affäre zog, würde ihm das NYPD die Unkosten erstatten. Wenn es ihm nicht gelang – na ja, es führte zu nichts, wenn er sich mit trüben Aussichten abgab.

Der Golfplatz lag direkt an der Autobahn. Er war mit dem unvermeidlichen Neon erleuchtet. Auf einer Computertafel traf ein schwingender Golfschläger endlos oft einen leuchtend weißen Ball, der in hohem Bogen über die Tafel flog, um dann wieder vorne aufzutauchen, damit es erneut losgehen konnte.

Nick ließ sich mit der Inspektion Zeit. Auf drei verschiedenen Ebenen übereinander konnten die Spieler für einen Eimer Bälle zahlen und sie dann von einem hell erleuchteten Abschlagplatz über Hunderte von Metern in die Dunkelheit dreschen. Auf den zwei unteren Ebenen drängten sich Dutzende von Leuten, hauptsächlich Männer, und schlugen immer der Reihe nach drauf los. Nick ging die Stufen hinauf bis ganz nach oben. Dort spielte nur einer – Sugai. Um ihn standen drei seiner Leute. Sie sahen nur zu. Einer wog gut und gerne vier Zentner, sah aber nicht so aus, als hätte er ein Gramm überflüssiges Fett. Seine Augen waren auf Nick gerichtet.

Von der letzten Stufe führte ein Weg zum Abschlagplatz. Er sah aus wie ein Hochplateau und lag direkt über der belebten Autobahn. Das Monstrum von Mann, ein Sumokämpfer vermutlich, bewegte sich auf erstaunlich behenden Füßen auf Nick zu. Nick ließ sich widerstandslos ergreifen. Gut dreißig Meter vor Sugai blieben sie stehen. Der stand auf den Schläger gelehnt da. Auf seinem Gesicht spiegelte sich Verärgerung.

»Sugai! Ich hab was für Sie!« rief Nick über den Platz. Er wollte in seine Tasche greifen, doch der Sumochampion packte Nicks Arm noch fester. »Nur ruhig, Kumpel«, beschwichtigte ihn Nick. »Da, gib du's ihm.«

Mit der freien Hand fuhr er zur Tasche. Der Sumo verdrehte ihm den Arm hinter den Rücken und drängte Nick vom Weg ab, bis seine Fußspitzen über den Rand des Plateaus hinausragten.

Dann griff er mit der freien Hand, die ungefähr die Größe eines Waffeleisens hatte, in Nicks Jackentasche und zog einen Umschlag heraus. Er reichte ihn einem zweiten Gorilla, der herangetreten war. Nummer Zwei überbrachte ihn Sugai.

Sugai, der sich wieder seinen Abschlägen zugewandt hatte, unterbrach sein Spiel und öffnete den Umschlag. Er zog einen Hundertdollarschein heraus. Ohne eine Miene zu verziehen, reichte er den Schein sogleich seinem Leutnant und widmete sich wieder seinem Golfspiel.

Nick stand immer noch am Rande des Abgrunds. Sein Gleichgewicht hing nur von der Laune des Riesen ab. Beiläufig schaute Sugai jetzt von seinem Ball auf. Anscheinend war ihm noch etwas eingefallen, und er nickte kurz herüber. Verdammte Scheiße, dachte Nick. Er befiehlt ihm, mich da runterzustürzen. Vom vorbeidonnernden Verkehr auf der Autobahn zitterte die ganze Plattform.

Aber der Sumokämpfer riß Nick mit einer Hand zurück. Dann beförderte er ihn mit Stößen, Hieben und Tritten die Stufen hinunter. Als Nick ziemlich weit unten ausrutschte, hob ihn der Sumo mit einer Hand auf, als wäre er ein Strohsack.

Zum Wagen wurde Nick teils getragen, teils getreten. Mit dem Kopf voran wurde er dann auf den Rücksitz geworfen. Der Sumo ließ die Tür offen, stieg aber auch nicht ein. Die Hände in die gewaltigen Hüften gestützt, blieb er einfach stehen und starrte Nick an. Sonst saß niemand im Wagen.

»Soll ich fahren?« fragte Nick.

Die Pranke klatschte mehrmals gegen seine Schläfe, wieder und wieder und wieder, daß Nick sämtliche Glöcklein läuten hörte.

Wie aus dem Boden gestampft, standen plötzlich zwei von Sugais Männern da und kletterten auf die Vordersitze. Der Sumo ließ sich nun neben Nick nieder und schlug die Tür mit derselben Wucht zu, die er soeben Nick hatte spüren lassen. Noch ein Totschlägertyp klemmte sich an Nicks andere Seite, und der Kerl hinter dem Steuer fuhr los. Es ging zur Stadt zurück.

Obwohl sein Kopf vor Schmerz pochte und ihm Blut aus dem Ohr tropfte, gelang es Nick, sich auf die Strecke zu konzentrieren. Sie fuhren einen weiten Kreis. Dann machten sie kehrt und beschrieben noch einmal einen Kreis. Wollten sie die Zeit totschlagen? Oder ihn durcheinanderbringen? Er entdeckte keinen Sinn dahinter, war aber nicht allzu überrascht, als sie schließlich das Eingangstor des Anwesens passierten, vor dessen Mauern er und Masahiro die lange Nacht mit dem Warten auf das Mädchen verbracht hatten. Die Stadtrundfahrt hatten sie wohl veranstaltet, damit ihr Boß zu Hause sein konnte, bevor sie Nick anschleppten. Bleib cool, Nick. Denk nicht an die rasenden Schmerzen in deinem Schädel. Paß auf ihre Tricks auf.

Die Auffahrt zu Sugais Villa war ein vorzüglich gepflegter Kiesweg. Äußerst umsichtig an seinen Rändern angebrachte Scheinwerfer beleuchteten dezent die weite Rasenfläche und die traditionellen Steingärten. Sobald der Wagen stand, zerrten die Gorillas Nick an die Luft. Von innen öffnete sich eine Tür. Genauer gesagt eine Doppeltür aus poliertem Teak mit Angeln aus glänzendem Messing.

Plötzlich fiel Nick ein, wie Charlie im Führer von den

sogenannten Nachtigalldielen vorgelesen hatte, die im Mittelalter wohlhabenden Japanern als eine Art Alarmanlage gedient hatten. Lief ein Eindringling darüber, kündigte ihn sofort ein ausgeklügelter Mechanismus an. Eine solche Nachtigalldiele befand sich auch in Sugais Flur. Jeder Schritt auf dem erlesenen Holzboden löste ein Vogelgezwitscher aus.

Als die vier Gorillas mit Nick darübertrampelten, hörte es sich allerdings eher wie ein Schwarm quakender Enten an. Der Flur führte zu doppelten *Shoji*-Schiebetüren. Die Gorillas schlüpften aus ihren Schuhen und bedeuteten Nick, es ihnen gleichzutun. Dann schob einer der Wächter die Türen auf. Beim Anblick des Zimmers verschlug es Nick den Atem.

Im gefächerten Licht dieses Raums aus poliertem, tiefschwarzem Lackbaumholz lebte die strenge Schönheit des kaiserlichen Japan. Vom Garten her war Wasserplätschern zu hören. Den Gast beschlich so das Gefühl, die Stille halle wider.

Sugai, jetzt in einem Kimono, saß hinter einem niedrigen Tisch aus schwarzem, glänzendem Ebenholz. Hinter ihm stand ein Sekretär mit mehreren Dokumenten in der Hand. Sugai sah auf, nahm jedoch Nicks Anwesenheit in keiner Weise zur Kenntnis. Er blickte ihn nur an, als handle es sich um einen Wassertank voller tropischer Fische. Der große Dicke drückte Nick nach unten, bis er auf der *Tantami*-Matte saß. Sugai widmete sich nun wieder seinen Dokumenten, auf die er einen edlen *Hanko* drückte.

»Sie sollten jetzt doch irgendwo über dem Pazifik sein, Conklin«, sagte er schließlich. »Warum sind wir Sie nicht los?«

»Ich habe mein Flugzeug verpaßt«, erklärte Nick.

Den Sarkasmus dahinter würdigte oder verstand Sugai nicht. In seiner Umgebung machte sich kaum jemand über ihn lustig.

»Wissen Sie überhaupt, wer ich bin?« fragte er Nick

kalt. Die Brandnarben verzerrten sein Gesicht zu einem permanenten Grinsen.

»Klar«, meinte Nick.

»Nein«, beschied ihn Sugai. Mit einer Handbewegung entließ er den Sekretär, der sofort unter unaufhörlichen Verneigungen durch die Tür verschwand. Dann zog Sugai aus einer der Kimonofalten den Hundertdollarschein heraus und legte ihn auf den Tisch. »Wenn Sie mich kennen würden, hätten Sie mir das nicht gegeben«, sagte er.

»Gute Arbeit«, meinte Nick. »Ihre Kollegen in New York dürften hübsch nervös werden.«

Sugai war nicht beeindruckt. Er ließ den Schein in das Teestövchen gleiten. Er verbrannte.

»Das ist ein alter Schein«, meinte er. »Ein Prototyp. Die neuen werden so sein wie alle unsere Produkte: perfekt.«

»Und wer streicht den Profit ein? Sie oder Sato?« Nick provozierte ihn. »Er hat ja eine von Ihren Druckplatten. Sie haben gar nichts.«

Sugai nickte seufzend. »Er könnte genausogut Amerikaner sein«, sagte er kalt. »Diese Menschen achten nur eines: Geld.«

»Und aus welchem Grund machen Sie es? Aus Idealismus?« versetzte Nick. Er zog eine Packung Zigaretten aus der Tasche, klopfte eine heraus und zündete sie an. Sugai blickte den Sumomeister kurz an. Im selben Augenblick wurde Nick die Zigarette aus dem Mund geschlagen und landete auf dem Boden. Nick wollte sie aufheben, doch der Sumo trat ihm auf die Hand. Obwohl es höllisch wehtat, ließ Nick sich nichts anmerken. Einer von den anderen Gorillas hob die Kippe schnell auf, bevor sie ein Loch in den Boden brennen konnte. Er ging damit hinaus, um sogleich wieder mit leeren Händen zurückzukommen.

Sugai starrte Nick wütend an. Er sprach langsam und sehr deutlich. »Ich war zehn, als die Bomber kamen. Meine Familie lebte drei Tage lang im Luftschutzbunker. Als wir wieder nach oben kamen, war die Stadt verschwunden. Bald brachte die Hitze den Regen... schwarzen Regen... Ihr habt den Regen schwarz gemacht. Dann habt ihr uns eure Werte in den Schlund gestopft. Wir, die wir irgendwie überlebt haben, vergaßen, wer wir waren. Ihr habt Sato und Tausende seinesgleichen geschaffen. Ich zahle es euch zurück.«

Der Amerikaner nickte. Ihm ging es jedoch nur um sein Anliegen. »Sie wollen Ihre Platte? Bringen Sie mich zu ihm.«

Sugai schüttelte den Kopf. »Sie geht das nichts an. Ich habe den anderen Führern Frieden versprochen.«

»Die können Sie doch am Arsch lecken.«

»Ich bin an meine Ehre und Pflicht gebunden.« Sugai erwartete nicht, verstanden zu werden. »Wenn ich Zeit hätte, würde ich Ihnen erklären, was das heißt.« Für ihn war das Gespräch beendet.

Nick ließ nicht locker. »Ich bin die Lösung ihrer Probleme. Ich knöpfe mir Sato vor. Wer außer einem wertlosen *Gaigin* könnte das denn? Jeder weiß doch, daß er meinen Partner umgebracht hat. Wenn ich ihn erledige, bleibt Ihre Ehre unversehrt.«

»Ja«, sagte Sugai. »Er hat Ihren Partner vor Ihren Augen umgebracht. Na und? Das läßt mich kalt.«

»Bringen Sie mich in seine Nähe. Ich hinterlasse mein Kennzeichen, und Sie sind über jeden Verdacht erhaben.«

Sugai starrte ihn eine Weile an, ehe er etwas sagte. »Warum sollte ich Ihnen trauen?«

Nick zuckte die Achseln. »Vielleicht, weil ich nichts zu verbergen habe.«

»Ich lasse es mir durch den Kopf gehen. Sie warten.« Mit der Andeutung einer Handbewegung entließ er Nick. Die Leibwächter zerrten den Amerikaner hoch und beförderten ihn grob aus dem Zimmer. In diesem weitläufigen Haus grenzten die Zimmer rechtwinklig aneinander, wodurch in den Zwischenräumen eine Vielzahl von Innenhöfen und Gärten entstanden war. Nick wurde in einen solchen Garten eskortiert. Holzbänke standen unter den

Dachvorsprüngen, und das war auch gut so, denn es hatte wieder zu regnen begonnen. Nick kauerte sich auf eine Bank und sah dem Regen zu. Das Wasser tropfte auf das Steinensemble und den Rasen, sammelte sich in Trögen und verteilte sich von dort auf die Blumenbeete. Auf die Bänke links und rechts neben Nick setzten sich zwei von Sugais Männern. Sie ließen ihn nicht aus den Augen. Auch wenn es ihm im Moment gar nicht von hier fortzog, war er doch eindeutig Sugais Gefangener.

Zusammen mit der kühlen Nachtluft vertrieb der kühle Regen zunächst die schlimmsten Schmerzen aus Nicks Kopf. Nach zwei Stunden aber war es nur noch kalt, feucht und widerwärtig. In steigendem Maße verfehlte der Charme des altjapanischen Gartens seine Wirkung auf ihn.

Schließlich glitt eine der *Shoji*-Türen auf. Sugai, diesmal in Anzug und Pantoffeln, trat auf Nick zu. Ein Mann mit extrem kurzem Haar huschte neben seinem Boß her und hielt einen Schirm über ihn.

»Erst schlafen Sie, dann werden Sie zu ihm gebracht«, erklärte Sugai Nick.

Der Amerikaner nickte und folgte der Prozession in einen anderen Gebäudeflügel. Dort erhielt er Tee und Kuchen, und man bereitete ihm ein heißes Bad. Dann bekam er eine Matratze und ein Zimmer ganz für sich allein – abgesehen vom Wächter im Zimmer und den zwei Gorillas vor jeder Tür. In dieser Nacht schlief Nick nicht gerade gut.

Um fünf Uhr morgens kamen sie ihn holen. Wieder wurde er auf den Rücksitz eines Wagens gezwängt. Diesmal setzten sich andere Männer neben und vor ihn. Sie alle trugen eine flotte *Yakuza*-Uniform – einen steif gebügelten dunklen Anzug, ein weißes Hemd, eine dunkle Krawatte und eine große Sonnenbrille. Nick sah sich einer Flinte mit abgesägtem Lauf gegenüber. Der Mann auf dem Beifahrersitz hielt sie auf ihn gerichtet. Nick war davon so gebannt, daß ein Wagen direkt vor Sugais Grundstück seiner Aufmerksamkeit entging.

24

Sugai ließ sich die ganze Zeit über in einem schwarz glänzenden Cadillac hinterherchauffieren. Meile um Meile fuhren die Wagen auf der Autobahn aufs Land hinaus. Dann bogen sie auf kleinere Straßen ab und schließlich kamen sie auf vom Regen aufgeweichte Feldwege. Genau zur Morgendämmerung hielten sie vor einem terrassenförmig angelegten Berg an.

Die Tür des Cadillac sprang auf. Ein Leibwächter kam heraus und hielt seinem Chef die Tür auf. Ein zweiter Gorilla aus Sugais schier unerschöpflicher Truppe stieg aus und stellte sich wachsam neben Sugai. Zwar hatte es zu regnen aufgehört, doch trug der Leibwächter einen zusammengeklappten Regenschirm, für alle Fälle.

Nun stieg der Mann aus, der Nick vom Vordersitz aus die ganze Zeit mit der Flinte bedroht hatte, und befahl Nick zu sich.

Sugai deutete auf ein Bauernhaus. Im ersten Morgenlicht war es gut zu erkennen. Gedämpfte Lichter erleuchteten die Fenster. »Vier *Oyabuns* werden in Kürze mit ihren Leibwächtern hier eintreffen«, erklärte er Nick. »Auch Sato wird einen Leutnant bei sich haben.«

Den Blick auf das Haus geheftet, versuchte Nick die Situation so gründlich wie möglich abzuschätzen. »Eine Waffe«, sagte er.

Sugai erwiderte nichts. Die Flinte war noch immer auf Nicks Kopf gerichtet.

»Ein Eingang«, sagte Nick. »Ein Ausgang.«

Wieder keine Antwort.

»Ein Wagen«, sagte Nick. Hoffentlich verriet seine Stimme nichts von seiner wachsenden Verzweiflung.

Sugai richtete auf japanisch einige Worte an seine Männer, woraufhin einer einen Revolver zückte und Nick vor die Füße warf. Sugai und seine Leute kletterten wieder in die Wagen. Nick hob den Revolver auf. Er war nicht geladen und deshalb wertlos.

Der erste Wagen setzte sich in Bewegung. Hinter ihm sprang der Cadillac an. Nick blieb mit dem leeren Revolver in der Hand allein zurück. Als der Cadillac beschleunigte, wurden zwei leere Magazine und eine Handvoll Patronen zur Tür herausgeworfen. Sie purzelten überall den Berg hinunter. Bis Nick sie alle aufgesammelt hatte, waren die Rücklichter nicht mehr zu sehen.

Nick kauerte sich gegen den Boden, während es um ihn herum Tag wurde. Über das enge Tal hinweg beobachtete er das Bauernhaus. Durch die Fenster und *Shoji*-Türen schimmerten Lichter. Einige Männer – er zählte sechs – arbeiteten auf den Feldern. An mehreren Stellen flackerten kleine Feuer.

Zwei zerzauste und – soweit er das beurteilen konnte – leicht bewaffnete Bedienstete gingen vor dem Bauernhaus auf und ab. Eine alte Frau brachte ihnen den Morgentee aus dem Haus.

Nick zog die Lederjacke aus und riß das Innenfutter in Streifen herunter. Dann band er sie um den Lauf und das Magazin seines Revolvers, um ihn so vor der Nässe und dem Schlamm zu schützen. Aus dem Rest knotete er eine Schlinge. Sie sollte ihm das Halfter ersetzen.

Ein Mann mit Gewehr näherte sich dem Haus von der Straße unten. Er blieb als Verstärkung bei den Wachtposten stehen. Sogleich verteilten sich die anderen auf dem Zufahrtsweg. Dann durchbrach Motorenlärm die morgendliche Stille. Nick sah einen Sedan über den Feldweg mitten durch das kleine Tal kommen und anhalten.

Er zögerte keine Sekunde. Teils kroch er, teils rollte er hinunter. Deckung boten ihm Schlammlöcher und Ackerfurchen. Auf keinen Fall durften ihn die Wächter und die Landarbeiter sehen.

Dem Anwesen sehr viel näher kauerte Nick sich hinter niedriges Gebüsch und beobachtete, wie der Sedan vor dem Tor hielt. Die Wächter traten ihre Zigarettenkippen aus, zupften ihre Kleider zurecht und machten nach einer Verneigung vor den Wageninsasssen das Tor auf.

Plötzlich hörte Nick es hinter sich rascheln. Er wirbelte herum. Ein Landarbeiter stand wenige Meter über ihm und starrte ihn verblüfft an. Der Bauer riß den Mund weit auf, um die Wächter zu alarmieren, überlegte es sich dann aber anders. Mit einem leisen Stöhnen sank er zu Boden. Seine Hacke flog in hohem Bogen davon.

Instinktiv hatte Nick den Revolver hochgerissen. Er zielte jetzt auf den Mann, der den Arbeiter mit einem Karatehieb gegen das Genick niedergestreckt hatte.

»Wenn Sie schon ziehen, dann sollten Sie auch schießen«, sagte Masahiro.

Nick konnte seinen Augen kaum trauen. Noch mehr überraschte ihn seine Wiedersehensfreude. Hastig zog er ihn nach unten, bevor noch die ganze Umgebung auf sie aufmerksam wurde. Die Landung im Schlamm behagte Masahiro ganz und gar nicht. Er fing an, die Schlammspritzer auf seinem guten Anzug wegzuwischen.

»Tut mir leid, Kumpel«, sagte Nick. »Aber hatten Sie nicht gesagt, daß wir jetzt quitt sind?«

Masahiro wischte an Charlies Krawatte. »Sind wir auch«, versicherte er Nick. »Aber weil mich die eine Gruppe nicht mehr will, habe ich mich entschlossen, zur anderen zu gehen.«

Nick begriff, wieviel es Masahiro gekostet haben mußte hierherzukommen. »Danke«, sagte er schlicht.

Masahiro nickte. Er warf einen Blick auf das Anwesen und die Wachtposten auf der Straße. »Sie wollen Sato umbringen«, stellte er fest.

»Ich gehe so weit, wie er mich zwingt.«

Masahiro sah Nick in die Augen. »Sugai wird Sie nie am Leben lassen«, sagte er.

Das war Nick klar. »Sie können natürlich gehen, Masa«, erwiderte er sanft.

Nach kurzem Nachdenken sagte Masahiro: »Was auch geschieht, mir soll es recht sein.«

Nick schüttelte den Kopf. »Auf einen Lebensmüden kann ich mich nicht verlassen.«

»Man kann sich durchaus auch auf einen Lebensmüden verlassen«, verbesserte ihn Masahiro.

Dem ließ sich schwer widersprechen.

Sie robbten näher an das Anwesen heran, bis sie eine mit einem Wäldchen bewachsene ebene Stelle erreichten, von der aus sie die Straße und die Mauern einigermaßen gut überblicken konnten. Hier waren sie sicher, konnten im Augenblick aber auch nicht weiter.

Sie warteten und schauten. Motorengeräusche näherten sich. Und dann wand sich eine Kolonne von fünf amerikanischen Straßenkreuzern über die enge Straße der Sonne entgegen, die jetzt als Feuerball tief am Himmel stand. Die Wagen glitten an ihnen vorbei, hielten vor dem Tor an. Mehrere Männer, darunter auch Sugai und seine Gorillas sammelten sich auf der Straße. Geduldig sahen sie zu, wie die Wächter gründlich im Kofferraum und unter der Motorhaube ihrer Wagen nachschauten. Anschließend händigten die Gorillas ihre Waffen einem Wächter aus, der sie in einen großen Korb warf. Die Fahrer und die *Oyabuns* wurden mit einem elektronischen Metalldetektor abgetastet. Irgendwie empfand Nick Genugtuung darüber, daß Sugai so etwas über sich ergehen lassen mußte.

Der Mann, der als erster gekommen war, der »Vermittler«, wie Masahiro Nick erklärte, begrüßte die Bosse der Reihe nach. Dann ging er ins Bauernhaus voran. Die anderen folgten höflich. Die Leutnants blieben alle vor dem Haus. Im Abstand von jeweils fünfzig Metern reihten sie sich an der Straße auf. Die alte Frau trat nun mit einem Korb frischgewaschener Kleider auf den Hof und hängte sie in der Morgensonne zum Trocknen auf die Leine.

»Sato ist noch nicht da«, sagte Nick.

»Nein. Er ist derjenige, der im Moment die Macht hat. Er will sie zappeln lassen.«

Und da kam es, das typische WRUMMMM herannahender Motorräder. Alsbald sahen sie Satos von Motorrädern eskortierte Limousine auf dem Feldweg heranbrausen. Sie fuhren sehr nahe an ihrem Versteck vorbei. Nick und Masahiro konnten deutlich die langen Messerklingen aufblitzen sehen.

»Großartig«, murmelte Nick.

Inzwischen verstand Masahiro, daß Nick genau das Gegenteil damit meinte.

Mit kreischenden Bremsen blieb Sato vor dem Tor stehen. Er kletterte aus dem Wagen. Sein Chauffeur lief um die Motorhaube herum zu ihm. Dann gingen sie auf die wartenden Fahrer und Wächter zu. Es folgte eine kurze, erregte Diskussion. Offensichtlich wollte Satos Fahrer seine Waffe nicht abgeben. Schließlich fügte er sich doch. Sato ließ sich nun elektronisch abtasten. Als das Gerät einen lauten Heulton von sich gab, zeigte Sato ein kleines rechtwinkliges Päckchen. Der Wächter nahm es, führte die Durchsuchung zu Ende und reichte ihm das Päckchen wieder. Sato ging ins Haus.

Nick rutschte näher heran. Masahiro folgte. Keine dreißig Meter vor ihnen ging ein Wachtposten vorbei. Sie warteten, dann krochen sie weiter bis an die Stelle, wo ihr Wäldchen an den Hof grenzte.

»Los«, flüsterte Nick.

»Da hinein?« flüsterte Masahiro höchst erstaunt. »Warum?«

Nick deutete auf den Korb mit den beschlagnahmten Waffen zu Füßen des mit Argusaugen wachenden Postens. »Weil auf dem Schild da steht: Bitte die Waffen an der Tür abgeben.«

Masahiro sah zweifelnd zum Hof. Es wimmelte dort von Gorillas.

»Dort bekommen wir am meisten mit«, meinte Nick.

Masahiro dachte einen Augenblick nach. »Also los«, flüsterte er.

Im Schutz des Wäldchens robbten sie auf die Rückseite des Hauses zu. Plötzlich gefror ihnen das Blut in den Adern. Ein Bauer saß vor ihnen auf einem Felsen. Sein Mantel und Hut lagen auf dem Boden. Er schien sich auszuruhen. Er war jedoch tot. Ein winziges Einschußloch war in seinem Hinterkopf.

Sie robbten weiter um den Bauernhof herum. Hinter dem Haus schien ihnen jedes Eindringen verwehrt. Eine gut drei Meter hohe Steinmauer türmte sich dort bis unter das Hausdach auf. Holzpfosten und Balken stützten sie ab. Ein Posten nur ging dort oben auf und ab und ließ die Blicke immer wieder über die weiten Felder schweifen. Er war bis an die Zähne bewaffnet. Von seiner Schulter baumelte ein Gewehr, Dolche steckten in beiden Stiefelschäften und mindestens ein Pistolenhalfter samt Inhalt war zu sehen. Plötzlich schien er etwas gehört zu haben. Er blieb abrupt stehen und sah um sich. Nach einer Weile kam er wohl zu dem Schluß, daß er sich getäuscht hatte. Nick und Masahiro trauten sich wieder zu atmen.

Gegen die Wand gekauert, lauschten sie, bis die Schritte über ihnen nicht mehr zu hören waren. Schließlich huschte Nick voran. Er klammerte sich an einen Pfosten und zog sich hoch, bis sein Fuß in einer Ritze Halt fand. Dann streckte er die Hand nach Masahiro aus und zog ihn zu sich.

Jetzt konnte Nick über die Mauer spähen. Der Wachtposten stand mit dem Rücken zu ihnen und schaute über die Felder. Lautlos und flink schwang sich Nick auf das Dach und huschte auf den Mann zu. Ehe der sich versah, hatte Nick die Arme um seinen Kopf geworfen und drückte ihm mit der Pistole die Kehle zu. Er verstärkte den Griff und riß den Mann nach oben. So strampelte er mit den Füßen ins Leere, bis er sich nicht mehr rührte. Geräuschlos ließ Nick die Leiche auf das Dach gleiten. Er und Masahiro schlichen eilig durch eine Seitentür ins Haus.

Durch die Papierwand konnten sie die Stimmen im Zimmer nebenan hören. Mit stummen Lippenbewegungen übersetzte Masahiro für Nick. »Der Vermittler sagt: ›Sie können den Fernverkehr und den Großhandel kontrollieren. Auch die Dockarbeiter auf Hawaii gehören Ihnen.‹ Sato ist einverstanden. Jetzt verlangt er die Druckplatte. Sugai sagt: ›Erst müssen Sie Ihre Ehrlichkeit und Loyalität beweisen.‹ Nick, ich weiß, was jetzt kommt. Es ist eine blutige Angelegenheit, aber sehr interessant.«

»Trotzdem brauchen wir uns für das Spektakel keine Klappstühle zu besorgen«, flüsterte Nick. »Berichten Sie lieber weiter.«

»Der Vermittler wird gleich ein Tuch von einem Tablett ziehen, auf dem ein kleines Skalpell, weißer Mull und eine Flasche reiner Alkohol bereitliegen. Sato wird dann den Finger mit dem Tuch umwickeln, das Messer nehmen, die Finger spreizen und vom rechten Finger – diesem – die Spitze abschneiden, aber dabei die Augen nicht von Sugai lassen. Er wird die Fingerkuppe dann in den Mull wickeln und seinem Boß als Zeichen seiner Treue reichen. Wenn Sugai den Schwur annimmt, wird er den Finger im Alkohol als Erinnerung an das ewige Gelübde aufbewahren.«

»Heiß«, murmelte Nick.

»Pssssst«, zischte Masahiro. »Der Vermittler verlangt jetzt, daß man ihm das Tablett reicht.«

»Sato ist selbst dann nicht zur Treue fähig, wenn sein Leben davon abhängt«, meinte Nick.

»Es hängt davon ab.«

Sie sahen einander an. Beide hatten den gleichen Gedanken. Sato hatte irgendeinen Zug in petto.

»Psssst«, sagte Masahiro. »Der Vermittler erklärt jetzt, daß die Platten zum ersten Mal nebeneinanderliegen. Er sagt zu Sato: ›Sie müssen fremdes Territorium anerkennen.‹ Und zu Sugai: ›Sie bekommen Sicherheit und einen Blutsbruder.‹ Jetzt werden Sie *Sake* zum Treueschwur trinken... Sugai will wissen, warum Sato nicht trinkt!«

Es folgte eine dramatische Pause, dann das Geräusch beim Öffnen einer Schiebetür und plötzlich erhob sich Satos Stimme zu einem Schrei. »Er sagt: ›Ich trinke auf dein Begräbnis, Sugai‹«, übersetzte Masahiro mit weit aufgerissenen Augen.

Unmittelbar darauf gellte Sugais gräßlicher Schrei in ihren Ohren, das jämmerliche Schmerzgeheul eines alten

Mannes. Sämtliche *Oyabuns* schrien wütend und entsetzt durcheinander. Über das Chaos erhob sich Satos Triumphgeheul.

Fürs Übersetzen blieb Masahiro keine Zeit mehr. Er deutete nur einen Schnitt durch die Kehle an. Als nächstes hörte Nick das Schnappen eines Gewehrbolzens im Zimmer nebenan. Sie kamen also zur Sache. Mehr brauchte Nick nicht zu hören. Er sprang durch die Papierwand. Das kurze Überraschungsmoment genügte ihm, um auf einen Landarbeiter zu zielen. Der stand mit einem auf Sugai gerichteten Karabiner in der Tür. Nick schoß und traf. Der Mann sackte zu Boden. Er trug die Tracht eines Landarbeiters. Nur die spitzen Lackschuhe paßten nicht dazu, sondern wurden eher von Lackaffen wie Satos Spießgesellen bevorzugt.

Er war jedoch nicht sofort tot. Noch einmal raffte er sich hoch und schoß unwillkürlich und ziellos das Magazin leer. Die Bosse rannten durcheinander. In dem Gewühl suchten sie Deckung hinter ihren Leibwächtern, die ihnen verwirrt von außen entgegenkamen.

Nur Sugai und Sato rührten sich nicht. Sugais Hand war mit einem Dolch gegen den Tisch geheftet. Sato stand nur da und starrte Nick und Masahiro ungläubig an. Er war unbewaffnet. Ein Finger war in Mull gewickelt. Mit der freien Hand griff er nach den Druckplatten. Mit letzter Kraft riß der alte Sugai den Dolch aus der durchbohrten Hand und stach auf Sato ein. Der hechtete durch die *Shoji*-Wand ins Freie.

Er ließ sich abrollen und sprang sofort auf die Füße. Von allen Seiten kamen seine Männer auf ihn zugerannt. Einer eröffnete das Feuer auf die anderen Wachtposten. Die versuchten, ihre verängstigten Arbeitgeber zu schützen, die immer noch verzweifelt in alle Richtungen, nur nicht zum Ausgang liefen. Satos Motorradfahrer sprangen auf ihre Maschinen und bildeten sofort einen engen Kreis um ihren Boß. Ein Loch ließen sie offen, so daß er in jede Richtung laufen konnte.

Nick und Masahiro ließen sich mitten in den Kugelhagel vor dem Haus rollen und suchten hinter dem nächsten Schuppen Deckung.

»Alles in Ordnung?« fragte Masahiro.

»Nicht so wild«, meinte Nick. »Und sie?«

Masahiro schnappte nach Luft. »Es geht schon. Sind Sie schon einmal in so einer Situation gewesen?« fragte er ungläubig.

Der Amerikaner nickte. »Weniger Bäume und keine Hühner.«

»Brooklyn muß ja die Hölle sein.«

Zu Masahiros Überraschung wirbelte Nick plötzlich herum und schoß auf ein im Wind knatterndes Bettlaken an der Wäscheleine. Es färbte sich blutrot und wurde dann zu Boden gerissen. Einer von Satos Männern hatte sich daran festgeklammert.

Sato tauchte wieder auf. Er zerrte eine hysterisch schreiende alte Frau als Schild mit zum Tor. Nick und Masahiro waren die Hände gebunden. In ohnmächtiger Wut mußten sie mit ansehen, wie Sato die heulende Bäuerin durch das Tor stieß. Sobald er in Sicherheit war, brachte er sie mit einem Schuß zum Schweigen.

Unter einem Baum lagen zwei Motorräder und einer von Satos Männern. Eine Kugel hatte ihn getroffen. Sato riß seinen Dolch und Revolver an sich, richtete die Maschine auf und jagte mit aufheulendem Motor davon.

Nick hatte nur Augen für Satos Flucht. Er rannte zur anderen Maschine, drückte auf das Gas und jagte durch das Tor Sato nach.

Er sah Satos Leutnant nicht auf sich zurasen und die Waffe heben. Das Ziel war gut zu sehen und in Schußweite. Er konnte ihn gar nicht verfehlen.

25

In dem Augenblick, in dem der Leibwächter den Finger fester um den Hahn schloß, drückte Masahiro ab. Hätte er nur den Bruchteil einer Sekunde gezögert, es hätte Nicks Tod bedeutet. Zum ersten Mal im Leben traf Masahiro. Es war allerdings kein Blattschuß. Er schlitzte dem Mann nur den Schenkel auf, daß das Blut herausspritzte. Noch lebte er und legte erneut an. Masahiro feuerte wieder. Zu seiner Erleichterung – und Überraschung – fiel der Mann tot in den Schlamm.

Nick, der die Schüsse gehört hatte, drehte sich um. Er sah, was Masahiro vollbracht hatte, hielt aber nicht zum Jubeln an. Statt dessen jagte er durch das Tor auf den Feldweg. Seine Konzentration galt allein Satos Gestalt, die mit Vollgas über den kurvenreichen Weg raste und nicht nur Staub und Dreck, sondern auch Nick hinter sich zu lassen drohte. Mit Volldampf jagte Nick querfeldein über den Berg. Bei jedem Schlammloch riß es ihn gehörig aus dem Sitz. Nachdem das Regenwasser zum größten Teil abgelaufen war, hatte der Schlamm in der Sonne so weit verkrusten können, daß Nick gerade noch mit heiler Haut davonkam. Verblüffte Bauern hielten in der Arbeit inne und sahen zu, wie er von Terrasse zu Terrasse durch die Luft katapultiert wurde und bei jeder Landung krachend hinter einem Schlammregen verschwand, nur um sofort zum nächsten Sturzflug anzusetzen, bis er endlich die Straße erreichte.

Er war jetzt nahe genug, um zu erkennen, wie Sato über die Schulter nach hinten blickte. Die blutende Wunde bereitete ihm offensichtlich Schmerzen. Immer wenn er über ein Schlagloch fuhr, zuckte sein ganzer Körper. Sein Sakko glänzte hinten feucht. Je näher Nick kam, um so frischer wurden die tiefroten Blutflecken auf Satos Spur.

Nick holte Meter um Meter auf. Sato nahm jetzt die Kurven halsbrecherisch eng. Diese Technik kannte Nick von seinen Wettrennen auf Coney Island her. Indem er sich fast waagrecht in die Kurven legte, blieb er dran. Die Kurven waren weitaus enger als der Weg steil. Baumgruppen am Rand raubten bisweilen die Sicht auf das Wegstück hinter der nächsten Kurve. Von Zeit zu Zeit verlor Nick Sato aus den Augen. Dennoch hielt er das Tempo und hoffte nur, daß Sato ihm nicht irgendwo auflauerte.

Sato quälten höllische Schmerzen. Oben auf dem Kamm mußte er anhalten. Während er die Maschine langsam auslaufen ließ, betastete er vorsichtig die Wunde unter dem Sakko. Die Hand war voller Blut, als er sie herauszog. Einen Moment lang saß er da und versuchte, trotz der Schmerzen seinen nächsten Zug zu überlegen.

Nach der letzten Kurve war die Sicht frei. Nick erblickte den Kamm – und den regungslos auf seiner Maschine hockenden Sato. Er fuhr langsamer und blieb etwa zweihundert Meter hinter Sato stehen. Sie starrten einander an. Keiner rührte sich, keiner warf die Maschine an. Kurzzeitig war die Welt still, als habe ihr Haß ein Vakuum erzeugt, das jedes Geräusch schluckte.

Mit einem Mark und Bein durchdringenden Schrei warf Sato seine Maschine an und jagte mit allem, was sie hergab, wie ein Besessener auf Nick zu.

Nick war darauf gefaßt. Tief aus seinem Bauch stieg ein Brüllen auf. Auch er drückte auf das Gas und stob Sato entgegen. Für Geisterfahrer mag es eine Mutprobe sein, hier war es blutiger Ernst. Mit höchster Geschwindigkeit jagten sie aufeinander zu.

Im letztmöglichen Augenblick scherte Sato aus. Nick blieb auf dem tödlichen Kurs. Satos Hinterrad streifte jedoch sein Vorderrad. Sato rutschte weg und erlitt einen brutalen Sturz. Auch Nick stürzte. Weil er genau das erwartet hatte, rollte er sich zusammen, um beim harten Aufprall wenig Widerstand zu bieten. Benommen ließ er sich in das seichte schmutzige Wasser abrollen.

Halb bewußtlos registrierte er nebelhaft langsam saugende Geräusche, Füße, die sich durch den Schlamm kämpften. Seltsam. Sie kamen näher. Er versuchte sich aufzusetzen. Jeder Nerv lag bloß, aber gebrochen schien nichts zu sein. Außer dem Kopf vielleicht. Was war das nur, was er hörte und jetzt auch sah, dieser Schatten... Sato. Er hatte sich tatsächlich durch den Schlamm geschleppt und stand jetzt bis zu den Knöcheln in der Brühe und schaute auf Nick herunter. In der Hand hatte er den Dolch seines Leibwächters. Die Hand zitterte, hielt aber den Dolch in einem tödlichen Griff umklammert.

Langsam rappelte Nick sich auf. Die zwei Männer standen wenige Meter auseinander. Jeder versuchte noch einmal die letzte Kraft zu sammeln.

»Wir können uns einigen, Conklin«, keuchte Sato. »Du weißt doch, was ich in der Tasche habe.«

Sie bewegten sich weiter aufeinander zu.

»Du haßt sie genauso wie ich«, sagte Sato. Offensichtlich bereitete ihm jeder Atemzug Schmerzen, dennoch ließ er nicht locker. »Diese Männer in ihren Anzügen... mit ihrem schäbigen Leben... lächerliche, dumme Regeln... und du verdienst es wenigstens. Das hast du doch Charlie im Flugzeug gesagt. Ich habe es selbst gehört.«

Die zwei Männer standen jetzt keine Armlänge mehr voneinander entfernt. Sato hob das Messer, aber er war nicht mehr so schnell wie normalerweise. Nick blockte seinen Arm ab.

Sato kämpfte, und sie fielen zusammen in das knöcheltiefe Wasser. An ihren Füßen klebte dicker Schlamm. Irgend etwas war auf schicksalhafte Weise vertraut an diesem Kampf. Er war die Fortsetzung einer Fehde, die in New York begonnen hatte.

Sato war drahtig, Nick hatte Muskeln. Beide waren erschöpft. Nick schlug Sato das Messer aus der Hand, daß es davonflog. Sato riß sich los. Auf Händen und Füßen kroch er durch den Schlamm dem Messer nach.

Nick kämpfte sich hoch und torkelte ihm nach. Sato erreichte es jedoch vor ihm. Er drehte sich um und stürzte sich mit dem Messer auf Nick und schlitzte ihm von der Stirn bis zur Wange alles auf. Nick taumelte nach hinten. Sato setzte zum tödlichen Stich an.

Blut mischte sich mit dem Schlamm auf Nicks Gesicht, raubte ihm die Sicht und blieb kleben. Er konnte Sato kaum auf sich zukommen sehen, schlug aber blind zu und wehrte so tatsächlich den nächsten Hieb ab. Satos Arm flog nach oben, und durch den trüben Nebel sah Nick die Klinge in der Sonne glitzern. Irgendwie entriß er Sato das Messer und stach zu.

Sato fiel auf den Rücken und verschwand unter dem Wasser.

Als Masahiro ankam, sah er Nick neben Satos Körper knien. In der Schlammbrühe mischte sich das Blut aus Nicks Gesicht mit dem seines Feindes.

»Nick?«

Nick sah zum Schatten zwischen ihm und der Sonne auf und erkannte seinen Partner.

Mit letzter Kraft deutete er mit dem Zeigefinger einen Messerstich über der Augenbraue an. Es war die Geste, die er von Sato gelernt hatte.

Stunden danach schleiften Nick und Masahiro Sato ins Polizeipräsidium der Präfektur Osaka. Ihre Wunden hatte man schon verarztet – Sato war wie eine Mumie eingewikkelt, war aber bei Bewußtsein. Seine Hände waren hinter dem Rücken mit Handschellen gefesselt. Er und Nick starrten immer noch vor Dreck. Die Krankenschwester hatten zwar ihre Haut gesäubert, nicht jedoch die Kleider.

Alle – Cops, Mandanten, Verbrecher, Putzfrauen und wer sich sonst noch im Präsidium aufhielt – blieben stehen und starrten dem sonderbaren Trio nach, wie es zu den Räumen der Kriminalpolizei marschierte. Auch im großen Büro drehten sich sämtliche Beamte nacheinander um, als sie sich zwischen ihren Schreibtischen hindurchzwängten.

Dann betraten sie Polizeipräsident Ohashis Büro. Ohashi blickte von einem Bericht auf. Auch wenn er seine

Reaktion gut unter Kontrolle hatte, sah man ihm deutlich an, daß er so etwas in seiner ganzen Karriere noch nicht erlebt hatte. Dem jungen Beamten neben ihm fiel der Kiefer nach unten, und er merkte es nicht einmal.

Nick trat beiseite. Masahiro, an dessen Anzughose getrockneter Schlamm bis zu den Knien klebte, salutierte vor Ohashis Schreibtisch.

»Unterinspektor Masahiro meldet dem Polizeipräsidenten die Festnahme des flüchtigen Schwerverbrechers Sato Koji«, rief Masahiro auf japanisch.

Ohashi zuckte mit keiner Miene. Hätte er seine Gefühle gezeigt, wäre seine Kinnlade auf den Schreibtisch gefallen. Er räusperte sich und befahl dem Beamten neben sich, nicht so zu gaffen, sondern den Bericht des Unterinspektors entgegenzunehmen.

Nick blieb noch einige Tage in der Stadt, ließ seine Wunden behandeln, lernte Masahiros Sohn kennen, lieferte sich mit ihm ein höllisches Wetttrinken mit Sake und ließ sich auf einige interessante Mahlzeiten ein. Er wagte sich sogar an den *Karaoke*. Dafür, daß er einen Ton nicht einmal halten konnte, wenn er ihn in der Tasche hatte, sang er gar nicht so schlecht.

Stundenlang tauschte er mit Joyce Kindheitserinnerungen an Chicago und Brooklyn aus. Er ließ sich in heißen Bädern aufweichen, trank grünen Tee und aß sogar rohen Fisch. Bei Aalen und Tintenfischen allerdings hörte der Spaß auf. Zweimal zog er sogar in Joyce' Wohnung einen Kimono an.

Schließlich kaufte er sich einen neuen Anzug, den er an dem Tag trug, an dem sämtliche Polizisten in ordentlichen Reihen im Hof des Präsidiums Haltung annahmen. Gemeinsam mit Joyce und Ohashis Sohn sah er stolz zu, wie Ohashi nach vorne trat, Inspektor Matsumoto Masahiro aufrief und ihm einen kleinen Orden an die Brusttasche heftete.

»Gute Arbeit«, rief Ohashi. Er salutierte vor Masahiro.

Masahiro erwiderte den Gruß. Über Ohashis Schulter hinweg warf Masahiro einen heimlichen Blick auf Nick, der ihm seine Version eines Saluts zeigte: ein verstohlenes Augenzwinkern.

Als die Zeremonie vorbei war, sagte Joyce: »Ich muß wieder zur Arbeit, Nick. Machen wir den Abschied kurz und schmerzlos, einverstanden?

»Ich habe dir nie gedankt«, erwiderte er.

»Wofür?«

»Daß du dich für eine Seite entschieden hast.« Er streckte die Hand aus und sah ihr unentwegt in die Augen, als suche er etwas, von dem er nicht wußte, ob er es finden würde.

»Na ja. Es ist doch gut ausgegangen. Und du stehst jetzt in allen Zeitungen. Ein richtiger Held.«

»Yeah...«, meinte Nick. »Das Größte, was seit Godzilla in diese Stadt eingefallen ist.« Er verstummte für eine Weile nachdenklich. »Glaubst du wirklich, daß du es hier noch lange aushalten kannst?« fragte er dann.

Joyce seufzte. »Ich weiß es nicht. Aber wahrscheinlich kann so eine Haßliebe ewig andauern.«

Nick lächelte zärtlich. »Wenn du mal ein Spiel im Wrigley-Stadion sehen willst, ich bin für Tribünenkarten immer gut.«

Sie erwiderte sein Lächeln und ging. Nick suchte Masahiro. Sie mußten zum Flughafen. Ohashi hatte ihnen für diese Fahrt wieder einen Wagen mit Chauffeur zugewiesen. Nur dieses Mal war es eine Ehre.

Am Flughafen stürzte Nick in das Souvenirgeschäft. Masahiro wartete solange im *Soba*-Restaurant.

Nick kaufte seinen Söhnen Ninja-Schwerter und ein paar andere Sachen. Er fühlte sich so gut, daß er sogar seiner ehemaligen Frau eine Kleinigkeit kaufte. Warum auch nicht? Man konnte doch nicht ewig miteinander verkracht sein. Er zahlte und stopfte alles in seine Tasche. Im Restaurant alarmierte ihn Masahiros besonders lautes Schlürfen. Etwas bedrückte seinen Freund.

»Ich habe diese Baumwollsachen noch für jemanden mitgenommen, den ich fast vergessen hätte«, sagte er, während er gegenüber Masahiro in die Nische glitt.

»*Yukata*«, sagte Masahiro. »In den normalen Läden sind sie nicht so teuer.«

»Schau doch nicht so jämmerlich drein«, forderte Nick ihn auf.

Masahiro schaute von seiner Schale auf. »Ich zahle dir jeden Penny zurück, den du mir geliehen hast«, versprach Nick. »Ich habe die Geschenke per Kreditkarte bezahlt. Mein Konto war schon überzogen, bevor ich hierherkam. Was zum Teufel soll's?«

Masahiro rutschte verlegen hin und her. »Weißt du, sie haben die Druckplatten nie gefunden«, sagte er niedergeschlagen. »Sie waren weder im Bauernhaus noch auf der Straße... Sie haben sogar in einem Kloster in der Nähe gesucht...«

Nick hob seine *Soba*-Schale hoch. Gekonnt führte er die Nudeln mit den Stäbchen zum Mund. Er schlürfte laut und genüßlich.

»Irgendein Mönch dürfte für den Rest seines Lebens ausgesorgt haben«, meinte er.

»Ich glaube, ich verstehe nicht«, sagte Masahiro.

»Wenn einer beide Platten hat und die richtigen Leute kennt, dann sind alle seine Probleme gelöst. Wer würde es je merken?«

Masahiro stellte das *Soba* ab und musterte Nick. Er wußte nicht, was er davon halten sollte. Nick schlürfte weiter. Ihm schmeckte es.

»So langsam kriege ich den Bogen raus«, sagte er.

Der Lautsprecher rief Nick auf japanisch, englisch, französisch und deutsch auf. Er hob seine Tasche auf.

»Komm nicht mit bis zur Sperre, Masa«, frotzelte er. »Du weißt, wie sentimental du dann wirst. Das ist so peinlich.«

Sie standen auf und gingen zur Tür. Masahiro nahm ein kleines Päckchen aus seiner abgewetzten kleinen Aktentasche und reichte es Nick mit einer Verneigung. Nick nahm es in die Hand, schüttelte es, schätzte sein Gewicht.

»*Udon?*« riet er. »Süße Pflaumen? Saure Gurken? Ich weiß: gegriller Aal – wie heißt das gleich wieder?«

»*Kabavaki*«, übersetzte Masahiro feierlich.

»Das glaube ich nicht«, rief Nick. »Auf alle Fälle – danke. Es wird mir bestimmt schmecken, wenn die im Flugzeug irgendeinen amerikanischen Scheiß servieren.«

Er griff in seine Tasche. »Ich habe auch eine Kleinigkeit für dich.« Er reichte Masahiro eine aufwendig verpackte Schachtel. Dafür, daß sie so klein war, wog sie erstaunlich viel. Masahiro verneigte sich.

»Wenn du das nächste Mal Urlaub machst«, rief Nick, »dann vergiß mal die Kirschblüten oder die Besteigung deines Fuji, sondern melde dich bei mir.«

Wieder verneigte sich Masahiro, sehr tief diesmal.

Und Nick verneigte sich tief vor ihm.

»Paß gut auf dich auf, Cowboy«, sagte Nick mit rauher Stimme. Er wandte sich um und verschwand, ohne sich noch einmal umzudrehen, durch die Tür. Masahiro sah ihm nachdenklich nach.

Dann betrachtete er das elegant eingewickelte Päckchen in seiner Hand. Er riß das Papier herunter und nahm den Deckel ab. In Seidenpapier eingepackt lag ein ganz gewöhnliches weißes Hemd in einer Plastiktüte, wie es die Angestellten zu Tausenden trugen. Er wollte nicht enttäuscht sein, aber... Moment mal. Die Schachtel war zu schwer. Er riß das Papier auf und tastete über die Falten. Zum Vorschein kamen die zwei Druckplatten. Masahiro knallte den Deckel zu, bevor sie jemand sehen konnte.

Nick trippelte mit der Schlange auf die Gangway zu, als Masahiro angerannt kam. »Nick!« schrie er.

Sie waren durch eine Glaswand und die Menschenmenge getrennt, doch in diesem Augenblick standen die zwei Männer einander näher, als sie es jemals zuvor gewesen waren. Nick winkte. Dann verschwand er in der

Menge. Masahiro sah aber Nicks Hinterkopf aus der Menge der japanischen Mitreisenden herausragen. Er war der größte von allen. Das Größte, was seit Godzilla in diese Stadt eingefallen war.

HEYNE BÜCHER

HEYNE FILMBIBLIOTHEK

Unvergeßliche Stars Große Filme Geniale Regisseure

32/112 - DM 12,80

32/110 - DM 12,80

32/113 - DM 9,80

32/107 - DM 12,80

32/109 - DM 12,80

32/101 - DM 12,80

32/106 - DM 12,80

32/108 - DM 12,80